有爱的青春陪伴者

# 不同班同学

安德林 · 著

北京雨山出版社

图书在版编目（ＣＩＰ）数据

不同班同学 / 安德林著. -- 北京 : 北京燕山出版
社, 2022.7
ISBN 978-7-5402-6557-1

Ⅰ.①不… Ⅱ.①安… Ⅲ.①长篇小说－中国－当代
Ⅳ.①I247.5

中国版本图书馆CIP数据核字(2022)第084595号

**不同班同学**

| | | |
|---|---|---|
| 著　　者 | 安德林 | |
| 责任编辑 | 李　涛 | |
| 封面设计 | 颜小曼 | |
| 出版发行 | 北京燕山出版社有限公司 | |
| 社　　址 | 北京市丰台区东铁匠营苇子坑138号C座 | |
| 电　　话 | 010-65240430 | |
| 邮　　编 | 100079 | |
| 印　　刷 | 长沙鸿发印务实业有限公司 | |
| 开　　本 | 880mm×1230mm　　1/32 | |
| 字　　数 | 276千字 | |
| 印　　张 | 9 | |
| 版　　次 | 2022年9月第1版 | |
| 印　　次 | 2022年9月第1次印刷 | |
| 定　　价 | 39.80元 | |

目录

目 录

第一章 🍃

锌加爽歪歪

RU TONG BAN
TONG XUE

"总要有一首我的歌大声唱过，再看天地辽阔。"

——《一颗苹果》

　　高三前的最后一个夏天，聂瑜仿佛明天就要上断头台一般，抓紧暑假的尾巴可劲儿挥霍时光，每天日夜颠倒，打游戏打到天昏地暗。

　　他凌晨四点刚刚躺下，梦里还在与敌方混战。清晨六点就被早起的奶奶吵醒，奶奶撞开十八岁男高中生的房门，毫无青春期隐私可言。

　　"你姑姑今天加班，我去帮她照顾念念。饭在锅里，中午你热一热再吃。要是下午客人来了，记得帮人家收拾一下屋子。我晚上再回来。"

　　聂奶奶扯开聂瑜的被子，嘱咐了一番话，转身又风风火火地出去。

　　房门"嘭"的一声关上，睡梦中的聂瑜重新将脑袋埋进了被子里，重归安静。

　　下午两点，正是一天中日头最盛的时候，摇头摆尾的小电风扇显然不足以驱散暑气，毯子被踢到了床下，聂瑜汗涔涔地醒了过来。

　　小房间内门窗紧锁、窗帘合拢，没开灯仍旧昏暗一片。

聂瑜望着虚空，过了好久才渐渐清醒过来，随手脱掉湿了大半的上衣，踩着拖鞋去了洗手间冲凉。

太阳能热水器的水被这几日的大太阳晒得滚烫。聂瑜是个血气方刚的大小伙子，正是浑身燥热的时候，关了热水，接了些凉水直接往身上浇。

他前两天刚去理了发，对理发师说要个简单好打理的发型，理发师大手一挥，给他剃成了板寸。一层青色的短发贴着头皮，像春天新生的短草皮，摸起来还有些扎手。聂瑜取了块香皂就往头上搓了点泡沫，省了洗发水的钱。

洗手间的窗户没关，聂瑜开着透气。一阵似有若无的敲门声飘了进来。他关掉了水龙头，仔细听了会儿，敲的的确是自己家的门。

他胡乱地套了条裤衩，踩着湿答答的拖鞋穿过天井。

"怎么又忘记带钥匙了？你不是晚上才……"

家里已经两个月没来过外人，聂瑜理所当然地以为是出门复归的奶奶，潮湿的手打开门锁，门槛外、台阶下，却站着个陌生人。

来人是个十五六岁的少年，体格瘦削、身形娇小，穿着白色短袖T恤、七分裤、经典款黑白帆布鞋，干净整洁。他肤色白皙，两颊因夏日炎热而泛着淡粉色。

大概是在外面等太久了，他表情不太明朗，藏在刘海后的一双琥珀色眼睛毫无畏惧地瞪着眼前人，带着几分初生牛犊的骄纵，偏偏那张脸又生得极精致，像贴在白墙上的偶像海报。

精致的五官与记忆中稚嫩的脸庞重合，聂瑜本能地拽了拽脖子上的毛巾，想说什么，开了口却发不出声。

滴答，滴答。

残留的水渍从宽厚的肩膀往下流淌，轻柔地抚摸过少年结实的胸膛、平坦的小腹，顺着肌肉线条的隐约纹路缓慢滑落。

一片好春光。

门里门外两人互瞪着对方，双双沉默，只有夏日的蝉扯着嗓子声音嘶哑。

不知哪儿来的一阵凉风蹿了进来，浑身是水的聂瑜当即打了个喷嚏，故作镇定地抹了把脸。

深黑的下垂眼警惕地瞪着来人，聂瑜抬了抬下巴，问："找谁？"

门外的少年看了一眼手里的手机屏幕，回答："刘美兰。"

"你找错地儿了，这里没这人。"聂瑜迅速地关了门。

少年皱着眉头朝四周张望起来。

齿轮厂家属区19栋2户。是这儿没错。

他正纳闷着，木门再次打开，聂瑜咳了两声掩饰尴尬，问："你找我奶奶有什么事？"

聂奶奶本名刘美兰，自从二十岁嫁人后，她做过聂太太、聂大嫂、聂奶奶，几十年过去，连自家孙儿都差点忘了她原先的名字是什么。

少年拉起行李箱拉杆，答："我是这儿的租客。"


聂家这套房子是几十年前工厂分配的，两层的"将军房"，名字听着豪气，其实上下面积加起来也不过五十平方米。但聂瑜老妈聪明，趁着房价没涨的时候把隔壁盘了下来，两家打通，足够祖孙三代一起住。

这户型并不常见，楼梯露天，日晒雨淋，纵宽极窄，挤挤挨挨。近百户的"将军房"连成阡陌纵横的小巷，夏天门窗大开，隔壁播的琼瑶剧、小两口的争吵都听得一清二楚。

唯一的好处是，家属区临近周边的学校，襄津市内最好的小学、初中、高中都在这附近，步行不超过十分钟。特别是附近的育淮高中，宿舍环境差，食堂又难吃，但凡家里有点能力的都不会让孩子寄宿，因而也促成了周边风生水起的租房和代伙一条龙服务。

聂瑜初中的时候，爹妈离婚了。他爹聂平献身艺术，扛着摄像机走南闯北，一年到头不着家。聂家老两口为了补贴家用，便将楼上两间空房租了出去，有时还做些代伙的生意，每年的房租和退休金，也够一家子过得舒适自在。

上一个租客在今年六月高考后就搬走了。聂奶奶提过，新的房客这几天就会搬过来，估摸着就是门外的这个人了。

"你等会儿。"

聂瑜火速奔回洗手间，冲去泡沫、擦干身体，套了件宽大的黑色短袖。整套动作下来不超过两分钟。他抹了把脸，擦干镜子上的雾气。

镜子里的他很出众，剑一样锋利的眉毛和深邃的黑眼睛，鼻梁高挺、五官硬朗，紧闭双唇不苟言笑时颇有几分威慑力，很不亲切。

他尝试着弯起嘴角，光亮注入眼眸，溢出的热情如灼灼烈阳。

这好像又太过了。

聂瑜抓了抓脑袋，干脆顶着一张毫无表情的脸走了出去，给新房客开了门。

出租的房间在楼上，一共两间面积相当的卧室，还有一条打通的长阳台，两三个人一起住也算宽敞。

通往二楼的楼梯窄小而陡峭，聂瑜小时候经常从楼梯上滚下去，摔一头大包。那人细胳膊细腿的，还提了只齐腰高的黑色行李箱，聂瑜想也没想就伸手接过对方的行李箱，无视对方警惕的眼光，搬上了楼。

这箱子比聂瑜预料中的沉得多，也不知道都塞了些什么。他穿越几十级台阶，到了二楼时累得不行。回头一看，人家房客正不慌不忙地往楼上爬，东张西望地打量。

家里到底比外头凉爽些，几阵风一吹，那少年脸上的红晕已然褪去，面色越发泛白。他始终紧抿着唇，右手攥着单肩包背带，也攥着几分小心谨慎。

聂瑜抹了把额头上的汗，说："楼上是你一个人的空间，平常除了打扫不会有人进去。你可以自己配把锁，贵重的东西锁抽屉里。楼下两间房是我和我奶奶的——哦，刘美兰就是我奶奶——厨房、洗手间和客厅都是公用的。"

"噢。"房客伸手接过行李箱，指尖擦过聂瑜的手背，冰冷的。

"生活用品都准备好了，你有什么别的需要，可以随时找我。"聂瑜看着对方，伸出手掌。

"行。"房客仍是回了一个字，不冷不热的，说话时眼睛从不看向对话人。

他抬头检查了一下两个房间，挑了里头的那间，将行李箱塞了进去。他又转过头，见聂瑜仍站在阳台上，伸出的胳膊僵在空气里。

他问："你还有事？"

聂瑜收回胳膊，不爽的心情表现在了语气里："丑话说在前头啊。一年起租、押一付二、定金不退、损坏的家具电器另行赔偿。三餐全包，大家吃一样的，你要是想开小灶也行，每个月单交一笔钱。"

"哦。"

房客点点头，从单肩包里取出一个小钱包，抽出四张红钞票。

聂瑜以为他现在就掏钱，正想假客气两句，却听见对方说："麻烦买点面包和牛奶，面包要全麦切片吐司，牛奶要全脂新鲜的。剩下的钱就当你的小费。"

聂瑜看着眼前崭新的钞票，额头上的青筋跳了跳。

房客见聂瑜不动，又抽了两张钞票："你先下去吧，我累了，晚饭时间再叫我。"

他利落地转过身，提着箱子往屋里走。

聂瑜的眉毛抽了抽。

"你先下去吧，我累了"。

这什么做派？给小费？把他当什么使唤了？

聂瑜"喊"了一声，把钞票塞进兜里，骂骂咧咧。

"那个……"在房客关上纱门回屋前，聂瑜这么喊了一声，声音里带着几分不确定，"你不记得我是谁了吗？"

房客转过身，大眼睛沉静如水，逆着午后阳光凝视着眼前人。

"记得。"他表情平静地说，"小学六年的零花钱全交了你的保护费，四年了，利滚利连本带息，是不是该还了？"

闹了半天，原来是老熟人。

聂瑜抹了把脸，扭头就走。

债主上门，就不该问。


聂瑜家每天傍晚六点准时吃晚饭。

他们家没有餐厅，所幸厨房也不算小，摆了张折叠桌，吃饭时就将桌子拉开，其他时间则收在墙角，不占地方。

聂瑜一天没正经吃饭，饿得直叫唤。

一米九的大块头，抱着碗坐在桌边，像是只等待开饭的大狼狗，就差伸出舌头吐两口气。

聂奶奶一边盛汤一边说："楼上那位你见过了吧？他是你爸朋友的儿子，人家年纪小，你就把他当成亲弟弟，多多照顾着。"

聂瑜白眼翻上天："他不就是几年前住在前面那条巷子的小屁孩吗？听说前些年搬去了建陵，怎么又回来了？"

"你还记得他啊？"聂奶奶惊讶，"你们好几年没见了吧？他搬走后你就没提过，我以为你朋友多，早忘了呢。"

"也就四年吧。"聂瑜轻描淡写地回了一句。

人的一生里有挺多个四年的。

说长不长，说短不短，足够聂瑜从初三上到高四，将当年扛着铁棍走街串巷的不良少年打磨成"金盆"洗手的复读生。

聂瑜想起当年干的浑事就浑身起鸡皮疙瘩，不良少年？有够"杀马特"的。

他想起楼上那位掏钱时的样子，鼻子里哼出一口气："他就一小屁孩，哪儿算得上什么朋友。"

话音刚落，厨房门猛地被人推开，门沿擦着聂瑜的屁股撞在了墙上。

他捂着屁股连退三步，愠怒地看向身后，楼上的房客踏着天井里的阴影迈了进来。

"不好意思啊。"

这位不算朋友的房客声音阴沉。

"苍蝇叫太大声了，不知道门口有人。"


这个死小孩。

聂瑜舔了舔唇。

四年不见，人竟变得叛逆了。


新房客走进厨房的时候，聂奶奶已经将整张餐桌塞得满满当当。

"来来来，快来吃饭。你第一天住进来，奶奶请你吃点好的。"她热情地招呼道，"这是烤鸭，一定要蘸这个酱才好吃。这个是熏烧鹅，再吃点狮子头，我的绝活儿，小瑜最爱这个！"

老人家实在，鸡鸭鱼肉应有尽有，就是一片菜叶子都没有。

聂瑜捧着饭碗大口啃着狮子头，嘴边鼻尖沾的全是菜籽油。

这新房客瞥了他几眼，慢吞吞地夹了块烤鸭，咬一下，糊了一嘴的油。他再吃口熏烧鹅，嚯，皮比肉还厚。他生吞了几口肉，扒了几口白米饭，搁下筷子，再也吃不下。

聂奶奶奇怪地看着他："怎么不吃了？不好吃？"

"我夏天胃口不好。"新房客看向她身后的冰箱，"有牛奶吗？"

"当然有啊。"聂瑜打开冰箱，"爽歪歪喝不喝？"

新房客看着他："爽歪歪算牛奶？"

"怎么不算了？"聂瑜背出一串广告词，"15 种益生菌发酵，甜甜的，酸酸的，锌营养，吃饭香——特别适合你这种挑食的小朋友。"

"小朋友"白眼一翻。

"说了不准欺负弟弟，你听不懂是吧？"他家老祖宗白眼一翻，双手叉腰，义愤填膺，"人家是家里有困难了才来咱家住的，你多照顾着点不行啊？"

聂瑜"嘁"了一声："他能有什么困难，财大气粗，出手挺大方啊。"

聂奶奶看新房客一眼，不好明说什么，只能张口啐孙子："不知道的事少瞎说，快二十岁的人了，跟你爹一样心智不成熟。"

得，又来了，每次骂我必定带上我爹。

聂瑜低头扒饭，怨怼地瞪着新房客。

新房客扫他一眼，哼一声，扭头走了。


夜幕降临，阴云遮蔽月亮，潮湿闷热的空气堵塞毛孔。

这是下雨前的征兆。

新房客出了厨房，穿过四四方方的天井，来到客厅门口，正撞见推拉门上挂着的今年的年历，五颜六色的笔圈出了好几个日期，旁边密密麻麻地记了些什么，字儿写得极难看。

他凑近了一瞧，辨认出了几行字。


8 月 1 日，建军 80 周年。

8 月 5 日，翠花生了四只小宝宝。

8 月 25 日，世界田径锦标赛。刘翔！

8 月 30 日，小屁孩住进来了。


今天，就是 8 月 30 日。

新房客转头看向厨房，暖黄色的灯光下，一老一小正在餐桌边斗嘴，极吵闹，也极热闹。

其实那一年发生了很多事，《柏林宣言》发表，北斗导航卫星发射，叶利钦逝世，布莱尔辞职……年历往前翻，大至国事、小至日常，都被零零碎碎地记录在这里。众生平等，连巷子里的母猫生产也不忘记。

特幼稚，特无聊。

他摇了摇头，转身上楼。

隔了一分钟，他又跑了下来，手里多了一支黑色水笔。

他摘下笔盖，将日历上的"小屁孩"三个字划去，一手漂亮的行书，在下面写下了"费遐周"三个字。

费遐周抬起头，日历上方的四个烫银数字是那一年的年份——2007。

2007年8月30日，是费遐周入住聂瑜家的第一天。

晚饭后，一阵雨淅淅沥沥地落了下来。到了深夜，雨势越发猛烈。

第二天是育淮中学报名交学费的日子，聂瑜美好假期的最后一天。深夜一点游戏打了通关，他正准备就此躺下睡觉时，一道惊雷轰隆隆地敲响天幕。

雨下大了。客厅推拉门的密封条老旧而破损，门口不住地有风呼啸而来，发出呜呜的幽怨声。大雨冲刷屋檐、灌入天井，万年青宽大的叶子被击得噼啪作响。

聂瑜想起天井里的那些花草，起身下了床。

他们家本就是两户并成的一间房，加上位置又靠近车行道，户型略大些，天井也显得比别人家宽阔。老人爱种些花花草草，但晚上睡得沉听不见雨声，全靠聂瑜照料她的宝贝盆栽。

聂瑜撑着伞走到天井，往盆栽架上盖了层蛇皮袋改的塑料布，用几块砖头压住，充当简易雨棚。

他收拾好一切，刚起身，就听见上方传来声响。

费遐周扶着楼梯栏杆，正往一楼走。

"大半夜的，你干吗呢？"聂瑜问了声。

那人步伐平稳，并不搭理他。

臭小子脾气还挺大。聂瑜正在心里抱怨着，一道闪电乍然划过，极短的瞬间内照亮了费遐周的脸庞。

——闭着眼的。

聂瑜呵斥的话堵在了嗓子眼。

他握紧了手里的伞，忐忑地后退了几步，发现费遐周连鞋也没穿，是赤着脚往楼下走的。

楼梯上方虽有雨棚，但年久失修，大颗大颗的雨滴渗漏而下，费遐周的半边肩膀已经被打湿，而他本人浑然未觉，脚步稳健，平平稳稳地走到了一楼。

聂瑜倒抽了口凉气。

这难道就是传说中的……梦游？

以前听老人说过，梦游的人不能被喊醒，他不知这种传言到底有几分依据，也不敢轻易下论断，只好眉头紧皱，警惕地注视眼前人。

费遐周看上去睡得非常死，赤着脚溜了这么一大圈不说，还直愣愣地往天井里走。

聂瑜连忙撑伞上前，挡住了对方的去路。

他个高肩宽，胸肌还厚实。费遐周矮他一大截儿，脚步毫不停滞地往前冲，一头撞到了他胸口。

"唑——"聂瑜吃痛。

费遐周睡傻了，估计只当自己撞上了一堵墙，摸了摸自己的额头，往客厅走去了。

聂瑜揉了揉胸口，内伤严重。

客厅空旷，除了沙发、电视机和条台没别的东西，费遐周一路没有阻碍，嗒嗒嗒地穿过客厅，进了一间没关门的房间。

聂瑜手里的伞有点握不稳了。

他刚才出卧室的时候，是不是忘了关门来着？

费遐周一进聂瑜的房间，整个就乱套了。

"这是我的手办，别乱碰。"

"臭袜子，好几天没洗，你不嫌脏啊？"

"等会儿……你不能躺我床上！"

梦游的人都有什么臭毛病啊？乱闯人房间就算了，怎么什么东西都要摸一摸？

聂瑜张开双臂挡在自己的单人床前,誓死捍卫自己的领地。

梦游中的费逯周不比电影里一蹦一跳的小僵尸好到哪里去,心里没半点方向感,没有障碍就往前闯,走不过去就先撞两下,撞不过去就换方向。

他往前拱了拱,被坚实的手臂给挡了回来。

聂瑜琢磨着这人差不多该走了吧,费逯周皱了皱眉头,一把抱住了他的胳膊。

抱、住、了。

聂瑜僵住。

"喂……"

他伸出一根手指抵住费逯周的额头,生出一分"管你被叫醒会疯还是会傻,敢吃我豆腐活腻了吧"的念头。

费逯周死不松手,倚着床沿坐了下去,头还在对方的胳膊上蹭了两下,还以为怀里抱的是个枕头。

聂瑜心中涌出许多暴力的想法。

"喂喂喂,你醒一醒!"聂瑜使劲儿地甩了甩手臂。

费逯周岿然不动,全身的重量都压在了对方身上,表情平和,肩膀均匀起伏。

你可别是……

聂瑜探出一根手指伸到他的鼻尖,呼吸十分规律。

还真睡着了。


第二天早上,费逯周是在沙发上醒过来的。

他被一条毯子裹得严严实实的,像只结了蛹的蚕宝宝,挣扎了好几下才挣脱出来。

沙发是木质的,夏天铺了草席,费逯周枕在席子上躺了一宿,右侧脸颊上满是红痕,没有枕头,脖子也酸疼得要命。

他本能地想揉眼睛,伸出手才发现自己怀里正抱着一样东西,低头一看……

是个大冬瓜。

冬瓜?

费逯周满头问号。

他使劲儿地敲了敲脑袋，实在想不起来自己怎么会从楼上的卧室跑到楼下的客厅。还……还偷了个冬瓜？

不会又犯老毛病了吧？

费遐周做贼似的看向隔壁两间卧室，大门紧锁，没有动静。

还好……他稍稍放心了。

梦里开别人房门这么损的招儿，他应该还没学会。

被毯子裹了一晚上，费遐周浑身黏乎乎的，抬脚一看，脚底板都是黑的，也不知道昨晚自己都干了些什么。

他叹了口气，上楼拿了身干净衣服，洗澡去了。


早上八点，聂奶奶踢开聂瑜的房门，右手锅铲左手平底锅，锣鼓喧天："醒醒醒醒醒醒！都几点了还不起床！这么个大小伙子，好意思赖床吗？"

薄毯子被扯开，聂瑜挣扎着在竹席上打了个滚儿，艰难地坐了起来。

他并不是一个赖床的人，但是昨天晚上折腾了老半天，又是搬冬瓜又要对付梦游的小屁孩，好不容易锁好房门回屋睡觉，一晚上净做噩梦了，根本没睡好。

聂奶奶去了厨房忙活，聂瑜出了卧室直奔洗手间。

大清早的，他眼睛还没全睁开，揉着眼屎，拉开紧闭的木门。

这门和整栋将军楼一样有好些年的历史了，生锈的门枢发出"吱呀"一声，哗啦啦的流水声灌进了耳朵，温热的水蒸汽扑面而来。

水雾氤氲，聂瑜掀开耷拉的眼皮，望见一个朦胧的身影。先是一头湿漉漉的黑发、蜿蜒的背脊曲线，视线再往下移……

"哎哟，我的妈！"

热水从花洒里涌出，对准聂瑜喷了一脸。他号叫一声退了出去，慌忙关上木门。

站在洗手间外愣了十秒，聂瑜抹了把脸上的水，彻底清醒了。

什么人啊，大早上洗澡还不锁门？

愤怒完了，他又忍不住再回味一下，这个人皮肤怎么这么白啊……

聂瑜赶忙扇了自己一个巴掌，强迫自己清醒。

厨房里，聂奶奶正忙活着。

"来来来，洗洗手吃饭了，我特地排队买的王家烧饼。"聂奶奶拉开餐桌，布置碗筷，"一个咸葱的，一个甜芝麻的。咸葱的给小费吃吧。"

王家的烧饼，咸味的是长条状，甜味的是圆的。聂瑜摆了摆手，将咸味的抢走："这个给我吧。"

聂奶奶瞪他："你这么大个人了，怎么还跟弟弟抢吃的啊？"

聂瑜翻了个白眼："我至于跟他抢烧饼？他喜欢吃甜的好不好！"

"你咋知道？你俩很熟吗？"

"我……"聂瑜被奶奶噎得说不出话来，默了半晌才心虚地说，"我以前吧……老抢他的早饭吃……"

聂奶奶怒了，举起筷子敲他脑袋："我就知道你这臭小子成天为非作歹不干好事！"

聂瑜辩解道："多少年前的事了，以前不懂事而已……喂！您下手也太重了，我是不是您亲孙子啊？"

她这是动真格的，聂瑜惹不起但躲得起，刚往后退了两步，一脚踩在软绵绵的东西上。他扭头一瞧，刚洗完澡的费遐周皱巴着一张脸瞪着自己。

"脚！"费遐周咬着牙说。

聂瑜低头一看，自己正踩着人家的脚呢。他连忙跳开，对方崭新的白色球鞋留下一道清晰的鞋印。

得。

聂瑜在心里想——这下咱俩扯平了。


吃完早饭，聂瑜走到校门口的时候看见了同学枚恩。

枚恩背着个吉他包，正被一圈女孩围着，俊美的脸毫无表情，动弹不得。

"学长，你是哪个班的啊？"

"学长，能不能留个 QQ 号啊？"

"学长，我认识你，你是不是上过电视？"

聂瑜笑了声，吹着口哨走了过去。

"枚恩,一大早干什么呢?"

他穿着宽松的黑色 T 恤,正面印着杀气腾腾的图案,长到膝盖的黑短裤,兜里揣了两支笔,干脆连书包也没带。

聂瑜脚踩人字拖,嘴里叼着根牙签走了过去,一把揽住枚恩的脖子。瘦削的少年一下没喘上气儿来,活似被黑社会威胁的苦主。

"这是哪里来的痞子啊……"

女孩们忌惮地看了聂瑜两眼,拉着同伴的手,一溜烟地逃走了。

"咳咳——"枚恩咳了两声,抬眼瞪他,"撒手。"

聂瑜耸耸肩,放开了他。

枚恩打量对方一眼,清冷的脸上有了点表情。他眉头紧蹙,嫌弃道:"都高四了,你还这么不上心,成天穿得跟个流氓一样,什么姑娘看见你不得吓跑?"

"你这么能说刚才怎么一声不吭啊?不是我来,你能脱身吗?"聂瑜抬了抬下巴,指着枚恩的吉他,"你倒是上心,背着吉他来学校?"

枚恩讪讪道:"中午要去排练,来不及再回家一趟。"

枚恩和聂瑜一样,上半年高考失利,下半年复读,按玩笑话说就是读高四。他们都是文科生,以前就是一个班的。只不过枚恩是学艺术的,吉他不离身,音乐狂一个。

聂瑜拍拍他的肩,笑道:"走吧,迎接咱们崭新的高四生活。"

"瞧你这新鲜劲儿。"枚恩打趣。


今年育淮中学辟出了一个文科强化班,班里的学生大多是成绩好的尖子生,不然就是有人脉走了后门的。

当然,还有聂瑜和枚恩这样的,高考成绩还不错但偏偏选择了复读的高四生。

因为是新班级,入校第一天一片混乱。班主任姓罗,教英语的,进班级的第一件事是叫他们自由选择座位,给他们半个小时商量,自己跑去办公室喝茶了。

林丹青一身水蓝色连衣裙,黑色长发编成了麻花辫,背着小书包站在行道里,被一群陌生男生围堵着。

"你是林丹青吧?是不是还没同桌?你看我怎么样?"

"我……我听说你很久了，没想到真人比传说中还好看啊……"

林丹青挤出一个礼貌的笑容，漂亮的脸蛋垂着，委婉的拒绝声被热情的邀请声盖过。

"都起开！"

不知从哪儿蹿出一个穿黑色运动服的高个子，一头利落的齐耳短发，剑眉凌厉。穿衣风格虽中性，气势也又飒又酷，但这张脸分明是个样貌精致的姑娘的，只是比男孩还要帅上几分。

沈淼挡在林丹青前头，瞪着眼前的男生，宣示主权般说："林丹青有同桌了，就是我。你们哪儿凉快哪儿待着去。"

"有一个聂瑜还不够，怎么还来了个沈淼啊……"男生们低声抱怨着，作鸟兽散。

林丹青叹了口气，劝道："以后都是一个班的同学，你别对人家太凶了。"

沈淼嚼了嚼口香糖，不屑道："这帮人癞蛤蟆想吃天鹅肉，我得提前给个下马威，省得以后邪心不改。"

"先想想我们坐哪里吧。"林丹青四处张望了一下，"靠窗那个是枚恩吗？咱们坐他前面吧？"

沈淼嫌弃地摇摇头："不要，这小白脸太招蜂引蝶了，你看多少女生围着他坐呢。"她转头看向角落，乐了，"咱去找聂瑜吧，他附近没人敢去。清净。"

林丹青犹疑："他看起来好凶啊……好相处吗？"

"我们聂哥虽然看起来凶神恶煞，内心还是很柔软的，相信我。"沈淼拍着胸脯保证。

你确定他内心柔软？

林丹青深感怀疑。


聂瑜是全班个子最高的，理所当然地挑了最后一排的位置，缩在角落里，打瞌睡开小差都不容易被发现。

大部分人对聂瑜的第一印象跟林丹青想法一样，瞅着他这面相，怎么看都不像个好人。再加上他恶名远扬——哪年哪月将哪个人给打了，眉角那道疤是哪场火并留下的……总之，传得神乎其神，人送外号"育淮山鸡哥"，左踏黑、右吃白，打个喷嚏黑白两道都要抖上三抖。

——都是《古惑仔》看太多罢了。

林丹青跟随沈淼在聂瑜前头落座时，聂瑜正打着哈欠挖眼屎，抬手朝二位说了一声"哦哈哟"，她愣了半天才反应过来，原来他是用日语在说早上好。

好像也不是那么吓人，甚至还有点蠢萌。

沈淼跟聂瑜有些交情，坐下后说的第一句话就很不客气。

"哟，哥，你这一个暑假搬砖去了吗？怎么黑成这样了？还有你这黑眼圈，跟被人揍了一拳似的。第一次上高三，太激动了吗？"

"滚。"聂瑜翻白眼，"昨晚家里闹耗子，没睡好。"

沈淼以为他说的耗子是真耗子，没往心里去，换了个话题问："说真的，我其实挺好奇，您老人家到底哪儿想不开要来复读啊？建陵财经虽说算不上'985''211'，好歹也是个一本学校，在咱们省也算可以了。您可真舍得。再说了，我们这一届高考改革，您万一越考越差怎么办？"

聂瑜脸都黑了，眼皮上翻，下垂眼瞪人威慑力十足。

"你早上刷牙了吗？口气这么臭？"他回怼。

林丹青好奇地问："你是复读生？那你们俩怎么会认识？"

聂瑜淡淡地说："哦，年初的时候吧，在网吧认识的，当时有点状况，我替她解了围。"

"解围"两个字未免太轻描淡写了点。

沈淼虽然走酷帅风，但也是个长得好看的小姑娘，那日去网吧打了会儿游戏，很快就被一群混混盯上了，一口一个"小妹妹陪哥哥聊聊天呗"地缠着她。她拼命反抗，隐隐有要打起来的架势。

挣扎中，沈淼不小心碰到了隔壁的聂瑜。聂瑜鼠标一滑，动作停了三秒，血条瞬间被砍光，当场 Game over（游戏结束）。他一怒之下摔了键盘，站起来狠狠瞪着沈淼。

沈淼本以为自己倒霉了，又惹上了一位，还没来得及道歉，聂瑜一拳朝她身后挥了过去。

"欺负小姑娘算哪门子的男人。"

"育淮山鸡哥"不轻易出手，一出手就揍得兔崽子们屁滚尿流。

"原来是这样啊。"林丹青微笑，"可你不是说自己从没去过网吧吗？"

沈森慌了："这个我可以解释的……"

聂瑜点燃了战争的导火线，自己却从容地打了个哈欠，趴在桌上补觉去了。

费遐周是转校生，来之前已经办好了手续，今天不用去报到。

他吃完早饭后去了趟超市，置办了一些生活用品。聂奶奶虽然给他准备了全套的用具，但他还是要全换成新的才安心。

出租车停在家属区门口，费遐周拎着大包小包往家走。他伸出手要敲门的时候，忽然觉得哪里不对劲儿，退后看了两眼，走错了。

准确地说，也不能算走错。

这儿虽不是聂瑜家，却是他自己家。

过去的。

费遐周从小生活在这个家属区，直到小学毕业后才随经商成功的父亲搬去了大城市建陵，住进了小高楼里。

四年了。他四年没回来了。

可本能地，老马识途一般，他的双脚不由自主地牵引着他回到了这条巷子，这扇门前。

这间房子不知道被卖给了哪户人家，此刻家里没人，很安静。

费遐周怀旧似的仔细打量着陪伴了自己一个童年的旧家园，时过境不迁，墙面更加斑驳，经年的油烟污渍下藏着五个歪歪扭扭的字——实小的希望。

他忍不住弯了弯嘴角，想起来了。

这是聂瑜写的。

这家伙的字跟鬼画符似的，偏偏喜欢在墙上涂鸦，毁了好多面墙。

"记住了，以后看见这五个字，就知道是你家了，不会再走错的。"

彼时，刚上初中的聂瑜手握粉笔，对这位迷了路的弟弟这样说。

聂瑜这个人啊……费遐周想起他来，心情总是很复杂。

他好像变了很多，又好像一如往昔。

在外头耽误了老半天，费遐周才终于回到家里。

其他东西都是次要的，他今天主要是出门买了一把锁。

不是锁柜子锁抽屉，而是锁住自己的卧室大门。

他小时候就有这毛病，压力过大、睡眠不好时就会犯夜游症，治也治过，但时好时坏，一直无法去病根。平时在家里乱走也就算了，现在租住在别人家里，吓着人还是次要的，要是被聂瑜揪着这事调侃自己，那可有够受不了的。

费遐周将新买的锁挂上门把手，暗自下了决心。

夜游可以，但绝不能丢人。

早上交了学费、领了书就放学了，聂瑜中午回到家的时候，却发现了一件了不得的大事。

他们家的菜谱全换了。

昨天晚上，聂奶奶见费遐周吃饭没什么胃口，便问了句："小费啊，这些饭菜是不是不合口味？你喜欢什么，奶奶明天给你做。"

这姓费的小子还真不客气，撕下一页草稿纸，写了满满两页的饮食需求清单。

小祖宗的嘴刁得很，不吃辣也不吃酱油，不吃猪肉、胡萝卜、黄瓜、芹菜、菠菜、番茄、生姜、蒜，饭菜要少盐少油，保持食物的本味等等。

这可就苦了聂瑜。

聂瑜随他那位川渝出生的亲妈，平时无辣不欢。最爱吃的就是他奶奶做的油泼面，胡椒粉、花椒粉铺满碗面，浇上一勺滚烫的热油，那滋味——啧！

不吃猪肉也就算了，牛羊鸡都能满足他对肉食的需求，但是不吃辣算怎么回事？不加辣椒的中国菜还有什么滋味可言呢？

聂奶奶才不听他的。

聂奶奶本就爱养生，费遐周的口味和她一拍即合，彻底忘记了自己的亲孙子。

今儿一上饭桌，聂瑜就窒息了。

清蒸鱼、萝卜骨头汤、凉拌生菜、白水煮青菜……

水煮白肉配绿色蔬菜，健康归健康，但令人毫无食欲。

聂瑜怒了——

"我起早贪黑地上学，就想吃点好的，这要求过分吗？"

"过分，当然过分了。你比人家小费大三岁，能不能有点哥哥的样子？就知道在吃的事情上计较，你怎么不跟人家比成绩呢？男子汉大丈夫，小气死了。"

聂奶奶啐他一口，扭头就给费遐周夹了块蒸紫薯。

聂瑜想了想，也是，他好歹当了这么多年大哥，不能因为吃饭这芝麻大点的事跟一个不懂事的孩子计较，多跌份儿啊。

聂瑜摆摆手，没事，我忍。

一扭头，他就去超市买了十瓶老干妈。

第二章 🍃

国牌郁美净

BU TONG BAN
TONG XUE

八月的最后一个晚上，聂瑜有些失眠。

一方面是因为熬夜成了习惯，十一点躺下都变成了早睡。

另一方面，他又忍不住去想，费遐周今晚会不会又大半夜梦游跑到楼下？要是磕着碰着了，那岂不是……

等会儿，我担心他干吗？

聂瑜拉起被子，盖住了自己的脸。

一夜好梦。

聂瑜醒来后，仔仔细细地将客厅和厨房打量了个遍，和昨晚睡前一样，没有遭到夜游者破坏的痕迹。昨天被借用的冬瓜完整地躺在菜篓子里，等着被煮成冬瓜汤。

本想等着看小屁孩的笑话，结果什么都没发生，他竟然还有点失落。

聂瑜摇摇头去了洗手间。

有了昨天的教训，他连上厕所都留下了心理阴影，进洗手间前使劲儿地敲了敲门，见没人回应才敢开门。

风卷残云地吃完早饭，聂瑜正准备去学校，聂奶奶一把揪住他的衣领，强硬地扯了回来。

　　"你等会儿！跟你小费弟弟一起去上学。"

　　既然在这儿租房子，自然是冲着育淮中学来的，他俩会读一个学校，聂瑜不惊讶。

　　费遐周早饭吃得少，一片全麦面包加一颗水煮蛋就够了。杯子里装的是某外国品牌的脱脂纯牛奶，味道淡淡的，也不知道有什么好喝的。

　　他今天的状态不太好，脸色泛白，眼睑下一大片青色的黑眼圈，大眼睛耷拉了下来，眼角因困倦而渗出点水泽。可怜中透着疲惫，仿佛熬了一整晚没睡似的。

　　虽然困倦，但费遐周对自己的着装倒是很上心——上身白色衬衫，下身深灰色九分裤，黑白板鞋加船袜，露出纤瘦的脚踝。聂瑜这才注意到，他左脚脚踝上挂了一根黑绳，绳子上串了一颗白玉珠，颜色醇厚。

　　"还走不走？"见聂瑜呆看着自己半晌，费遐周催促了一声，自顾自地出了门。

　　聂瑜这才找回神思，连忙赶上他："急什么，你知道往哪儿走吗？"

　　早上六点多的襄津阳光明媚，大大小小的早餐店都搬出了桌椅，流动摊点早已送走一拨客人。炸油条的，摊米饼的，煮馄饨的，刚蒸好的包子冒着热腾腾的白汽，就着一盘咸菜就能吃完一大碗八宝粥。

　　早起卖菜的小贩们在老地方占领了一条街，大爷大妈们拎着菜篓子讨价还价。骑着自行车的学生们从窄小的道路一飞而过，车铃声丁零丁零，如清晨报晓的鸟鸣。

　　聂瑜这人虽长了一副人狠话不多的模样，实则这张嘴一刻也停不下来。去学校的路上，东家长西家短地同费遐周攀谈，丝毫不见外。

　　"奶奶说你比我小三岁，那你现在读高一？"聂瑜问。

　　费遐周回话时眼睛并不看着他："高二。我初中跳级了。"

　　"哦。"

　　聂瑜回得淡然，心里想的却是，你小子够厉害的啊。

"你呢？"费遐周话锋一转，"你今年不是该上大学了吗？"

"我吧……"他挠了挠脖子。

"哦，对了。你今年高四吧？"费遐周话中带刺，故意问，"没考上？"

聂瑜被击中要害，不爽地反驳："我那是眼光高、看不上。我要是真想上学，一本不在话下，好吧？"

费遐周敷衍地点了点头，就差在脸上写"我信你个鬼"五个字了。

"嘟嘟——"

不知哪个人把汽车开了进来，喇叭声震耳欲聋。

聂瑜眼疾手快，一把拽住费遐周的领口将他拉到身旁，汽车擦着耳朵驶过，凉风瘆人。

"走路看着点。"他松开了手，不动声色地绕到费遐周的左边，主动站在了马路外侧。

他手劲儿大，下意识这么一揪，费遐周脖子前一大块皮肤泛了红，不知道的还以为被人揍了一顿。

"对不住哈。"聂瑜举起双手。

费遐周白他一眼，重新理了理领口。


高二（16）班的蒋攀同学今天有点不爽。

班上新来了个转校生，昨儿个没来报名，传言吹得都牛上天了。说是从省会建陵来的，长得特别好看，被星探递过名片，并且成绩还是全校第一，竞赛奖项拿到手软。

就吹吧。蒋攀不相信。

真以为人生是电视剧呢？去翻一翻历届高考状元的照片，有几个成绩好的男生长得帅的？

蒋攀怀着不屑的心情等了一早上，早读课快结束的时候，班主任魏巍终于领着转校生进门了。

"跟大家介绍一下啊，这是我们班新来的同学，叫费遐周。"魏巍环顾教室，指着蒋攀前头的空位说，"费遐周，你坐那儿吧。"

转校生走近的时候，蒋攀仔细打量了他一番，论样貌——还算行吧，跟其他歪瓜裂枣比起来算帅的了，但跟我们顾念一比就不行了，那脸冷得跟冰碴子似的，不讨喜。

而费遐周的同桌正是顾念。

顾念是被家人和老师捧在手心里的年级第一，脸蛋和镜框一样圆滚滚，是个天真烂漫的小学霸。谁和顾念做同桌，魏巍都不满意，生怕将清华苗子给带坏了。这位置空了大半年，今儿竟给费遐周坐上了。

当事人并不知道一个位置背后还有那么多故事，他从书包里拿出崭新的课本，端正地摆在课桌中央，等魏巍一走，立马趴在了课桌上——补觉去了。

蒋攀心里感叹，学霸就是不一样，刚开学就熬夜学习，看给孩子困的。

没多久，上课铃打响，费遐周仍明目张胆地打着瞌睡，蒋攀的眼皮跳了跳。

又过了四十分钟，下课了，费遐周终于动了动脖子，换了个姿势，继续睡。

蒋攀迷茫了。

说好的学霸呢？

就这样？

费遐周一早上都处于昏昏沉沉的睡眠中，直到快放学时才总算睡饱了。

他没睡醒的时候脾气也不太好，后座那小子几次想要跟他搭话，他困得要命，一概没理。好在同桌看起来性格不错，主动提出借笔记给他抄，给他留下了很好的印象。

育淮的食堂不怎么样，费遐周中午在聂瑜家代伙，还能顺便睡个午觉。

聂奶奶今天煮的是冬瓜汤，聂瑜皱着眉头，吃得十分痛苦，掏了半罐老干妈才最终吃了下去。

"今天在学校怎么样啊？老师和同学人好吗？"聂奶奶问。

"还行吧。"费遐周搪塞了一句，搁下筷子，擦了擦嘴，"我吃饱了，先去睡午觉了。"

说完，人就跑上楼了。

聂奶奶奇怪："他这是怎么了？从早上开始就无精打采的，跟一晚上没睡似的。"

聂瑜嘴唇动了动似乎想说什么，犹豫半晌最终把话给咽了回去。

算了，别管这个闲事了。

之后的一个星期，楼上的费遐周没再露出任何奇怪的迹象。

聂瑜常常起夜，半夜看着空荡的客厅总要怀疑，之前的那个雨夜，其实是不是自己做了场梦？

育淮中学规矩颇多，一周里只放半天假，还总是有作业要写。"周末"这两个字眼对于高中生们来说太过奢侈了。

周日下午，费遐周霸占了洗手间，耗了一个多小时，水流声仍哗啦啦的，丝毫没有停下的意思。

聂瑜贪凉，中午猛吃了四根绿舌头冰棒，再结实的体格也经不住这么折腾的，打游戏打到一半就感受到了腹部的翻涌，扔下鼠标就奔向洗手间。

"砰砰砰！砰砰砰！"

聂瑜把门板拍得贼响亮，喊："那什么，你洗好了吗？麻烦你动作快点，我内急！"

里头的水声小了一些，费遐周清亮的声音从门内传来，言简意赅的两个字："快了。"

十分钟后聂瑜又敲了一次门，费遐周仍是答"快了"。

又过了一刻钟，对方仍没有要出来的意思。聂瑜这次是真的忍不住了，拿出了砸门的气势，大吼："你洗澡呢还是脱皮呢！"

"吱呀"一声，费遐周突然从内打开了门，聂瑜一个跟头险些栽到他身上去。

刚洗完澡的费遐周双颊粉嫩，唇色异常殷红。额前的刘海湿答答地垂下，水雾氤氲的一双眼像雨后的天空。他穿着粉蓝色的睡衣睡裤，上头印着卡通图案，像童装。宽大的领口半掩着锁骨，瓷白的皮肤上隐着一颗小痣。

"吵死了。"他翻了翻白眼，抢白抱怨。

也不知他用的什么沐浴露，门一打开就带动一股清香涌动，清甜的味道里泛着淡淡的奶香气。

聂瑜闻了几下，鼻尖发痒。

腹中又一阵滚动，他没工夫跟对方计较太多，连滚带爬地冲进了洗手间。

咱俩打个商量。

为了防止类似的尴尬事件再次发生，咱们最好拟定一个住房公约，规定好每人每天的洗澡时间。

冲了马桶，聂瑜一边洗手一边打着腹稿，琢磨着今天一定要把这事跟费遐周好好说清楚了。他刚才拍门拍得手掌都痛了，可不想每次上厕所都要担忧撞见美人出浴。

呸，什么美人，我在想什么。

他下定了决心，擦了擦手往外走。

聂瑜推开门，费遐周双手抱臂站在门口，抢先一步开口："聂瑜，我有事要跟你商量。"

客厅里，聂瑜和费遐周分别坐在沙发的两边，眸中锋芒交战。

费遐周提前声明："说好了，一次性把话说开，谁也不能急。"

聂瑜笑了："我身正不怕影子斜，有什么可急的？"

"那你听好了。"

费遐周掏出兜里的清单，一条一条地吐槽。

"你生活得太邋遢了——说好不急的，你站起来干吗——你的东西每次都扔得到处都是，对，就现在，你觉不觉得屁股底下有点硌得慌？是，这就是你昨天找了一个小时没找到的耳机。"

"你知道我耳机在哪儿？那你昨天还眼看着我找了一个小时都不吭声？"

被塞进了沙发缝儿里的耳机皱成了一团，聂瑜从缝里抠出来，怒了。

"我今天早上才发现的。"费遐周耸肩，又接着说，"还有，你每次打游戏都开外放，我在楼上都能听见声音，严重影响了我的休息。"

这条属实，聂瑜咳嗽两声，心虚地抬头看天花板："哦，你说完了吗？"

"最后一条，"费遐周严肃地说，"不准再偷用我的洗面奶。"

聂瑜一蹦三尺高："'偷'这个字能随便用吗？"

费遐周拿出证物——洗面奶："这瓶洗面奶一个星期前我才开封，现在只剩一半了，不是你用的，难道是聂奶奶用的？"

"我只是……"聂瑜继续看天花板，"我就是好奇……"

同样身为男生，费遐周那皮肤却比小姑娘还白还嫩，凑近了闻还带着奶香。聂瑜挺好奇的，同住一个屋檐下，怎么他总是浑身臭汗、脸黑如炭？

费遐周入住那天，瓶瓶罐罐塞满了洗手台。聂瑜活了十八年，从没见过这么多的洗面奶和护肤品，实在皮肤皴了，也只用国产大品牌的郁美净雪花膏。

聂瑜就是想试试，这小瓶子里的东西是不是比雪花膏效果好？

费遐周的单方面控诉告一段落，聂瑜承诺一定改正以上不良行为——尽管不知道可信度有多少——下一秒，他摩拳擦掌，准备好了翻身做主人。

"小屁孩，不是哥嫌弃你，但是你真的有点太……"聂瑜努力寻找一个委婉的形容词，"矫情了。"

费遐周的白眼翻上了天。

"你听我说啊。"聂瑜掰着手指头说，"你洗澡起码控制一下时间吧。我每次上厕所都要等那么久，憋尿憋得膀胱都要出问题了。"

费遐周"嗯"了一声，勉强答应。

"你说说你，吃晚饭从来不刷碗，衣服也不自己洗，全都送干洗店；冰箱里塞那么多吃的，嚼一口不好吃就全部扔进垃圾桶，不浪费吗？"

"又没花你的钱。"费遐周不屑。

聂瑜被他噎住了，撸起袖子就要教训他，嚷嚷道："这话真是伤透哥的心了。你以前多乖一小孩啊，现在怎么变成这样了？钱多了不起是吧？今天我就替你爹修正一下你这畸形的价值观。"

话毕，客厅里突然安静了。

本该接话的费遐周一声不吭，整理着自己的仪表端坐在了沙发上。

聂瑜莫名其妙地瞧着他，不知道对方又在打什么鬼主意，索性又放了几句狠话。

下一秒，聂奶奶举着鸡毛掸子从房间里走了出来。她只听见聂瑜最的那几句话，瞄准他的屁股就要揍下去。

"你个小兔崽子！学会欺软怕硬了是吧！我平时怎么教你的！有种你别跑！"聂奶奶扯着嗓子嚷。

费遐周装好人，劝道："奶奶，没关系的，我们就是说话比较大声而已，我没被欺负。"

聂瑜气得鼻孔冒烟——你还反过来装好人！

聂奶奶接着骂："你这副表情什么意思！凶什么凶！再凶一个我看看！"

聂瑜真是跳进黄河也洗不清，绕着沙发躲避攻击，只好求饶："我错了，奶奶，您别激动，揍我是小事，气坏了身子可是大事！"

客厅内鸡飞狗跳。

费遐周打了个哈欠，踩着蓝色拖鞋上了楼。

聂瑜看着他的背影，无声幽怨。

这个死孩子。


睡前，屋外又飘起了毛毛细雨。

聂瑜睡前才想起来阳台的衣服还没收，赶忙穿上鞋去了二楼。

一般没有要紧事，聂瑜是不会上楼的。至于费遐周一个人到底有没有占用两间房，他也没兴趣管。有钱交房租就万事大吉，只要不把家给拆了就都行。

费遐周还没睡，楼上灯火通明却大门紧锁，聂瑜将阳台外的衣服收进来后，才发现窗户边还站着个人。

为了防贼，房间的窗户都装了防盗网，外面的人进不去，里头的人却也出不来。窗户是打开的，费遐周握着防盗窗的护栏，紧咬嘴唇，神色紧绷。

聂瑜问："你站在这儿干吗？"

费遐周朝窗外瞥了一眼，嘴硬道："你管不着。"

也不知道他这些年怎么了，活生生长成了一位被宠坏的小孩，张口闭口就是"要你管""你管不着"，没了曾经的资本也不肯在气势上输人一等。

聂瑜倚着墙看他，问："到底怎么了？你屋里闹鬼吗？"

费遏周低着头不说话。

"你不说我走了。"聂瑜作势要走。

"等……等一下。"费遏周挣扎了片刻，还是喊住了他，"房间里有……有……"

"有啥？"

"蟑螂……"

聂瑜愣了："你说啥？"

"蟑螂！"费遏周吼了声。

聂瑜摸了摸下巴："所以，你是因为房间里有蟑螂，所以躲在外面？"

"……"

"你怕蟑螂？"

"……"

"哈哈哈……你是小朋友吗？"聂瑜笑喷了，"你小时候就怕蟑螂，怎么这么大了还怕它啊？笑死我了。"

费遏周也怒了："你家蟑螂太大个了！"

"哈哈哈，蟑螂太大个了，哈哈哈哈哈哈！"聂瑜笑得直不起腰来。

"别笑了！"费遏周急得脸都红了。

"行了行了，我不笑了。"聂瑜平静下来，"那你开门，聂哥帮你打死它。"

费遏周却突然不出声了。

聂瑜问："怎么？不想让我进去？"

"也不是。"他抿了抿唇，"门锁上了。"

"那你开锁呗。"聂瑜以为他说的是门插销。

"开不了……"费遏周咬了咬牙，指着阳台内挂着的一件衬衫，"你看看，那件衬衫口袋里是不是有一把钥匙？"

聂瑜一头雾水，但仍按他说的办了，果真从兜里摸出了一把钥匙。

费遏周接过钥匙，在门前捣鼓了一番，"咔嚓"一声，取下了一把锁。

"你……不至于吧。"聂瑜皱着眉，"你要是担心有人会进你房间，把插销插上就行了，实在不行，我把备用钥匙交给你。"

"不是因为这个。"费遐周摇摇头，开了门。

他面色不太好，本就因为蟑螂受了惊吓，又被困在房间许久，五官皱在了一起，好看的面容堆满了复杂的神色。

聂瑜放弃了追问下去的想法，不再废话，脱了鞋进屋。

楼上的房间比楼下大一些，装潢也更好，地上铺的是木地板。只不过毕竟是老房子了，夏季容易潮湿，冒出一两只蟑螂不稀奇。在聂瑜小的时候，还经常逮下水道的老鼠玩呢。

但费遐周从小就怕这些，聂瑜用死老鼠吓唬他的时候，他能逃到两条巷子外。

这么久过去了，他胆子没一点长进，脾气倒是大了不少。

聂瑜用拖鞋拍死了蟑螂，用纸巾包起来扔进了垃圾桶。费遐周胆战心惊地进了屋，看见床单上残留的蟑螂的血污，脸色又白了几分。

"没事，明天扔洗衣机里洗洗。"聂瑜将垃圾袋扎起来，准备带到楼下扔掉。

费遐周用两根指头捏住床单，小心翼翼地拽下床，堆成一团扔在了角落里。

"算了，我明天重买条新的。"费遐周又发话了。

聂瑜看着这条才用了一个星期的新床单，心梗地说："真想揍你。"

收拾完一切时，雨势不知不觉变大了，雨点砸在玻璃上，噼里啪啦作响。

临走前，聂瑜仍有些犹豫："你……"他缓缓开口，"奶奶让我问你，是不是发生了什么事？你这几天看起来没什么精神。"

远离了蟑螂的费遐周又一下子活了过来，口气不小："我能有什么事，你想多了吧。"

聂瑜看向他的眼睛，说："如果有需要，我其实可以帮你。"顿了顿，又补了句，"有偿。"

"谢谢，不需要。"费遐周"啪"地摔上了门。

聂瑜下了楼，把电视和电脑的插头都拔掉，回屋睡觉了。

他做了个梦，梦到了小时候。

还是小学生的费遐周从家里冲出来，哭哭啼啼地拽着聂瑜的衣袖说："聂瑜哥哥，我家有蟑螂，好大一只蟑螂，哥哥你帮帮我吧。"

聂瑜操起拖鞋，啪啪啪，三下五除二战胜了蟑螂大军。费遐周露出崇拜的眼神，对他说："聂瑜哥哥你好厉害呀！我可喜欢聂瑜哥哥了！"

……

"嘻嘻，嘿嘿……"

聂瑜的梦做得美极了，笑声从嘴边溢了出来。

他翻了个身，迷迷糊糊地睁开眼，面前一个影影绰绰的面容，正是梦里的费遐周。

聂瑜只当自己还没睡醒，闭上眼继续做梦去了。

五分钟后，他猛地瞪大了眼睛，伸出一根手指戳了戳眼前人。

软软的，有温度。

这祖宗怎么爬我床上来了？


费遐周这一觉睡得特别踏实。

他上个星期为了阻止自己梦游时跑到楼下去，将自己房门加了道锁，然后把钥匙塞在衣服口袋里，衣服挂在衣柜里。层层保险，让他在无意识的状态中难以完成开锁的高难度动作。

好消息是，他的确一步没踏出过房门。坏消息是，他的睡眠质量大幅度下跌，不是经常半夜惊醒，就是无法进入深度睡眠，躺了一晚上，早上起来时还是困得要命。

可今天不一样，他一夜好眠，不用闹钟就在六点时自然醒了，神清气爽，精神饱满。

费遐周愉悦地伸了个懒腰，抬起手臂翻了个身，一回头，聂瑜的脸占据了自己的全部视线。

他飞快地眨眼，长睫毛如扑闪的蝴蝶。

聂瑜半倚在床头，撑着脑袋看着费遐周，微笑着问："怎么样？这一觉睡得还好吗？"

"我……你……"费遐周傻了，说不出话来。

聂瑜说："我觉得你睡得挺好的，鼾声挺大的啊。"

对尊严的维护超过了对当前境况的茫然，费遐周张口就驳斥：

"我睡觉不打呼！"

"是吗？"聂瑜的笑容都僵了，"有种别压着我的胳膊说话。"

视线下移，费遐周这才发现，自己枕着的根本不是枕头，而是聂瑜的胳膊。

"还不起开！我胳膊都麻了！"聂瑜龇牙。

费遐周被他吓了一跳，下意识弹开，却"扑通"一声滚到了床下。

聂瑜甩了甩早已麻木的胳膊，眉宇间阴云密布。

费遐周坐在地上揉了揉屁股，正想说什么，聂奶奶突然推门而入。

"小瑜，快起来吃早饭！"

房门打开的瞬间费遐周一个激灵站了起来，一老一少大眼瞪小眼地对视着。

聂奶奶疑惑："小费啊，你怎么在这里？"

"我……"费遐周支支吾吾。

"他来叫我起床！"聂瑜接上了他的话，"他看我这个点还没起，过来叫一叫我。"

"哎哟，我们小费真懂事。"聂奶奶还真的信了，"你再看看你，这么大个人了，还要弟弟喊你起床，像什么样子！"

聂奶奶骂骂咧咧地出了门。

聂瑜看着费遐周，冷言讥讽："嗯，我从没见过这么懂事的人，大半夜闯进别人的房间。自己有两间房还不够使是吧？"

费遐周脸上青一阵白一阵的，鞋也没穿，赤着脚跑了出去。


今天的早饭是聂奶奶一大早出去买的，炸得金黄的油条、一面酥脆另一面软糯的糙米饼和一大壶鲜榨豆浆。

聂瑜走进厨房时，费遐周正在喝豆浆，抬眼瞧见他就想起今天早上的事，一个激动，豆浆呛进了鼻子里，憋得满脸泛红。

"这是怎么了？小费不急哈，咱慢点吃。"聂奶奶拍了拍费遐周的后背。

聂瑜知道他心虚，冷哼一声坐了下去。

聂奶奶习惯用米饼裹着油条吃，聂瑜则喜欢把油条泡在豆浆里，咬一口油条，滋出满嘴的豆浆，满手油光。

相比之下，费遐周的吃相文雅多了，他只心不在焉地吃着米饼，一小口一小口的，跟小鸟啄食似的。

对面的聂瑜沉默地狼吞虎咽，费遐周瞥他两眼，放下筷子，说："我吃饱了，先去学校了。"

聂奶奶紧张起来："你吃饱了吗？饿不饿啊？再吃点米饼吧，甜滋滋的，可好吃了。"

米饼被她强硬地塞进了对方手里，温热的。费遐周顿了几秒，小声说了句"谢谢"。

聂瑜举起碗一口气喝完豆浆，抹了抹嘴去了洗手间洗漱。

洗手间的热气已经散了大半，但还残留着沐浴露的香气，薄荷味的，清甜中透着一丝冰凉。

大老爷们儿的，用这么香的沐浴露干什么？

聂瑜不禁打了个喷嚏，使劲儿地揉了揉鼻子，顿了片刻又吸了吸鼻子，可劲儿嗅了嗅。

其实……还挺好闻的。

十分钟后，聂瑜不紧不慢地出了门，却看见本该走远的费遐周仍滞留在家属区内。

家属区挺大的，挤挤挨挨住了上百户人家。房子都是好几十年前建的，墙皮早掉了漆、泛着深灰色，贴着大大小小的换锁、修理下水道的小广告。

聂瑜倚着电线杆，看见远处的费遐周站在家属区门口，不知在看着什么，一动不动的。

几秒后，费遐周猛地掉头，撒腿就跑。

——身后，还跟着一条大黄狗。

于是乎，这一大早上，聂瑜的眼屎还没抠干净，就看见了狗追人跑的一场大戏。

费遐周平时瞧着五谷不分、四体不勤的样子，竟然跑出短跑比赛的速度，一阵风似的从聂瑜身边蹿了过去。跟在他身后的一条黄毛田园犬边跑边叫唤，不停地摇着尾巴，看起来十分欢快。

聂瑜扶着墙，笑得直不起腰来。

费遐周见他来了，大吼一声："笑什么！你想想办法啊！"

"咳咳咳……"聂瑜忍着笑告诉他,"你别跑了,你越跑它追得越起劲儿,它以为你在跟它玩呢。"

聂瑜记得自己还在上初中的时候,这狗就养在家属区里了,从巴掌大的狗崽儿一直长成了半个人高。去年家属区闹贼,它将爬窗下来的小偷咬了个正着。邻居们循着狗吠声出来一看,小偷正被它按在地上,一口一个"狗爷爷"地喊饶命。

尽管聂瑜说得轻松,但费遐周还是不敢轻易相信对方。他刚刚放慢了速度,那狗就加快步伐跟了上来,吓得他又死命地往前跑,绕着巷子兜圈。

好笑归好笑,眼睁睁看着费遐周跑出了一头的汗还不出手帮忙,那就有点不仗义了。

于是,聂瑜朝那狗喊了声:"霸天!"然后从口袋里掏出一根玉米肠,撕开包装袋,对着它招了招手。

不知是因为被点到名字还是闻到了肉的香气,霸天果断停下了脚步,撇开那位男孩,朝着熟悉的玉米肠奔了过去。

"别急,慢点吃。"聂瑜将玉米肠放在了地上,摸着它的黄毛揉了又揉。

费遐周躲在拐角后,探出一颗脑袋来。他气喘吁吁地问:"这……这是霸天?霸天不是条小黄狗吗?"

"都过了多少年了,狗不长大啊?"聂瑜回想起往事,"说起来,霸天这个名字还是咱俩一起取的。你倒不记得它了。"

费遐周纠正:"我明明给它取名叫啸天,可你非说霸天更霸气。"

聂瑜耸肩:"本来就是啊,霸天,这名字多气派啊。"

费遐周懒得跟他掰扯。

呼吸渐渐平复下来,他大着胆子走了过去。霸天啃完了香肠,迎着他走了过去。费遐周下意识地后退了两步,而霸天并没有要攻击他的意思,只是在他的腿上蹭了蹭,尾巴不停地摇着。

"霸天还记得你呢。"聂瑜笑了。


多亏了霸天,聂瑜和费遐周双双迟到了。

高三文科班和高二的重点班同在新教学区的 B 楼,各占据了一二层和三四层。他们一路同行,一直走到高三(19)班所在的二楼,聂瑜说了声"拜拜",先费遐周一步进了教室。

费遐周走路慢,还在楼梯上时,便听见隔壁教室传来一声河东狮吼:"聂瑜,你给我滚出去!"

他叹了口气,加快步伐奔去了四楼的教室。

高三(19)班的班主任是教英语的,五十多岁,姓罗。聂瑜本就是复读生,过去三年又劣迹斑斑,刚开学就不交作业、成天打瞌睡,死性不改,很快就成了罗老的眼中钉。

这回迟到,基本就是往枪口上撞。

罗老二话没说,直接将聂瑜轰出了教室,晾了他一整节课。下了课出来,见聂瑜打着哈欠读着课本,以为他安分点了,这才与他展开谈话。

罗老用戒尺指着聂瑜的眉心,质问:"你已经浪费了一年时光了,安分一点行不行?好好听老师的话,多花点心思在学习上,会累死吗?"

聂瑜转了转眼珠,真诚地回答:"死倒不至于,但要真按您的要求活着,多没劲儿啊。"

罗老磨牙:"那你倒说说,你想活成什么样?"

"不太清楚。"聂瑜想了想,微笑道,"反正不活成您这样就行。"

于是他就挨了打,和他的书包一起被扔到办公室门口,当众罚站。


罗老挑的这地方挺刁钻的。高三和高二的两间教师办公室也紧挨在一起,就在二楼走廊尽头。早读课刚下,办公室内外人来人往,都是来交作业的各班课代表,不时有人向聂瑜递去好奇的目光。

这是打定了主意要让他丢人现眼。

但聂瑜高四了,脸皮比在场所有的学生都要厚。他倚着墙站得东倒西歪,哈欠连天,恨不得倒头睡过去。

完全睡过去之前,他听见了隔壁高二教师办公室的声音。

"你以前是在建陵一中上学的?哟,那可是个好学校。"

说话的人聂瑜认识,是高二英才班的班主任魏巍。他从前时常去英才班找顾念玩,没少挨这位魏老师的打。

魏巍坐在椅子上正说些什么,面前站着一个身穿白T恤的少年,背影有些熟悉。

魏巍发问："之前的学校那么好，为什么要转来育淮读书？"

少年模棱两可地回答："我觉得哪儿都差不多，学习还是得靠自己。我爸妈比较忙，我一个人在建陵，他们也不太放心。"

"你家的情况呢，我们大致也了解。你一个人在外确实也不太容易。不过你也别担心，只要认真用功，我和其他老师肯定帮你考个好大学。"魏巍对少年说。

"谢谢老师。"

那少年点了点头，道了声不太真诚的谢，这敷衍的口气听起来十分耳熟。

又是费遐周。

聂瑜辨认出来，半个脑袋探进办公室，想听听他们说了什么。魏巍的话题却在这时候打住，只说了几句不痛不痒的鼓励。

没多久，费遐周捧着卷子出了办公室。

聂瑜立马将脑袋缩回去，余光仍与对方撞了个正着。

费遐周走了过来，不冷不热地讽刺他："学长，你还有偷听人墙脚的癖好呢？"

"学长"两个字说得极慢，发音抑扬顿挫。

"早上好啊。"聂瑜不动声色地打了声招呼，反击道，"魏胖子刚才跟你说什么来着？你家的情况是怎么个情况？"

一脸好奇宝宝的无辜样，无意间戳中人伤口。

费遐周的目光如尖刀扫过，反问："我要是现在去告诉你们班主任，你罚站的时候还欺负学弟，那你是不是得站上一整天啊？"

聂瑜："你赶紧走……"

这个死小孩，一点儿也不会聊天。


昨晚的大雨到了清晨时便已经停了，雨后初霁，天色清明。

大课间时阴云已散了大半，几抹阳光笼罩校园。学生们踩着《运动员进行曲》的鼓点声走出了教室，熙熙攘攘的人群填满了整个操场，参加每周一次的升旗仪式。

聂瑜连上了两节数学课，精气神全被解析几何浇灭，闭着眼睛站在草坪上，恨不能站着睡过去才好。

"各位老师、同学，早上好，我今天在国旗下讲话的主题是'迎接高三，铸就辉煌'。"

柔和的女声从四面八方的喇叭里传了出来，枯燥的心灵鸡汤并不比方才校领导的讲话有趣到哪里。

聂瑜掏了掏耳朵，问身边人："今天是谁在讲话啊？怎么有点耳熟？"

同班同学黄子健说："这你都听不出来？咱班学委赵萌萌啊。"

"哦。"聂瑜困倦地伸了个懒腰，舒展筋骨。

黄子健踮着脚，仰头看着国旗台，来劲儿了："你觉得她怎么样？"

"什么怎么样？"

"就赵萌萌啊！"黄子健嘿嘿一笑，"你不觉得她长得还挺耐看的吗？而且成绩也好，说话还特别温柔。"

聂瑜掀开眼皮，哼了一声："'耐看'这个词，一般是用来形容长相普通、毫无特色的人的。"

黄子健皱了皱鼻子，不服气："那总比沈淼那样的凶婆娘好看多了吧？"

"又在背后说老娘什么呢？"

说曹操曹操到，一身黑衣的高个姑娘走了过来，她手里捧着一个记录本，正绕着各个班级视察大课间纪律。

沈淼朝着黄子健的屁股踹了一脚，抬高了下巴质问："你是不是说我坏话呢？"

聂瑜毫不犹豫地把队友出卖了："他说你长得没赵萌萌好看，还说你是凶婆娘。"

"多嘴！"沈淼操起记录本就拍在了黄子健的后背上，痛得黄子健哇哇地大喊"姑奶奶，我错了"。

肇事者抱臂看着吵闹的两个人，轻轻地勾起了嘴角。

他们仨在队伍的最后头，离最前方的班主任十万八千里，肆无忌惮地闹腾着。不知不觉中，老生常谈的演讲稿也在赵萌萌清甜的嗓音中进入了尾声。

"最后，祝愿所有高三的同学都能在未来的一年里努力拼搏，为了我们光辉的未来而奋斗不息！谢谢大家！"

演讲结束就意味着可以回教室歇着了，聂瑜很捧场地鼓起了掌，准备好了随时拔腿就走。

"感谢赵萌萌同学的发言，我们——"

音响里突然发出不知名的噪声，尖锐刺耳。一片嘈杂中，隐约可以分辨出，是赵萌萌在下台时和身后的教导主任撞了个面对面。但聂瑜他们的位置太靠后，看不清国旗台上到底发生了什么。

话筒没有关闭，教导主任在一旁说了些什么，被放大音量的声音立体环绕传遍操场："同学，你的东西掉了。"

不过是掉了个东西，前方的人群却在下一秒骚动起来，哄笑声翻腾起来。

黄子健最是爱好热闹的人，他使劲儿地拍了拍前排同学的肩膀，问："怎么了？前面发生什么了？"

信息的传播需要媒介也需要时间，等黄子健打听到消息内容时，聂瑜已经不耐烦地走了。黄子健连跑带追地赶上他，好似得知了什么了不得的新闻，笑得露出了后槽牙。

"刚才赵萌萌下台的时候撞到了王大海，兜里的东西掉出来了。"黄子健的眼睛眯成了一条缝，"聂哥你猜，是什么东西？"

聂瑜斜眼看他："爱说不说，不猜。"

黄子健压低了声音，幽幽地揭晓答案："是卫生巾！"

"哦。"聂瑜面不改色。

"哦？"

"哦。"

黄子健傻眼了："不是，聂哥你怎么没点反应啊？卫生巾哎，王大海捡到了赵萌萌的卫生巾哎！"

王大海就是教导主任，一个长年把 Polo 衫塞进裤子里，挺着个啤酒肚到处监督学生的中年男人。

"你想要什么反应？"聂瑜冷笑，"跟你们一样哄堂大笑，当个了不得的八卦一样到处宣扬吗？不知道的还以为那卫生巾是王大海留着自己用呢。"

黄子健摇了摇头，很失望："聂哥你这人吧，有时候真挺没劲的。"

聂瑜抬手就猛敲他的脑袋，教训道："是你们太无聊了吧？小学没上过生理课，高中生物没考过及格吗？拿人家小姑娘的私事取笑，很有意思？"

"你不是跟赵萌萌不熟吗？怎么还护上她了？"黄子健委屈了，"我就随口一说而已。"

　　聂瑜无话可说："行了，回教室吧，管好自己的嘴。"

第三章

④

彩虹跳跳糖

BU TONG BAN
TONG XUE

育淮中学的晚自习下课时间按照年级划分，错峰出行。每个年级间间隔半小时，高一年级九点半放学，高二年级十点，高三年级十点半。

过去在建陵一中，只有住校生才要上晚自习，费遐周走读，每天下午五点半就拎着书包去社团参加活动，八点回到家写两个小时的作业，十点就可以洗澡准备睡觉了。而育淮的晚自习六点半就开始，对他来说实在太过漫长。

下课铃刚响，费遐周头一个收拾好书包，最先从后门溜了。

一场雨将暑气驱散了大半，晚风凉爽，舒服地萦绕在脖间和脚踝。

放学时的校园才最充满生机。学生们叽叽喳喳地说着晚自习没讲完的话，或三五成群或追逐嬉戏；校外的小吃摊排起了长队，烤冷面、烤面筋、拌凉皮，人手一杯五毛钱的酸梅汁，风里都混着孜然和辣椒粉的雾气。

快走出校门时，费遐周在人堆里看见了一个熟悉的背影。

那人个头很高，站在人堆里也很扎眼。深蓝色的短袖，背后印着白色的英文字母，到膝盖以上的黑色短裤，粗糙的针线在两侧大大的工装口袋绣着盗版的奢侈品标志。

他双手插兜，耳朵里塞着红色的耳机，皱皱巴巴的线绳连着口袋里的MP3。校门口又被接孩子的家长们堵住了，水泄不通，人群前进的速度很慢，他却并不着急，有节奏地晃着脑袋，时不时唱几句歌词，十分投入。

戴上耳机就能藏进自己的世界，这就是聂瑜。

费遐周看了眼手表，却有些困惑。

现在依然是高三的晚自习时间，这个人怎么会出现在这里？

聂瑜果然藏着事。

费遐周自己也说不清为什么，明明也没想同这个人打招呼，却做不到置之不理。隔着四五米的距离，一路跟着对方从教学区走到校门口。

一出大门就是个三岔路口，聂瑜混在高二学生里偷溜出来，径直向北拐去——那并不是回家的方向。

在聂瑜的背影融进人潮之前，费遐周咬了咬牙，奔着他的方向跟了过去。

晚上十点多的襄津，大部分的商铺都已打烊，而大大小小的餐饮店依旧热火朝天。

正是吃夜宵的好时候，夏夜凉爽，各家大排档都在马路牙子上摆上了桌子和塑料凳子，坐满了吹着夜风、喝酒吃肉的男男女女。烧烤摊也摆在室外，夜幕降临就升腾起炊烟，一派烟火气。

也不知聂瑜这家伙到底要去哪里，七拐八拐地不知跑到了什么地方，费遐周脑子聪明但四肢不发达，没走一会儿就累了，索性停了步子，倚着大树猛喘气。

好在聂瑜没有再乱跑，他穿过人行道走到了对街，停在了一家已经熄灯关门的五金店门口。仿佛不知道人家已经打烊了一般，他的拳头在卷帘门上狠狠敲了几下，咣咣作响，噪声隔着马路都能听见。

没多一会儿，卷帘门内透出一抹亮光，一个穿着背心的中年男人骂骂咧咧地开了门，冲着聂瑜就是一通大吼。

聂瑜厚着脸皮笑了笑，用本地方言说了些什么。那男人折回店里，很快取出一个脏兮兮的背包。

他掏出了钱包像是要付钱，那男人不肯收，不停地摆手赶他走。聂瑜也不白要人家的东西，浮夸地鞠了个躬，像谢幕的马戏团小丑。灯光又暗了下去，他终于走下舞台。

取了这包东西后，聂瑜没再去其他地方，朝着回家的路走去。一路不停，拐进了家属区。

费遐周担心就这样紧跟着回去会暴露自己跟踪的事实，思索片刻后进了路边的一家小卖部，随手买了硬纸袋包装的麦香牛奶，磨磨蹭蹭几分钟，这才叼着牛奶袋回家去。

家属区的路灯并不明亮，昏暗的暖黄色灯光照着狭小的一隅，能见度极低。即使已经在这条路上走了许多遍，费遐周在深夜独自行走仍避免不了心中忐忑，脚步迈得飞快，生怕下一个拐弯就撞上不干净的东西。

可老话说得好，怕什么来什么。

离家门只剩一条巷子时，岔路口突然蹿过一个面目模糊的黑色身影，"唰"地飞过巷口，犹如鬼魅。

费遐周无声惊呼，恐惧中闭上双眼，拳头无意识地攥紧，窝在手里的牛奶袋被挤扁，牛奶"噗"地喷了出去。

世界突然安静了。

几秒后，一个低沉的声音在耳畔爆了句粗口。

缩成一团的费遐周挣扎着睁开眼，黑暗中正对上一双幽深的下垂眼，男生愠怒地瞪着他，好似一条发怒的哈士奇。

是聂瑜。

乳白色的牛奶从他的头顶浇了下来，滴答滴答，落在了石板路上。费遐周看看手里挤空了的牛奶袋，再看看聂瑜，喉咙噎了一下，过了好半晌才开口，十分不讲理："你……你干吗突然吓我？神经病啊。"

"你这死孩子。"聂瑜抹了把脸，咬牙切齿，"谁让你一直跟着我的，我还以为仇家上门讨债呢。"

"谁跟着你了？无凭无据别瞎说话。"费遐周是属鸭子的，嘴最硬，矢口否认。

"喊。"聂瑜掀起衣角擦了擦脸，暧昧的光线里露出平坦而结实的小腹，隐隐还能瞧见肌肉的线条。

费遐周咽了咽口水。

聂瑜不爱同小孩争对错，瞪够了，转身便走，那方向却与回家的路正相反。

费遐周忍不住问："你去哪儿啊？"

"关你什么事，不准跟着。"聂瑜头也不回。

"你不让我跟着，我还偏要跟着呢。"

他还挺叛逆的，小细腿迈得飞快，几大步就跟上了前方散发着麦香味的人。

聂瑜要去的地方并不远，仍在家属区内，只是越靠近，越有股难闻的气息飘至鼻尖。

"怎么这么臭啊？"费遐周伸长脖子张望了一下，"你到底要去哪儿啊，前面可就是垃圾场了。"

"就是这儿了。"聂瑜毫无征兆地停下脚步，费遐周一头撞在他背上，气急败坏地捂住了鼻子。

"喵！"聂瑜蓦地叫唤了一声，捏着嗓子学猫叫。

费遐周后退三步，惊恐地看着他："你干吗？大晚上的装什么可爱啊。"

"滚……"

聂瑜真是被这小子的脑回路气得没脾气了，指了指墙角，一只三色小花猫从垃圾桶旁的杂物堆里跳了出来。它大部分的毛是白色的，脸上夹杂着黑色和橘色的斑点，尾巴也是黑色的。

"喵喵喵……"这回是正牌猫叫。

小花猫亲昵地蹭了蹭聂瑜的脚，绕着他不停地打转。

"哎哟，瞧你急得，聂哥我这不就来了吗？"聂瑜从宽大的裤兜里掏出一包腌鱼干，拆开塑料包装袋倒在了地上。

小花猫咂巴咂巴嚼了两口，突然又停了下来，跑回了杂物堆，没多会儿再折回来时，身后跟了四只迷你版的三花猫，每只只有人的巴掌那么大，其中两只走路还颤颤巍巍的，总被凹凸不平的石板路绊倒。

五只猫在小鱼干周围围成了圈，专心享用晚餐。

费遐周没想到这猫竟然拖家带口，慌忙后退几步，扯住聂瑜的衣袖躲在了他的身后。

聂瑜嘲笑他："你怎么连猫也怕啊？"

"我……不怕……"他探出一个脑袋来，观察着三花猫一家，"就是……就是没想到这里还养了猫。你养的吗？"

聂瑜摇头："翠花是流浪猫，之前有位老人家住在这附近，每天给它喂食。去年老人家离世了，它没了主人，基本靠吃垃圾过活。"

费遐周愣了愣，问："翠花……是猫妈妈的名字？"

"猫妈妈"，上一次听见这三个字还是在幼儿童话故事书里。

聂瑜忍住笑，手握成拳抵在嘴边，点了点头。

费遐周吐槽："你取名字的水平，真的……一如既往的烂。"

"我觉得很好听啊，翠花，多清纯多可爱。我爷爷说过，以前在老家村头，村里最好看的姑娘就叫翠花。"他蹲下去，摸了摸翠花的脑袋，柔声说，"我们翠花也是家属区最好看的姑娘。"

费遐周无奈地摇了摇头。

隔壁巷口姓杨那家的漂亮孙女要是听见了，非被你气死不可。


众所周知，撸猫会上瘾。眼见着聂瑜蹲下去就没有站起来的意思，仗着给了点腌鱼干，给人家翠花一家五口揩油揩了个遍，迟迟不肯撒手。

费遐周看不过眼，踢了他一脚，问："你大晚上跑这儿来就是为了喂猫？"

聂瑜猛地拍了拍脑袋："差点忘了，今天有正经事要做。"

他将肩上的黑色包取了下来，拉开拉链，里头装满了各种木工器材。他就着路灯的光找出螺丝和小锤子，走到了杂物堆旁。

这块地方是家属区的垃圾站，除了些日常生活垃圾扔进大铁皮垃圾桶外，也有些老旧的家具和损坏的电器扔在外面，久而久之就堆积成了一座小山。原先，翠花就睡在杂物堆的破被褥里。

聂瑜说："我是来给翠花修房子的。"

费遐周捏着鼻子走近，瞧见角落深处有一个四四方方的小窝。

这窝是用废弃的木材建成的，坑坑洼洼钉了好多钉子，外形上毫无欣赏价值。窝里用旧衣服和广告纸铺着，塞了几个别人不要的动物玩偶。小窝门口还挂了个木牌，用黑色马克笔在上面写了几个字——

ぼ翠花の縷ゆ。

咳，那什么，还挺有童心的。

费遐周捂着嘴乐了，问："你说实话，这是不是你初中最爱写的火星文？"

聂瑜咳了两声，四十五度角仰天做忧伤状："每个男人都有属于自己的过去。"

昨晚雨骤风狂，垃圾场的脏东西飘得满小区都是，中午聂奶奶抱怨这件事时，聂瑜就在担心翠花，不知它的窝有没有被吹垮。

这小窝是几年前他和隔壁养鸟的大爷一起瞎琢磨搭起来的，虽然不专业，但多少还能遮风挡雨，总比睡杂物堆里强。但毕竟有些年头了，木材开裂，雨水从缝隙里渗进去，就算翠花能撑得住，四只猫崽子未必能。

聂瑜将这事记在心里，便计划着晚上来修理一番。

夜早已深了，围墙外的天透着朦胧的暗红色，天上一颗星星也没有，没有建筑物遮挡的半轮月亮遥遥挂着，银色生辉。垃圾场离附近的路灯有些远，只有两个手电筒架在一个破旧的书架上，好似两束追光灯聚焦在他们的身上。

"砰！砰！砰！"

不知是谁家废弃的画板扔在了杂物堆里，聂瑜废物利用，将画板盖在小窝顶上，添上一层天花板。用钉子将四个角钉住，聂瑜手中的锤子"砰砰砰"地砸下来。费遐周扶着木板窝，小脸皱成了一团，生怕这个三脚猫的木匠把自己的手给砸烂。

"为什么这么晚来修？白天不是更方便吗？"费遐周问。

聂瑜叹气："我也想啊，但是刘女士不喜欢猫，说猫不吉利。哎，封建迷信害死猫啊。"

费遐周语意不明地回了句："你还挺好心的。"

"这话怎么听着像讽刺我呢？"聂瑜用余光瞥了他一眼，又问，"你小时候不是怕猫吗，怎么还留在这儿？"

"也不是不喜欢猫。"费遐周摸了摸鼻子，"谁让你以前老拿猫来吓我来着。"

小时候家属区闹过耗子，聂瑜不知从哪儿抓来了一只流浪猫，献宝似的抱到费遐周的面前。这猫性子野，张牙舞爪的，一不留神就在费遐周的手上抓了一条长长的疤痕，小学生当场就吓哭了，被大人着急忙慌地送去打了狂犬疫苗。

想起这事，聂瑜还有点不好意思，嘴上仍是调侃："你不会是对以前的事有心理阴影吧？"

费遐周点头："嗯，对你有阴影。"

完工回家之前，聂瑜对费遐周再三叮嘱。

他说："你回去可千万别说漏嘴了，奶奶不准我在外面养猫。"

费遐周不解："为什么会不喜欢猫呢？"

"就是啊！"聂瑜愤愤不平，"猫多可爱啊。"

"明明你比猫邪门多了。"

"就是啊，明明……"聂瑜附和了一半才意识过来，急忙改口，"呸，你才邪门呢。大半夜跑我屋里抢被子，你还没把这事解释清楚呢。"

费遐周抬头看天，言语含糊："我吧……也不是故意的……"

聂瑜双手抱肩看向他，收起了嬉笑，表情是从未有过的严肃。

"喂。"他说，"我再问你一次，你最近到底怎么了？搬过来住得不习惯吗？"

"我……"费遐周看着月亮，眼睛发酸，"用不着你管。"

谁还没个脾气，费遐周说不用聂瑜管，他当真就不管。

为了防止这小子晚上再来打扰自己，聂瑜特地将房门插销给插上了，杜绝一切隐患。

可他起夜已经成了习惯，破晓时分自己开了门去上厕所，路过客厅时，看见沙发上躺着一个人。费遐周抱着一条毯子缩在角落里，眉头紧皱，像是在做一个并不愉悦的梦。

"这死小孩……"

聂瑜无奈地叹了口气。

他转过身，将自己屋内的蚊香盘拿了出来，搁在了沙发座下。

费遏周被蚊子骚扰了一晚，睡得很不安宁。

天亮时他醒来了一次，趁着聂奶奶还没起床，抱着毯子回了房间，装作从未来过。

聂瑜今天特地早起，想在上学前再给翠花送点屯粮，出门前却被奶奶提着衣领给拽回来了。

"那什么，我能先去上学吗？真的要迟到了。"他摸了摸兜里藏着的小鱼干，有些担忧。

"你等等！小费还没起床呢，你等他一起去学校。"碗里的粥已经凉了，聂奶奶捧着碗送进微波炉里加热。

聂瑜便摇头叹气："现在的小孩子哦，一点儿也不懂事。你看我，虽然成绩一般，但是从不迟到。"

聂奶奶举着平底锅拍他脑袋，啐道："你还好意思说！"

祖孙俩正闹着，费遏周背着书包冲进了厨房。

"哟，起得够早的啊。"聂瑜抬手打招呼。

费遏周没理他，从桌上抓起一个水煮蛋塞兜里，嘴上叼了一片吐司就往门外冲。

"把粥喝了吧！这点儿怎么吃得饱啊？"聂奶奶还在身后喊，可那人已经跑得没影了。

聂瑜伸了个懒腰，站了起来，笑吟吟地说："我想吃！"

聂奶奶瞪他："都几点了还不去上学？吃什么吃！"

聂瑜腹诽：刘女士你老实交代，到底谁才是你的亲孙子？


喂完翠花走到家属区门口，聂瑜又遇到了霸天。

霸天正趴在地上晒太阳，嘴里叼着一块吐司，是上周费遏周吵着说非全麦不吃的那款。

"你怎么还跟人抢食呢？"聂瑜拍了拍它软软的脑袋，"咱打个商量行不行？以后我给你带火腿肠，你别跟他抢吃的了。那小孩每天吃得跟鸟一样少，可喂不饱你。"

霸天站起来摇了摇尾巴，蹭了蹭他的腿。

"那我就当你答应喽。"聂瑜扔给它一根小香肠，抬头看着三岔路口，又问，"他往哪个方向走了？"

"汪！"霸天朝着北边叫了一声。

聂瑜挠了挠它的下巴："谢啦。"

去学校的路不少，费遐周走的是上次聂瑜领着他走的大路。

大路平坦，却也绕了不少路，上次时间充裕便选了这条路线，但眼看着迟到在即，费遐周的这个选择可不算明智。

聂瑜个高腿长，一路小跑着往前，很快就追上了对方。

清晨天气晴朗，费遐周靠右走在街边，踩着凸起的黄色盲道往前走着。阳光穿过葱茏的枝叶，斑驳的树影投映着他的白色衣裳，像幅洇开的水墨画。

"你这么走下去铁定要迟到的。"

费遐周从悠然的步伐中转过头，聂瑜迎着晨风来到了他的身边。

"反正也赶不上了。"他看了眼手表，还剩六分钟就到了关校门的时间。

聂瑜挑挑眉，问："如果我说抄小路五分钟就可以到呢？"

"不可能。"费遐周不信，"就算是按直线距离，步行也不止五分钟。"

"赌一包跳跳糖。"

聂瑜一把握住费遐周的手腕，逆着光的脸庞胜券在握。

"不是，谁答应跟你赌……喂！你跑什么！"

起跑毫无征兆，聂瑜像一支飞射出去的箭，拉着茫然的费遐周"咻"地冲了出去。聂瑜巨大的手劲儿沿着脉搏向心脏传递，费遐周双腿不由自主地跟着他的步伐行进，毫无招架之力。

没跑两步，聂瑜突然拐弯，费遐周本想叫嚷着这里根本没有路可走，一抬头，"城东菜市场"五个大字跃入眼中。

实不相瞒，费遐周出生十几年来，从来没有进过菜市场。

小时候他妈妈从不让他靠近灶台，后来搬去了建陵，他也只去过超市，买分装打包好的那种生鲜蔬菜，连上秤都不用。

他一直误以为，菜市场就是只卖蔬菜的生鲜超市。

但这两者当然不一样。

聂瑜拉着费遐周，冲进了热火朝天的菜市场。

头发烫成波浪的大妈和手握着蒲扇的大爷在摊位前讨价还价，年轻的母亲们将孩子送去了学校，结伴讨论着吃什么长身体、怎么做菜孩子才更有胃口。

被拴着一只脚的公鸡扑腾着翅膀乱撞，养在水里的鱼一扫尾巴溅起好大的水花，新鲜的蔬菜上还沾着泥土，卖肉的屠夫一刀砍下去，猪肋骨嘎吱断裂。

不知谁倒了一盆脏水，险些泼脏了费遐周的小白鞋，聂瑜转过头喊了一声："大爷，您可看着点人嘞！"

大爷叉着腰大吼一声："兔崽子，大早上瞎冲军（冲军：江淮方言，指无目的地乱走）！"

聂瑜又拉了一把，靠得费遐周更近了些。

他问："你还跑得动吗？"

费遐周在心里嘀咕：这就是你说的抄小路？

可他喘得说不出话，只好点了点头。


费遐周从没见过这样的早晨。

最后一丝阴霾也被驱散，辽阔的天空万里无云，吵闹的麻雀站在菜市场的屋顶上叽叽喳喳，砍价时的争论、剁肉时的刀与砧板的碰撞，无数声音混杂在同一个大染缸里，搅拌成了襄津无数个平凡的早晨之一。

费遐周跟随着聂瑜的步伐，踩着地上的烂菜叶和混着鸡血的脏水，越过男女老少和鸡鸭鱼鹅，一路狂奔。

向前，再向前。

耳边的风呼呼作响，忽然一个瞬间，他再也听不见身旁嘈杂的声音，目之所及是前方牵着他奔跑的人。

熹微的晨光照耀在聂瑜宽阔的肩上，青色的短发贴着头皮生长，皱褶下垂的衣领露出颈后一颗圆圆的小痣。聂瑜的手掌将他的手腕整个包裹住，那样用力，令他的五指都发麻了。

费遐周忽然意识到，自己好像从未这样认真注视过聂瑜。


费遐周上一次这样急速奔跑或许还是中考体测的时候，错乱的呼吸很快带来了不适。喉咙连通胸腔发烫，像灌了一腔灼烧的热油，烧得心口也在疼痛。奔跑的双腿受到惯性驱使，无法停下，也不想停下。

大脑芯片融化当机，心跳却快速到不合理。

说来都怪肾上腺，他才会烧红了脸、烫坏耳尖。

学校大门关闭前几秒，聂瑜和费遐周从夹缝中冲了进去。

"聂瑜，又是你！"

王大海早就记住了聂瑜的这张脸，跺着脚大喊。

聂瑜抬起手挥了挥，炫耀踩线进学校的胜利。

到了教学楼楼下，他们才停下了脚步。

"呼——"聂瑜扶着膝盖大口喘着气，额头渗出了细密的汗珠。

什么东西拽了拽他的手，他这才想起来自己仍抓着费遐周的手未放，慌忙松开了手。

但他的力气实在太大了，在人家的手臂上留下了肉眼可见的五指痕迹和一大片红斑。

费遐周甩了甩发麻的手，将手臂藏在了身后。

"对……对不起啊。"聂瑜抱歉。

费遐周咳了两声，难得地没有怼回去。

学生们的读书声从身后的教室传了出来，聂瑜嘴唇动了动，还没来得及开口，费遐周已抢先发声。

"聂瑜，你能不能……帮我个忙？"他垂眼看着地上。

"帮忙？"聂瑜挑眉，"雇用劳动力得付钱的，知不知道？"

他原本只想开个玩笑，下一秒却后悔了。

他听见费遐周问："我以后能不能，睡在你屋里？"

高三（19）班是文科班里的普通班，大家对学习的态度没那么严肃，总是因为太闹腾而被王大海臭骂。聂瑜今早踏进教室时，吵闹的教室骤然安静了几秒，大家看清来人不是老师，当即松了口气。

黄子健抱怨："你吓死我了。我正抄着作业呢。"

聂瑜给了黄子健一个脑瓜嘣儿，回了自己位置。

他个儿高，理应坐后排，又因为经常闯祸，被班主任塞进了角落的位置，没有同桌，终日和扫帚、簸箕做伴，倒也乐得清闲。

聂瑜掏出文具盒，将书包歪歪扭扭地挂在了书桌侧面。

他今天心情挺好，却不巧，撞上了一件蹊跷事。

语文课要默写文言文，他伸手进抽屉，掏他那本破破烂烂的语文课本。课本没找着，却摸到一包软绵绵的东西。

聂瑜将这东西取了出来，一阵端详。粉红色包装的，开了个口子，里头整整齐齐塞着方形棉质产品。他狐疑地将这包东西翻到正面，一看，"××牌卫生巾"几个大字进了视线中。

聂瑜："……"

哪个孙子赶着往枪口上撞，敢来逗你聂爷爷？

"这是谁的东西？"

聂瑜一巴掌拍在桌上，高举着这包卫生巾，冷着脸朝全班发问。

闹哄哄的同学齐刷刷地看向了他。

前座沈淼调侃："聂哥，原来咱俩用的是同一个牌子啊。"

聂瑜一记眼刀扫过去，沈淼咳嗽一声，不敢再说。

"是……是我的……"

蚊子哼一般的声音传了过来。

赵萌萌的脸红得像西红柿，捂着脸跑到聂瑜面前，将卫生巾一把揣进怀里，又捂着脸回了自己的座位，恨不能把脸埋进抽屉里。

全班爆发哄笑。

"赵萌萌，你干吗呀？自己的东西都不知道收好吗？"

张晓龙刚捏着嗓子阴阳怪气地讽刺她，又引起班上男生大笑连连。

自从赵萌萌前两天将卫生巾掉在了国旗台上，拿这事嘲笑她的男生就没消停过。文科班女生多，张晓龙平常就爱欺负女孩儿，不是揪头发就是说流氓话，把哄笑当作给自己的掌声。

今天这事用脚指头想都知道是谁做的。聂瑜早就看张晓龙不爽，今儿惹到他的地界，一团火直接飙上脑门儿。

"很好笑吗？"聂瑜双手抱肩扫视全班。

他声音洪亮，一开口，全班顿时鸦雀无声。

看热闹的人纷纷转过身去，打开课本假装学习。

张晓龙眼见情况不对，赶忙认怂："聂哥对不住啊，哥们儿本来只想跟你开个玩笑，你别当真啊。"

聂瑜两三步走到他面前，也不废话，抬脚踹翻他的凳子，肥大的身躯轰隆倒在了同桌的身上，紧接着哗啦啦，桌上的课本散落一地。

"你吵死了。"

沉沙般的低音，冰窖般的语气。聂瑜看着瑟瑟发抖的张晓龙，厌恶至极。

大课间，聂瑜无精打采地做着广播体操，摆臂动作宛如重伤患者做复健。

趁着班主任没盯着这儿看，枚恩凑到他身边，问："你今儿状态不太对劲儿啊，怎么了？"

"我……遇到一件麻烦事。"聂瑜犹豫着开了口，"我之前不是告诉过你，我家楼上住了个特矫情的小屁孩吗？他今天提了个莫名其妙的请求。"

枚恩劝他："你不是说人家年纪挺小的吗？那你多忍一忍呗，你小时候不也挺讨人厌的。"

"不是，他今天提的这件事情真的很奇怪，他……他要……"聂瑜有点说不出口。

"你能不能一口气把话说完？"

"他要和我睡一个屋！"聂瑜吼完又立马补了一句，"不是那个睡……"

隔壁黄子健听见了，搭腔道："谁这么大胆？想和我们聂哥睡？"

聂瑜一脚端他屁股上，将人赶走了。

枚恩莫名其妙："我还以为什么事呢。我问你，他是不是第一次离开家，第一次独自住外面？"

"啊？应该是吧。"聂瑜点点头。

"那不就得了。小孩子嘛，一个人睡都有点怕，我初中住宿舍的时候，花了好长时间才适应。"枚恩拍拍他的肩，"再说了，大家都是男生，你干吗搞得这么紧张？"

"我……"

聂瑜竟然一下子被说服了。

是啊，我干吗这么紧张？这是什么大事吗？

他使劲儿地挠了挠头，烦乱的心情平复下去一半。

"可是……"他转头看向枚恩，"我已经拒绝他了。"

当天晚上。

聂瑜半夜去上厕所时，看见厨房的灯是亮着的。

冰箱门被打开，费遐周埋着脑袋翻着什么，松松垮垮的睡衣像是偷穿了大人的衣服，短睡裤下露出一双细白的腿，不停地跺着脚赶走飞来的蚊子。

聂瑜敲了敲门，问："你干什么呢？"

费遐周被他吓得一个激灵，手里一袋饼干应声落地，饼干屑洒得到处都是。

"你有病吧！"他不客气地骂了一句，愤怒后又呼了口气放松肩膀，可能在心里感慨还好不是妖魔鬼怪半夜敲门。

聂瑜走过去，问："你不是吃过夜宵了吗？大晚上不睡觉又翻冰箱干吗？"

他否认："我没偷吃。"

"嘴巴擦干净了再摇头。"

"我……"

费遐周慌张地抬手抹嘴角，干干净净的，什么也没有。他愣了几秒才意识到自己被涮了，抬脚就踹。

聂瑜捂住关键部位，敏捷地躲开了。

他蹲下去，将地上的半包饼干捡起来，惊讶地说："这饼干不是我的吗？"

费遐周不自在地摸了摸鼻子："明天把钱还你。"

聂瑜看他一眼，抬手要把饼干往垃圾桶里扔。

"等等！"费遐周一把抢过，瞪他，"还没吃完呢。"

"都掉地上了。"聂瑜说。

"里面的又没脏。"

中午的剩菜到了晚上就不肯吃的费遐周，今天这是没睡醒还是魔怔了？

聂瑜撒了手，留心观察着他，说："行，那你吃吧。"

这家伙是真的不嫌弃，两根指头捏住一块，张大了嘴巴就往里送。

在他的牙齿就快碰到饼干的时候，聂瑜突然拽住了费遐周的手腕，费遐周猝不及防地吐了出来。

"你发什么神经！"费遐周愠怒地看向眼前人。

聂瑜说："这饼干过期了。"

费遐周皱眉看着他，分不清这话是真是假。

"真的过期了，这次没逗你。"他表情认真，伸出手掌，"现在可以给我扔掉了吗？"

费遐周不情愿地交出饼干，嘀咕："你不早说，我都吃两块了……"

他下意识地捂住了肚子，本来也不觉得有什么问题，现在却感觉肚子里头咕噜咕噜地翻滚，不太对劲儿。

聂瑜扔了饼干，笑话他："得了，吃两块又死不了人。"

这傻孩子是真的饿坏了，逮着什么都往嘴里塞。

费遐周面色沮丧地揉了揉肚子。

"有这么饿吗？让你多吃点又不吃，成天计算什么卡路里，活该你现在受罪。"聂瑜噼里啪啦地喷了一堆，唾沫星子快飞到人家脸上了。

费遐周抹了把脸，难得没生气："聂瑜，你知道吗？你有时候吧，说话口气跟我爹一模一样。"

聂瑜一时间分不清自己是受了侮辱还是占了便宜。


隔壁人家的大摆钟敲了两声——深夜两点了。

冰箱里除了蔬菜就只有冷冻的速食食品，连包方便面都没有。

"好想吃三明治啊……"费遐周叹了口气，又将冰箱从里到外扫了一遍，连面包糠都看不见。他揉了揉眼睛，想回房间了。

他刚迈了两步，听见身后人问："你是被饿醒的，还是因为……睡不着？"

费遐周也说不清："两者都有吧。"

聂瑜家的隔音效果并不太好，一到晚上万籁俱寂，但凡楼上有点动静，楼下的聂瑜都能听得一清二楚。他是个脑袋沾上枕头就能睡着的人，这些声响并不影响自己的睡眠。但这并不代表他就无法理解失眠者的烦恼了。

白天枚恩说的话又浮上心头，聂瑜犹豫再三，还是开了口。他问："你想吃馄饨还是面条？"

"啊？"费遐周茫然地看他。

聂瑜将折叠桌拉开来，重复了一遍："问你呢，吃馄饨还是面？"

费遐周说："想吃馄饨面。"

"美得你。"聂瑜翻白眼。

馄饨是现成的，前两天奶奶包了很多，全冻在了冰箱里。煮面就更容易了，聂瑜最喜欢吃面，方便又管饱。

但费遐周还是挺惊讶的："你还会做饭？"

说这话的时候，聂瑜刚把一锅水煮开了，散装晒干的面放进了锅里，接了一碗冷水倒了进去，盖上锅盖焖煮。

他哼了哼："煮碗面就叫会做饭了？下面条谁不会啊。"

费遐周："我就不会……"

您是有钱人家的孩子，十指不沾阳春水，不会做饭也是自然。聂瑜想了想，还是把这话咽回去了。

他从橱柜里取出碗，用勺子挖了一块猪油，接着放入酱油、醋和鸡精，等水煮开了后又倒入一勺热汤，拌了拌汤底，捞起面条放入碗里。

这就是简单朴实又好吃的阳春面的做法。

聂瑜将一大一小两个碗端上桌，递给费遐周一双筷子。

费遐周惊讶地说："两碗？我吃不了这么多啊。"

"另一碗是我的好吧。"

聂瑜将大碗挪到自己面前，吸溜了一大口面条。

费遐周夹起几根面条，转着筷子卷了卷，小心翼翼地送进了嘴里。

还不错。

味道没什么惊喜，很平淡的家常口味，但是加作料的时候很明显照顾到了自己的口味，猪油和酱油的量都不多，他爱吃酸的，醋反而放了不少，整体清淡。

再看了看聂瑜那碗，汤面上漂着一层红油和些许葱花，两人的口味截然不同。

他挺惊讶的，聂瑜煮面条时困得直打哈欠，竟然还不忘记照顾到自己的口味。

"看什么看？不好吃吗？"对面的人吃得飞快，转眼就消灭了半碗。

"我……我在想碗里为什么没馄饨。"费遐周立马低下头吃面。

"穷讲究。"聂瑜吐槽。

听这话的意思，馄饨应该是没有了。

费遐周其实没指望聂瑜真能做出一碗馄饨面，所以现在也谈不上失望。

他安静下来，吃一筷子面，喝一口汤，饿极了也仍然细嚼慢咽。

没吃几口，筷子戳到了什么硬块，翻开面团一看，几个馄饨沉在了碗底，藏了多时。

怎么会有聂瑜这么无聊的人啊！

费遐周又好气又好笑，可嘴里塞满了食物，腾不出空来骂他。

聂瑜扬着眉毛冲费遐周挑衅，嘴边蹭了一层油光。


领居家的大摆钟又响了一声，深夜两点半了。

费遐周打了个哈欠，吃饱喝足，有点犯困了。

"我回去睡了。谢谢你的夜宵。"

刚站起来，聂瑜一把握住了他的手腕。

"你睡得着吗？"聂瑜注视着费遐周的眼睛，"说实话吧，你这几天是不是根本没睡个好觉？你这黑眼圈快拉到地上了。"

"我才没……"费遐周下意识反驳，抬头看见对方漆黑的眼眸，气势又弱了下去，"你现在说这些又是什么意思？明明我早上问你的时候……"

早上，费遐周鼓足勇气提出请求时，聂瑜的拒绝毅然决然。

"不行，干吗啊？两个房间都不够你一个人睡的吗？"

这是他当时的回答。

聂瑜挠了挠脖子，改口："其实我后来又想了想……也不是不行。"

费遐周瞪大了眼睛看着他。

"你……不打呼噜就行。"他咳了一声。

费遐周恼了："我本来就不打呼！"


聂瑜的卧室是全家最小的一间。

单身大男孩的房间布置简洁，墙上贴着犬夜叉的海报，书架上都

.054.

是手办和闲书，从金庸全集到韩寒的《一座城池》，中间还夹杂着一两本巴金的小说和鲁迅的杂文。书桌上的显像管电脑显示器拖着一条大尾巴，装着 Windows XP 系统。

费遐周抱着枕头打量了一番，这人的房间虽说算不上多规整，但起码干净，比他想象中的样子好得多。

聂瑜将扔在床上的衣物都收进了柜子，挠着头问："你睡里边还是外边？"

他的床靠着墙，里边相对逼仄，外边又有滚下床的风险。费遐周还记得自己上次摔在地上的疼痛，毫不犹豫地选择了睡里边。

钟声敲了三下，一楼的灯光终于熄灭，窗外的路灯倾泻灰白的微光，黑暗拥抱着睡眠。


托费遐周的福，聂瑜也比平常晚起了十分钟。

只要不是假期打游戏打得日夜颠倒，聂瑜一般睡够了六个小时就不会赖床，但昨晚闹了一阵失眠，正经休息时间根本没多久。

跟他相反，费遐周却是难得的精神抖擞，黑眼圈消了大半，面上终于有了些活力。

他早上醒来的时候才发现自己抱着聂瑜的胳膊睡了一整晚，吓得赶忙撒手。

聂瑜还在睡，费遐周不想弄醒他，将毯子叠好放在了枕头上，蹑手蹑脚地站起来，想要下床。

奈何聂瑜太高了，整个横躺在床边，挡住了他的去路，绕都绕不过。

费遐周打算从他身上跨过去，抬脚踩上床沿，突然重心不稳，扑通一声，一屁股坐了下去。

聂瑜咆哮着醒了过来。

"你——"他额头青筋猛跳，咬牙切齿地看着肇事者。

"我……"

费遐周刚好摔在了对方身体最脆弱的部位，不知该如何解释这一状况。

在对方彻底暴怒之前，他麻溜地跳下了床，先跑再说。

聂瑜抓狂地捏紧拳头，气血上涌。

昨晚半夜吃了一大碗面，一觉醒来，聂瑜的肚子仍胀着。

他耷拉着眼皮进了厨房，奶奶端上两大碗面，招呼道："快过来吃早饭，有段时间没煮面给你吃了吧？我还在面里加了鸡蛋和青菜，你快尝尝。"

聂瑜打了个饱嗝："嗝——"

实不相瞒，我昨晚刚吃过。

他不好明说，只能握住筷子，勉强往嘴里塞了几口。

聂奶奶在聂瑜对面坐下，问道："刚才我看见小费从你房间里出来，怎么回事？"

"嗝。"聂瑜又打了个嗝，"他昨天找我辅导作业，讲着讲着他就睡着了，就干脆睡我屋里了。"

聂奶奶狐疑："你辅导他功课？你确定没搞反？"

聂瑜急了："我好歹也是学完高中三年课程的人，别这么小瞧我。"

聂奶奶哼了一声，碎碎念："谁敢小瞧你。全家就数你和你爹主意最大了。你爹拍什么劳什子纪录片，几个月都不回家。你也是，说复读就复读，好好的大学就不肯上了。我能拿你们怎么办啊？"

同样的抱怨说了整整两个月。

好在费遐周这时候进了厨房，糟糕的对话才就此打断。

费遐周一边整理着书包，一边语速极快地说："奶奶，我今天要迟到了，就不吃早饭了，有牛奶或煮鸡蛋吗？"

"怎么又不吃早饭啊？"聂奶奶问，"你还在长个儿呢，不吃饱怎么能行啊？"

"其实他也长不了几厘米了。"聂瑜一针见血。

对外自称172cm，实际身高未知的费遐周一记眼刀扫过他。

"开玩笑的。"

聂瑜替他挽回尊严，擦了擦嘴跟上了飞奔出门的迟到大王。


走到家属区门口的时候，霸天正趴在太阳下啃骨头，吃得可香了。

往日都是它跟费遐周讨食，费遐周再饿也得分一些早点给它，也不知道今天是谁喂了它，倒让自己讨了个清净。

聂瑜走路快，三两下就追上了费遐周，一把拽住他的书包带。

费遐周往后倒退几步，开口不饶人："你什么臭毛病，拽什么拽！"

"吃人嘴软这个道理你懂不懂？昨天给你煮面还不如喂霸天呢。"

聂瑜瞥费遐周一眼，想到早晨的惊险一刻还心有怨念，但真想骂对方的时候，又偏偏说不出什么来了。

再浑的泼皮，在费遐周面前也是高素质好市民。

只是小了三岁而已，怎么就像只幼猫似的，除了会舞爪子，别的地方怎么看都是小孩子。聂瑜看着眼前人，不由自主地想。

费遐周个子不高、身形又瘦，虽说正符合当下流行的花美男审美，但聂瑜总担忧他营养不良，无意识地生出要把他喂胖的奇怪念头。

心中纠结了几番，聂瑜还是抛掉了要找他算账的念头，冷着脸从书包里掏出一包东西扔进了对方怀里。

"这是什么？"费遐周扑闪扑闪眼睛。

"狗粮。"他哼了哼，抬脚走了。

胡说，明明是三明治。

虽然手里这块三角形的物什长相朴素，番茄酱溢出了吐司外，夹了根没切开的火腿肠，裹得像块煎饼，但勉强还是能认出来，这玩意儿确实是块三明治。

费遐周咬了口，嗯，味道也挺像煎饼的。

所以说，三明治里为什么要抹豆瓣酱啊？

不过话又说回来，聂瑜怎么知道我想吃这个？

费遐周看着前方那人的背影，若有所思。

第
四
章

辣条、干脆面

BU TONG BAN
TONG XUE

　　高三的体育课全改成了自习，班长林丹青坐在讲台前监督，枚恩埋头画乐谱，聂瑜和沈淼从后门偷偷溜去小卖部。

　　2007年的襄津物价还很低，拖肥、辣条、小布丁，五毛一包任意挑。聂瑜的零花钱不多，但也够解解馋。

　　"说真的，你昨天教训张晓龙那一下还挺帅的。瞧他吓得，今儿看见你跟见了鬼一样。"沈淼拆开一包咪咪虾条，不吝啬地夸奖起来。

　　"笑话，聂哥我什么时候不帅了？"聂瑜也不跟她客气，"育淮郑伊健这个名号听说过没有？"

　　沈淼撇嘴："夸你两句你还真飘起来了。郑伊健？你是育淮陈小春还差不多。"

　　聂瑜天生一双死鱼眼，惯常用眼白看人，面相凶狠，看起来就不像个善茬。他高一时总爱穿大裤衩和人字拖，再加上不羁的寸头，多次被王大海当成无业小混混，去哪儿都要被查校园卡。

　　他逆反心理最重的那几年也常出去打架，靠一双硬拳头和这张凶神恶煞的脸，的确打出了一个响亮的名头，有那么点山鸡哥的风采。

　　——不过事后也写了无数份检讨书就是了。

　　尽管聂瑜无数次强调自己已经高三了，该收收心好好学习了——

你们各帮各派打打杀杀别扯上我，哥退隐江湖从此不问世事。但学弟们还是将他当年的事迹口口相传，惹得现在的高一孩子们见着他就绕道走。

算起来，张晓龙还是他今年教训的第一个倒霉蛋。

沈淼八卦地问："聂哥，你跟我说实话，你是不是对人家赵萌萌有点意思啊？黄子健说你上次就替她说好话了，这次出手这么果断，是不是怜香惜……"

"惜你个头。"聂瑜呸她一声，"看不惯他欺负小姑娘而已。"

沈淼噘嘴发嗲："那我就不是小姑娘了吗？你对人家好凶哦。"

聂瑜打了个哆嗦，半块"拖肥"掉在了地上。

"你一大老爷们儿，能正常点吗？"

沈淼一脚踹他。

聂瑜敏捷地躲开，转身时不知看见了什么人，视线牵引着双腿，抬脚就走了过去。

"喂，你去哪儿啊！"沈淼莫名其妙。

让聂瑜径直奔过去的人，是个小帅哥。

小是指他看上去年龄很小，帅是真正意义上的帅，不是平日里瞧见个眉眼端正的男生便能夸一句的那种帅。

沈淼天生不懂好奇害死猫的道理，远远地见着有帅哥出没，腿比脑袋先一步跟了过去。

帅哥分很多种，聂瑜这样的胜在骨架生得好，五官立体、眼窝深邃。再加上他一米九的大高个，宽肩窄腰大长腿，走到哪里都能突出于人群。

而这位小帅哥不一样，他的个头只到聂瑜的鼻尖，单看外形，小小一只。

可他这双眼睛生得好看，桃花眼，眼角细长，睫毛浓密，浅棕色的瞳仁像是琥珀，阳光下剔透明亮。他的五官并不张扬而胜在细节，精雕细琢的皮囊，怎么看也挑不出毛病，只能夸一句"爹妈真是会生"。

沈淼疑惑了。

聂瑜这糙老爷们儿，怎么会认识这样的帅哥？

来小卖部这事，并非费遐周自愿。

"神雕侠侣吃过没有？"

"神雕侠侣？这怎么吃？"

"唐僧肉呢？这总吃过吧！"

"我又不是妖怪……"

蒋攀痛心疾首地说："不是吧，你怎么什么都没吃过？走，我带你品尝品尝民间美味。"

于是乎，从来不吃垃圾食品的费遐周就这么被拽来了小卖部。

货柜上琳琅满目，花花绿绿的塑料纸上印着千奇百怪的食品名称，面筋裹上五香作料和红油，就成了学生们最爱吃的课后零食。

费遐周用两根指头夹起一包左黑右白的食品袋，一个劲儿翻白眼，吐槽："什么神雕侠侣？不就是辣条吗？"

蒋攀义正词严地纠正："是口味不一样的辣条。"

"无聊。"费遐周摇摇头，"我才不吃这个。"他正想将辣条放回去，半途却被一只大手劫走。

"你不吃我吃啊。"聂瑜不知从何处走了过来，笑眯眯地说，"请我吃东西吧。"

费遐周瞪他一眼，拒绝："要吃自己买。"

蒋攀惊喜地看着眼前人，诧异地问："聂哥？你跟费遐周……你俩认识吗？"

"不认识。"费遐周当即摇头。

"哇，你怎么翻脸不认人啊？"聂瑜卖惨，"我给你做了一晚上的厨子，你现在就这么对我？"

蒋攀茫然："什么厨子？"

聂瑜接着说："还有早上的三明治。你现在给我吐出来。"

沈淼惊讶又好奇："你们怎么回事啊？"

"我们……"

这人胡言乱语起来毫无底线，费遐周赶忙伸手捂住聂瑜的嘴，扯着他的衣服往收银台走。

"一包辣条是吧，我给你买还不行吗？"他妥协。

聂瑜得寸进尺："我还要一听可乐、一包干脆面和一根棒冰。"

费遐周咬牙切齿："撑死你算了。"

沈淼和蒋攀对视一眼，看着前方拉拉扯扯的二人，双双陷入了沉思。

回了教室，枚恩咬着笔头琢磨着音乐创作时，聂瑜抱着一堆零食来到了他的课桌前。

"来，哥请你喝饮料。"

冰镇的可乐遇上九月的秋老虎，易拉罐外满是水渍，沾湿了枚恩的稿纸。

"太阳打西边出来了。"枚恩调侃，"你还有请客的时候？"

聂瑜不满："你说得我跟铁公鸡似的。我这儿还有上好佳、可比克，你随便挑。"

枚恩疑惑："你中彩票了？"

"差不多吧。"聂瑜想起费遐周付钱时的臭脸，又猖狂地笑了起来。

"你最近情绪变化是不是太大了点？昨天愁眉苦脸，今天又活蹦乱跳的了。"枚恩打量着对方，心中蹊跷，"复读压力太大，精神错乱了？还是……"

"还是什么？"

枚恩跟随聂瑜这么多年，心思又细腻，看着好友这副模样，心中隐隐猜到了什么。

他放下笔，认真地询问："你最近是不是遇上什么人了？感觉你整个人的状态都变了很多。"

"哪有。"聂瑜下意识地否认。

枚恩生疑却又没有证据，重新握起笔准备跳过这一话题时，却又听见身旁人开了口："一定要这么说的话，好像……是有这么个人。"

聂瑜傻笑起来。

"为什么一到十月就开始下雨？"

聂瑜坐在客厅门口的台阶上，撑着下巴看着天井细雨飘摇，喃喃发问。

水泥墙面被打湿后显出更深的灰色，冲刷着儿时在墙上留下的涂鸦残画。阴雨天的家属区格外安静,没有车行、没有坐在巷口聊天的大妈,只有淅淅沥沥的雨声。

"一场秋雨一场凉,要降温喽。"

聂奶奶说完这句话就放下了手里的针线,替聂瑜翻出衣柜上层的长袖 T 恤和外套,展开衣服拍一拍,飘出一股樟脑丸的味道。

费遛周坐在沙发上看书,一阵凉风吹进来,他捂着嘴巴打了个喷嚏,怀里的毛绒玩偶贴得更紧了些。

他来襄津的时候只带了夏天的衣服,换季太快什么也没准备。聂瑜前两天带他上街买衣服,将市中心那几条专卖店都逛了个遍,他阴沉着脸,一家也看不上。

没过多久,费遛周收到了一份来自国外的快递,足有半个人高的纸箱子,里面装的都是衣物。家属区的快递都不送上门的,聂瑜从代取点搬回来时热出一脑门儿的汗,累得够呛。

"这是谁给你寄的?"寄件地址是国外,跨国邮寄,在襄津可是不常见。

"你少管。"

费遛周一点儿也没有收到快递的喜悦,摆着张臭脸糟蹋好看的皮囊。

他说出这三个字的时候显然是顺口,拽得二五八万似的将箱子从门口拖进来,拖到楼梯下时却傻了眼。

他搬不上去。

聂瑜倚着门框看他,哼了声:"我管你干吗,我当然不管你。"

费遛周的半句"能不能……"堵在嗓子眼。

过了五分钟,箱子终于爬上了第一个台阶,精疲力竭的费遛周整张脸憋得通红,终于忍耐不住放下了那么一星半点的面子,无声地看向聂瑜。

"求我我就帮你。"聂瑜还来劲儿了。

"我疯了才会求你。"费遛周呸了一声。

又过了十分钟,箱子终于爬上了第三个台阶。

费遛周的五官紧皱在一起,像揉成一团的废纸。他咬了咬牙,表情仿佛是去英勇就义,终于开口说:"那什么……求……求一下你……"

聂瑜发出胜利者的大笑,在对方诅咒般的目光中一把将箱子扛上了肩。

实不相瞒,相处了一个月之后,聂瑜已经很清楚该怎么对付费遐周了——

他贼矫情,事特别多,翻脸比翻书还快,死要面子活受罪。活脱脱一个娇生惯养的公子哥。

可他也很简单,喜怒都摆在脸上,独立生活的能力堪比白痴,让他饭后刷碗,不知道毁了多少盘子。不过好在他不抠门,当天就赔了一整套的餐盘——第二天又碎在了自己手上。

但费遐周也并非全然不可靠。

聂瑜暗中照顾翠花的这件事几次差点被奶奶发现,奶奶将猫视为不祥的动物,很是反感,她知道自己孙子是个满嘴跑火车的德行,只信费遐周的话。

结果,费遐周说:"猫?您是说翠花吗?我可喜欢它了,但是聂瑜总不让我喂它,一点爱心也没有。"

聂瑜故作严肃地说:"哈哈,那什么,猫身上有细菌你不知道吗?"

聂奶奶平时再怎么喜欢费遐周,可他毕竟是外人,不是亲孙子,打不得骂不得,一肚子的火就这么憋了回去,不痛不痒地嘱咐两句,就地散了。

等聂奶奶走了,费遐周挑眉看聂瑜,颇有深意地说:"记住了,你可欠我一个人情。"

十月的第一天,聂瑜站在日历前,将九月份那页记录着琐碎生活的纸给整个撕了下来。

不知不觉,又过了一个夏天。

费遐周像是从没睡饱过,看了会儿书后又打着哈欠上了楼,说要睡午觉去。

他最近的睡眠状况好了许多,偶尔还是会半夜来敲聂瑜的房门。

常常是半夜的时候,聂瑜已经做了一轮好梦了,"咚咚咚"的敲门声才悄然响起。半夜被吵醒的他自然没有好脾气，一双眼睛瞪成了哈士奇，骂骂咧咧地下了床。

打开门，费遐周抱着枕头，小脸因困倦而耷拉着眼睛，夜灯在他的脸上笼罩出一层银白的光，蜷手缩脚的小可怜眼巴巴地看着他，像只刚出生的小猫崽等待投食。

满腹的拒绝化成了一缕轻烟，聂瑜极不情愿，又无可奈何地让出了半边床铺。

聂瑜也会抱怨："有床不睡来跟我挤，你是不是还得再交一份床位的钱啊？"

费遐周哼了一声："说吧，要多少钱？"

"开玩笑，我是这么物质的人吗？"他咳了咳，又问，"先说说，你打算给多少？"

费遐周盖上毯子，懒得搭理他。

将军楼的楼梯是露天的，和天井一样浸润在雨水里，石阶沾了水后极易打滑，费遐周撑着伞上楼时好几次都没站稳，还好及时扶住了栏杆才没摔倒，上个楼还磕磕绊绊。

聂瑜心里吐槽"这家伙还真是小脑发育不全，运动神经烂得要死"，转头却又对聂奶奶说："刘女士，要不我们装个雨棚吧？你说这动不动就下雨的，万一给谁摔了，那岂不是赔大了？"

聂奶奶莫名其妙："早几年就跟你说过这个事了，是你自己说没必要，反正你又很少上楼。怎么现在反过来提起这事了？"

"呃……"聂瑜抓了抓脑袋，"我们年轻人，思想总是随着年龄的增长在进步的嘛。"

聂奶奶冷哼："那怎么不见你数学成绩进步啊？"

聂瑜打了个哈哈："昨晚熬得太晚了，好困啊，我也去睡个午觉吧。"说完，撒开蹄子就跑了。

十月的第二天，聂奶奶骑电动车的时候把腿给摔了。

老人骨头脆，经不起摔。聂奶奶的腿上绑了石膏，在医生的建议下躺进了病床休养两天。

聂瑜和费遐周赶到医院的时候，聂奶奶已经办好了住院手续，吊着一只脚躺在病床上休养。

"我跟你说了多少次了，下雨天骑车要注意，舍不得打车你坐公交车也成啊。这么大岁数了怎么一点也不懂事，我真的是……"

不愧是亲孙子，聂瑜唠叨起来和奶奶的口吻如出一辙，他扶着额头，又恼又心疼，更后悔早上怎么会同意让她淋着这么大的雨去买菜。

聂瑜的姑姑聂安得知聂奶奶出事后连忙赶了过来，她今年四十岁出头，一身卡其色风衣和长靴，优雅从容。

她拉住聂瑜，劝道："我知道你心里急，但还是让你奶奶好好休息吧。你瞧瞧你这孩子，外套都没穿就冲过来了。我在这儿照顾，你先回去洗个澡，明天再来看奶奶，好不好？"

聂瑜从来不知道怎样拒绝这位姑姑，只好点了点头，走出了病房。

出来时聂瑜才发现，费遐周还没走。

他正坐在走廊的塑料椅子上，手里还握着半个没吃完的包子，人却已经倚着扶手睡了过去。

聂瑜叹了口气，坐在了他的身边。

费遐周一向梳理整齐的头发此刻乱糟糟地成了鸡窝，刘海翘在了一边，露出一双秀气的眉毛。他打瞌睡时双唇微微张开，嘴角湿润。

这家伙难得安静下来，原来他收敛了嚣张跋扈的气焰，不那么讨人厌时，还是有点讨人喜欢的。

聂瑜伸手，想将费遐周手里凉了的包子拿出来，指尖刚刚触碰到他，他一个激灵便醒了过来。

他醒来时，见聂瑜正盯着自己的包子，甚至还伸出了手。

"干吗？"费遐周一张口，短暂的安静乖巧的形象土崩瓦解，"我吃剩下的包子你也要抢？"

聂瑜真挺想揍他的。

"我抢你个头。"

费遐周哼了哼，拉开外套拉链，从怀里取出两个还温热的包子，扔给了他："吃这个吧。"

聂瑜惊讶："你竟然这么大方？还剩下两个给我？"

真是铁树开花头一遭，费遐周竟然有良心发现的时候。

"你别吃了，还给我。"他翻白眼。

聂瑜赶忙咬下一大口包子。

填了填肚子，聂瑜垂下眼，抱歉道："不好意思啊，还连累你来医院折腾一趟。"

"你要是真这么不好意思，给我减房租啊。"费遐周真的不知道"客气"两个字怎么写。

"你不是挺有钱的吗，怎么一天到晚跟掉钱眼里了似的？"

聂瑜好不容易酝酿出来的感动情绪，在对方无情的要求下碎了一地。

费遐周白了他一眼："再有钱的人也不会嫌钱多吧？"说完打了一个哈欠，困倦的眼角往外溢出眼泪。

他一向是最贪睡的人，周日能多睡半个小时都能乐开花，今天还没醒就被聂瑜拉来了医院，反倒一句抱怨的话都没有。

聂瑜心里跟堵了块大石头似的，阻塞在血管里，胸口闷得发疼，疼得快喘不上气。

他其实很想对费遐周说声谢谢，又怕对方骂自己矫情，话到了嘴边就变成了："行了，这儿没你什么事了，赶紧回家换身衣服吧，穿得跟个小学生似的。"

费遐周只在睡衣外套了件棒球服，嫩绿的长裤上印着卡通人，无敌幼稚。整个暴露在冷空气里的脚踝泛着青色，两脚摩挲着取暖。

"你过河拆桥。""小学生"一激就恼，扭头就走。

"等会儿。"聂瑜拉住他的衣袖，"带钥匙了吗？"

费遐周掏了掏口袋，空空如也。

聂瑜叹口气，将自己的钥匙塞进了他的兜里。

"上楼的时候小心一点，我可伺候不了两个人。"


费遐周一走，周围就彻底安静了。

早上六点半，清晨的太阳透过落地窗照进医院长廊，洁白的瓷砖反射着黄白色的光，聂瑜的影子被拉得很长。

他坐在冰凉的椅子上，十指交叉抵着额头埋进膝盖。过了很久很久，他的双肩渐渐颤抖，指甲深深陷进了掌心，痛到麻木的知觉和停滞的情绪都渐渐被唤醒。

回到家的时候天都黑了。

费遐周大概在楼上，聂瑜敲了好久的门都没人应。

隔壁家的王奶奶正好出门倒垃圾，主动招呼道："是不是没带钥匙啊？从我家翻墙过去吧。"

每条巷子的将军楼都是紧挨着的，中间只隔了一堵墙。从天井就能翻过去。前两年遭贼的时候几乎从第一家一直偷到最后一家，有些计较的人家将墙头砌高了些，撒了些碎玻璃。但大部分人家并不太在意，襄津民风淳朴，偶尔邻居没带钥匙进不了门，都是靠翻墙头回家。

聂瑜也不是第一次翻墙了，踩着凳子一个翻身就上了墙头，蹭落一地的墙灰。

下去时就没那么容易了。没有落脚点，淋了雨的墙面很潮湿，他双手扣着墙沿，指甲缝里塞满了灰，双脚在墙面上使劲儿地蹬也架不住地心引力，终于"扑通"一声摔了个屁股墩儿。

尾椎骨磕得不轻，酸痛感从臀部直冲向太阳穴。聂瑜来不及喊疼，一个黑影"嗖"地从客厅蹿了出来。

"抓贼啊！抓贼啊！"

费遐周捧着比脸还大的《牛津字典》冲出黑暗，无头苍蝇似的乱喊着，一头扎进天井。

聂瑜艰难地挪动了一下屁股："是我！"

没等费遐周的大脑辨认出这个"我"到底是谁，手里的字典抢先一步飞了出去。

"咣当"一声，正中聂瑜的眉心。

几分钟后聂瑜裹着毯子坐在沙发上，额头肿起了好大一个包。

"不……不好意思哈。"费遐周吐出一个不情愿的道歉，想了想，又给自己找了个理由，"谁让你翻墙来着，不能走正门吗？"

"我敲了那么久的门，你有应吗？"聂瑜的眉毛拧成了倒八字，像一只愠怒的哈士奇。

费遐周抬头看吊灯，嘀咕："那可能是我睡着了没听见……"

他这人看着细胳膊细腿没什么力气，抓贼倒是下了狠心，聂瑜印堂赤红，活似戏曲频道的红脸关公。

费遐周也不是真那么没心肝，去冰箱取了几块冰用毛巾包起来，坐在聂瑜身边亲手给他举着，冰敷消肿。

下午只有费遐周一个人在家，他坐在客厅里一直在写作业，不知不觉就睡了过去。醒来时正看见自家墙头挂着个人影，当下第一反应就是进了贼，操起手边的字典就冲过去了。

谁能料到是这种乌龙。

冷静下来后，费遐周渐渐找回状态，吸了吸鼻子，闻到一股不寻常的味道。

"你身上……是不是有烟味儿？"他拽起聂瑜的背心领子凑到鼻尖嗅了嗅，"对，就是香烟味，我没闻错。"

毛茸茸的小脑袋突然凑到胸口，聂瑜吓了一跳，当即推开他："你干吗呢！"

这反应落在费遐周眼里就是实实在在的心虚，他眯了眯眼，问："你抽烟了？"

"鬼扯。"聂瑜否认，"我多好一孩子啊能抽烟吗？"

"那你身上的烟味儿哪儿来的？"

聂瑜哑了哑，老实交代："我去了趟游戏厅。"

黄子健的表哥开了家游戏厅，他平时放假就去打工挣零花钱，常趁老板不在请朋友们来玩，游戏币无限量使用，足够消磨一整个下午。

聂瑜想起来什么，将鼓鼓囊囊的裤兜拉开，两个玩偶弹了出来。他一手握起一个，问对面人："挑吧，要哪一个？"

费遐周皱起眉头，一个也不想要。他吐槽："为什么哆啦A梦的脑袋是方的，而海绵宝宝却是圆的？"

"盗版的娃娃，都长这样喽。"聂瑜耸肩。

别人去游戏厅喜欢打枪，只有聂瑜喜欢跟娃娃机较劲儿。黄子健常吐槽他，花在娃娃机上的钱都够买一床正版玩偶了，何苦挑这种针线都不平整的劣质娃娃。

费遐周说："冷知识，娃娃机都是骗钱的，抓得再精准也没有用。想要玩偶不如直接花钱买。"

聂瑜将哆啦A梦硬塞进了费遐周的外套口袋里，哼了哼："你不懂，重要的不是娃娃，是抓到娃娃的那一瞬间。那种成就感，啧。"

费遐周对这个畸形的哆啦A梦并不感兴趣，伸出手指戳了戳口袋，却也没有要还回去的意思。

"你奶奶还在病床上躺着呢，你竟然跑去了游戏厅？"他毫不掩饰话里的鄙夷。

"心里烦，不知道去哪儿。就算回了家，家里也没人。"

聂瑜无意识的话惹来对面人的一声嘲讽："哦，知道了，我反正不算个人。"

"我不是这个意思……"

这时他再想解释，却已经来不及。

费遐周当即撒了手，冰袋"咕咚"一声掉落在沙发上。他冷着脸站起来，谱子摆得极大，还没迈开腿，"咕噜"一声，是他肚子发出的哀号。

"饿了？"聂瑜抬眼看他。

费遐周不吱声。

"你的肚子都比你这张嘴诚实。"

聂瑜将冰袋搁在茶几上，起身去了厨房。

冰箱里一片狼藉，估摸是费遐周中午找东西吃而留下的残骸。

聂奶奶很少买速冻食品，馄饨、水饺之类的都喜欢自己擀皮剁馅儿。聂瑜搜刮了一番，还有鸡蛋、火腿肠和昨天的剩饭，做顿蛋炒饭不成问题。

他的厨艺也不算多精，只不过从小给奶奶打下手，家常菜无非那么几种做法，做起来也并不费力。火腿肠切成丁，鸡蛋打散倒进热油锅，出锅前撒上葱花，再配上点酸黄瓜一起吃，简单但能填饱肚子。

只吃饭未免有些干。紫菜用完了，一时也想不到什么其他的汤，聂瑜挖了一大块猪油，说要做碗"神仙汤"。

所谓的神仙汤和将军楼一样名不副实，至多算是民间智慧创造的低配替代品。神仙汤并没有多神仙，按喜欢的口味随意加点佐料，盐、味精、醋、酱油，一股脑儿地倒进碗里，最后加上猪油注入灵魂，热水冲泡，便成了一碗汤。

费遐周自然不会对这种汤有什么好脸色，举着勺子在碗里一阵寻觅，当真只有汤，其他什么东西也没有。他当即发出质疑："这东西能喝吗？"

"怎么不能？"聂瑜舀了一勺汤，咂巴咂巴嘴感叹，"一勺猪油堪比一碗高汤，懂不懂？"

净扯淡。

费遐周皱着眉头，满腹狐疑地尝了一口。

还成吧。虽然远没有聂瑜夸赞得那样过分，但作为方便速食，确实没什么可挑剔的地方。

他尝了一勺，没品出滋味，接二连三地又喝了几口，又酸又鲜，就跟吃完方便面不忘喝汤一样，明知道没什么营养，但就是很容易上了人工添加剂的当。

估计费遐周中午在家没怎么好好吃饭，饿得狼吞虎咽，什么架子也不管了，一口饭一口汤，跟饿了好几天的小白菜似的，说话都不顾上了。

聂瑜没什么胃口，筷子还没动。见他一碗炒饭明显不够，干脆将自己的那份也推给了他。

费遐周难得没发表"晚上不能吃太多碳水化合物"这样的言论，扔下筷子，直接用勺子挖着吃。

聂瑜托着下巴看着对面人，不自觉地低声笑了："我说你，原来挺能与民同乐的嘛。"

话里是在怼他平时架子太大。费遐周哼了两声，假装没听明白。

聂瑜又问："你没吃午饭吗？家里没吃的不能出去买吗？"

费遐周咽下一口汤："下了一天的雨，谁愿意出门啊。"

"那我要是不回来给你做饭，你就这样一直饿着？"

一口饭塞得太多，费遐周嚼了好几口才咽下去，含含糊糊地回了句："我觉得你会回来的。"

"啊？"聂瑜没听清。

费遐周却一抹嘴，换了句话："我吃完了，我去写作业。"扔下勺子，转身就跑。

聂瑜愣了半天才反应过来："自己吃的碗自己刷！"


夜晚很长，半轮月亮冲破乌云，倾洒着浅淡的光。

费遐周今天难得没上楼去，就在客厅里点了盏台灯，戴着耳机听歌，安静地伏在茶几边写作业。

雨虽停了，风仍不止。气温断崖式下跌，北方的寒流混入湿冷的空气钻入毛孔。客厅的推拉门仍拖着没修理，冷风轻而易举地挤进门缝，书页不住地翻动。

聂瑜其实想问费遐周为什么不上楼去，楼上暖和点。又怕自己这么一说他当即就走，犹豫半晌后还是没开口。聂瑜搬了把椅子坐到门前看电视，用身体挡住一部分风。

那段时间最火的动画片是《虹猫蓝兔七侠传》，少儿频道播完了其他卡通频道仍接着播，聂瑜百看不厌。

电视机的声音开得不大，但费遐周隔着耳机仍能听见。一道物理题演算了几遍都得不出统一答案，他一时恼火，摔下笔大骂："你几岁了还看动画片？刚上幼儿园吗？"

一扭头，身后的聂瑜压根儿没在看电视，黑白分明的眼睛注视着的人，是自己。

费遐周顿住了。

他从来没说过，其实聂瑜的眼睛是他见过的所有人中最清澈的。

聂瑜的瞳仁黑得纯粹，眼白不掺杂质，就跟他本人的性格一样，非黑即白，界限清晰。费遐周一时不知该如何形容这双眼睛，就像是——他这时想起了对方的名字，聂瑜——对，就像是玉石一样，纯粹而澄澈，明晰而坚硬。

而此刻，费遐周就在这双玉石般的眼睛里看见了自己的倒影。

他问："你看着我干吗？"

聂瑜摸了摸下巴，挑眉道："今晚想不想跟你聂哥睡？"

天气转凉，薄毯子已经不够用了。聂瑜从衣柜里抱出一床棉被，费遐周以为是给自己的，正想伸手去接，聂瑜却躲开去。

"起开。"他将被子扔在了椅子上，又从客厅里搬来一张高凳子，架起腿躺了下去。

关了灯，小卧室里灰雾朦胧，只有两个窗户透着光亮。

聂瑜没头没脑地问了句："你昨天是不是睡得很晚？失眠？"

费遐周愣了会儿："你怎么知道？"

"深夜打游戏的时候还听见楼上有脚步声，我就猜你还没睡。"聂瑜看着虚空说，"你不喜欢下雨天吗？总觉得一到下雨的时候，你不是梦游就是失眠。"

"也还好，我……"他说到一半意识到什么，"我梦游的事情你知道？"

"你搬进我家第一天我就知道了。"

费遐周腾地坐了起来，瞪大了眼睛瞪着黑暗中黑乎乎的人影。

聂瑜瞥他一眼，满不在意地说："不然你以为那个冬瓜是哪里来的？"

原来是你。

费遐周差点还以为是自己新增了什么怪癖，紧张兮兮了好一阵儿。

"我问了沈森——沈森就是上次小卖部看见的那个女生——她说一般只有小孩才梦游，像你这样的，可能是压力太大之类的原因。她说梦游症患者梦游的时候虽然感受不到自己做了什么，但这种未知在清醒的时候也很可怕。"他遗憾似的叹了口气。

费遐周有些不太明白他想说什么了。

"不过……"顿了顿，聂瑜又说，"如果有个人陪在身边的话，是不是会有底气一点？就像今天，虽然被你莫名其妙砸了一下，但是我好像一下子就意识到，除了亲人，这个家里也是有人在等着我的。"

虽然不知道你是怎样想的，但是我猜，如果身边有人陪伴着的话，那么即使闭上眼、陷入睡眠，也不会再因为那份未知而感到不安了吧？

"你是不是……"要说的话到了嘴边，费遐周嘴唇动了动，开口时却变成了，"琼瑶剧看多了？"

聂瑜顺着他的话一本正经地点头："是啊是啊，《又见一帘幽梦》看了没？我好讨厌楚濂啊，渣男！脚踏两条船！还是费云帆最好。"

费遐周躺了回去，扯起被子盖上脸，拒绝讨论："没看过，听不懂。"

隔壁的钟声敲响了十二下，新的一天摸索着黑暗来临。

聂瑜侧过头，在黑暗中轻声说了句："晚安，小孩。"


清晨风和日丽，聂瑜起了大早前往医院。

聂奶奶的身体状况很好，早上一醒来就嚷着要喝豆浆吃米饼，聂瑜端茶倒水,小霸王也有变回乖孙子的时候。

费遐周的短信发来时,他正推着轮椅陪奶奶出门晒太阳。

租客费遐周:"早饭呢?"

言简意赅三个字,他颐指气使的模样仿佛就在眼前。

聂瑜将轮椅停在花园小径边,有几位穿着病号服的大爷开着收音机在听戏曲,聂奶奶跟着旦角轻声哼着曲子。

"蒸饭在微波炉里自己热一下,冰箱里有牛奶还有橙汁。我中午不回去了,不想吃泡面可以去门口的大排档打包点饭菜。"聂瑜回了一条短信,小灵通按得噼里啪啦响。

租客费遐周:"哦。"

一个字的回复,又何必浪费这几毛钱的短信费。

聂瑜盯着这条短信看了半天,总觉得哪里有些别扭。

雨过天晴,阳光柔和。夏天拖着它漫长的尾巴走远,清风吹动高树,几片叶子星星零零飘落枝头,盖在泛黄枯草的肩头。

聂瑜深呼吸一口,晨间的瞌睡被风吹散。

他重新打开小灵通,在联系人里找到"租客费遐周"的名字,修改备注。他沉思了一会儿,将这五个字删去,重新输入三个字:臭小孩。

这就对了。


吹完风回到病房,姑姑已经在这儿等着了。

她怕奶奶吃不惯医院的饭菜,特地煲了骨头汤给老人家补补身体。

在聂瑜的印象里,他这位姑姑永远安静温柔,完全不像是自己那位父亲的亲妹妹。

"小瑜啊。"聂奶奶喝汤的时候,聂安转头看向了自己的侄儿,"你出来一下,我有件事情想和你商量商量。"


聂瑜傍晚回到家时,费遐周正窝在沙发里看《萌芽》杂志,茶几上厚厚的一沓卷子,是他忙碌了一个白天的成果。

厨房的餐桌上还剩着中午没吃完的菜,清蒸鲫鱼、山药炖鸡、玉米炒虾,竟然还有一盘水煮肉片,有的菜看起来压根儿没动或只动了一小口。

聂瑜叹气，费遐周这个人，果然一点儿都不委屈自己。

"买那么多菜又吃不完，不嫌浪费？"他进了客厅就开始唠叨。

费遐周不以为意："你也一起吃呗。"

"我看起来像是吃白饭的人吗？"

"嗯，有骨气。"费遐周冷哼，"你要是晚上动一筷子你就是孙子。"

聂瑜立马改口："开玩笑呢，何必当真呢？你这个人真没娱乐精神。"

他瞥对方一眼，接着翻手上的杂志。

聂瑜将菜放进微波炉里加热，等待的时间里坐在费遐周对面的沙发上，一时不知该做些什么。

"叮"一声，微波炉停止转动，过了很久，聂瑜仍一动不动地坐在那儿。

"你不去吃饭吗？"费遐周奇怪地看他。

"去。"

聂瑜一秒弹了起来，无头苍蝇似的莽莽撞撞，刚走两步就一下撞上了茶几尖角，捂着膝盖，痛得直皱眉。

费遐周想上前问聂瑜有没有事，就见聂瑜已经一瘸一拐地进了厨房。


从来没有一顿饭吃得这样沉默。

费遐周数次抬头看着对面垂着脑袋的人，猜测这个人的灵魂是不是被伏地魔勾走了，竟然安静得像个陌生人。

聂瑜面前的水煮肉片辣得很，表面浮着一层红油。他夹菜时像是没长眼一样，连着花椒和尖椒一起塞进嘴里，辣得双眼泛红，直冒眼泪。

"你不是不吃辣吗？买这个菜干什么？"聂瑜抱怨。

费遐周戳了戳碗里的米饭："我哪知道这菜是辣的。"

"不知道就乱买，钱就是这么浪费掉的。"他紧锁着眉头，像个重复训诫的老夫子。

费遐周莫名其妙，犹疑着问："你今天怎么了？奶奶情况不好吗？"

聂瑜停了筷子，顿了好一会儿才摇了摇头："没有，奶奶很好。"

那你凭空发什么脾气？费遐周更不明白了。

"你跟我说实话。"聂瑜突然严肃起来，"我们家这个房子又老又破，户型奇葩很不方便，隔三岔五还招蟑螂。你是不是还挺想换个地方住的？"

费遐周想了想，点头："你这不废话？"

聂瑜放下了筷子，深呼吸一口，从未有过的严肃表情反而让对面的人心中不安起来。

"我有个事要跟你说。"聂瑜道，"你看，奶奶现在住院了是吧？虽说情况不算严重，但是伤筋动骨一百天，她至少要休息两三个月。我姑姑的意思是，她希望送奶奶回乡下疗养。"

这是今天早上聂安对他说的话——

"奶奶毕竟年龄大了，你要上学，我还要照顾顾家一大家子，实在没空照料奶奶。但是如果回乡下，亲戚朋友们都在，你爷爷也在那儿教书，奶奶也不用早起晚睡照顾地陪读，对她而言肯定是最轻松的。

"我想过了，你也成年了，人也懂事，我每周多去看看你、给你送点饭菜，一个人住也不成问题。租客那边，跟他们道个歉，新房子我可以帮忙安排，绝不会让他们独自承担损失的。"

……

聂瑜接着说："所以你看，这个破房子除了离学校近点、平日里还算清净外真的没什么优点了。要是奶奶再回乡下，连吃饭都成问题。听奶奶说，当初你搬过来的时候，我爸答应你父母会好好照顾你的，但是现在……怕是做不到了。"

费遐周低着头，不停地用筷子戳着米粒，低声问："所以呢？你想让我搬走？"

"当然不想啊。"聂瑜斩钉截铁，"你走了我收谁的房租啊？"

费遐周心中刚刚蹿起的感动瞬间被冷水浇灭。

"但这只是我的个人想法，最主要还是看你自己。"聂瑜挠了挠头，"你如果想搬走，我可以帮你找个离学校近的房子和代伙点。你如果不想走……你想明白了再说吧。"

费遐周舔了舔嘴唇，问："如果我说我不介意，我挺愿意留下来的，那你能不能……"

他琥珀色的眼睛紧盯着聂瑜。

聂瑜同样注视着他。

"咳——"费遐周顿了顿，"你能不能把代伙费退给我？"

说话能不大喘气儿吗？

聂瑜"喊"了一声："退什么退，不退，你吃我们家那么多东西，我的零食都被你吃光了。明明第一天来的时候说什么'我不吃人工添加剂、不吃地沟油'，那请问我的薯片是被霸天吃了吗？"

严肃商讨的气氛一下子就被打破了，费遐周冷哼："吃个薯片还这么小气吧啦的，既然你意见这么大，我还是搬走好了。"

聂瑜连忙拉住他："我错了，你随便吃，喜欢什么口味，我明天再给你买，你喜欢就好。"

说完，他眨巴着眼睛直愣愣地看着费遐周。两个人四目相对，没坚持住，同时"扑哧"一声笑了出来，连带着餐桌都使劲在晃。

笑了好久，聂瑜觉得自己腹肌都笑疼了，才渐渐停了下来。

"那说好了。"他看向对方，"以后还住在一个屋檐下，生活上的问题，我会想办法的。"

费遐周挑眉："看你表现。"

聂瑜扔筷子砸他："架子挺大的哈。"

第
五
章

鸭血粉丝汤 ④

BU TONG BAN
TONG XUE

聂奶奶在医院里歇了几天后就可以出院了，聂安动作迅速，当天就给她收拾好了行李，通知了乡下的爷爷，亲自开车送她回去。

聂奶奶真挺舍不得孙子的。她一手将聂瑜拉扯大，他亲爹亲妈都跑没影儿了，这个做奶奶的也没丢下过他。明明在这个家里住了这么多年，怎么突然就要走了呢？

聂瑜看出奶奶伤感，故而时刻仰着笑脸，插科打诨儿逗奶奶开心。

"妈，走吧。"汽车引擎发动好一会儿了，聂安在驾驶座上催促。

聂奶奶摸了摸孙子的脸，他长大啦，自己想看清楚他的模样都要仰着头。

"在家里好好吃饭，不要跟小费吵架，多照顾弟弟一点。"她嘱咐道，"功课不能落下。奶奶不要求你考多好，但是一定要努力，以后走上社会才不会后悔啊。"

聂瑜点头："您说得我耳朵都长茧子了，我心里都有数呢。"

"还有啊，你多跟你爸爸联系一下，也不知道他又跑哪里去了。唉，我怎么生了这么个不中用的儿子。"聂奶奶叹气。

聂瑜扶着她上了车。

聂安探出头来说："妈，您放心吧，这边还有我照顾小瑜呢，不会委屈他的。您好好养身子，身体好了才能再搬回来住啊。"

这话倒有理，聂奶奶点了点头，朝孙子摆摆手："回去吧，回去吧。"

汽车喷出黑色尾气，聂瑜朝着渐行渐远的亲人挥手，直到她们消失在视野里，他仍站在原地。


"走了？"

费遐周含着一根棒棒糖走到了聂瑜的身边。

"走了。"聂瑜点点头，转头问他，"你做好准备了吗？"

"你是说没人做饭、洗衣服的准备吗？"

"不。"他摇摇头，眨眨眼，"你准备好想什么时候看电视、打游戏都没人管了吗！"

"你奶奶刚走好不好？"费遐周无语至极，"回去了！赶紧做饭，我饿死了。"

聂瑜双手抱臂，轻哼："请尊重一下你的厨子，我要是心情不好，你就没饭吃了。"

费遐周白他一眼，径直回了家。


聂奶奶回了乡下，家里就彻底剩下两个小孩撒野了。

生活上的事情他们讨论了一番，上学期间就去学校食堂吃饭，放了假由聂瑜在家动手。家务活儿也是他一手全包，但收拾卧室和洗衣服的私人问题他可管不了。费遐周也不在意，大不了请钟点工，衣服送干洗店。

至多生活琐事会更麻烦一些，至多他会多想念家人一些。聂瑜原先不觉得家里少一个人会对彼此的相处产生什么影响。

诚然，聂奶奶从前在家时也不太参与两个年轻人的对话，唠叨的家长除了让耳朵长茧子外似乎没什么太大价值。而当这座无形的屏障骤然消失后，饭桌上一旦有一个人停止讲话，空气就会立刻陷入静止。晾在阳台上的内裤也偶尔会混淆，似乎有什么他尚未意识到的东西，在这座屋檐下悄然滋长着。


临时抱佛脚这个事到底对考试有多大作用，聂瑜说不明白，但是至少在心理上能起到很大的安慰作用。

月考前的最后一个晚上，他终于打开了最新版《五年高考三年模拟》，握紧拳头要在明天的数学考试中争口气。

翻开书，第一题：正三棱锥 P-ABC 高为 2 厘米，侧棱与底面所成角为 45°，则点 A 到侧面 PBC 的距离是 _____。

这题怎么看着有点眼熟呢？聂瑜紧咬笔头。

他在草稿纸上勾勾画画十分钟，解不出来，无奈地翻开答案一看——《2007 年高考真题》。

我说呢，原来我在考场上做过这题。

当时就没解出来，现在还是不会写。

聂瑜沮丧地趴在书桌上，像个泄了气的皮球。

人类为什么一定要学数学？


聂瑜难得为学习熬了次夜。

深夜一点多，他终于勉强刷完了题，刚刚关掉台灯，忽然听见门外有些异常的动静。

将门拉开一道缝隙，门外站着一个人影，微亮的月光下隐约能看见对方粉蓝色的睡衣。

"你怎么还没睡？"对方没有回应，聂瑜打了个哈欠走过去。

走近了才看清，那人仍闭着眼，胸膛有节奏地起伏着，分明不是清醒的状态。

又梦游了？聂瑜在心里嘀咕了一声，明明前段时间挺安分的啊，怎么刚回屋睡就又复发了？要不要去医院看个医生什么的？

客厅的推拉门开着，夜晚的凉风吹了进来，袖口随风鼓动。

聂瑜上前关门，再回头时，费遐周不知何时已经走了进来，抱着枕头安静地坐在了沙发上，胸口平稳起伏。

梦游症患者能被强行叫醒吗？这个问题聂瑜在网上搜索了许多次。

有的人说能叫醒，但又有人说不建议叫醒，如果患者被强行唤醒有可能产生意识混乱。保险起见，他最后还是放弃唤醒对方的念头。一是怕费遐周醒来真的变成呆子，二是怕他大梦惊醒会生气揍人。

"我服了你了，你可真是我祖宗。"聂瑜叹了口气，握住对方的手腕，引领着他往房间走。

回房间躺下后，聂瑜有点后悔。

他睡不着了。

准确地说，是现在这个状况让他无法正常入眠。

过去和费遐周挤一个房间时，聂瑜要么睡在椅子上，要么界限分明地和费遐周保持距离。他不是个喜欢与别人有身体接触的人，就算偶尔和朋友勾肩搭背，却也完全不是一回事。

而现在，费遐周就睡在床的内侧，乖巧地躺着。

月光笼罩的屋内，一切都这样安静。

聂瑜闭上眼好一阵，侧躺久了，手臂开始发麻。他咬了咬牙，用最小的动作幅度和最快的速度，一鼓作气地翻了个身。

等他再睁开眼时，面前就是沉睡中的费遐周。

难得这样面对面注视对方，即使是最不在乎外表的聂瑜也不得不承认，这个小屁孩生得是真的漂亮。

"漂亮"这个词用在男孩子身上或许会让人觉得奇怪，却再适合费遐周不过了。他比初来聂家时要圆润了一些，原先皮包骨般瘦削，现在两颊有了肉，撑得五官更加明晰立体。鼻梁高挺鼻翼窄，密而长的睫毛垂下，像静止的蝴蝶翅膀。

"小鱼哥哥……"

梦呓一样，孩子气的呢喃声软糯亲昵，费遐周突然发出的一声轻唤，仿佛在一夕之间回到了小时候。

聂瑜记得，小时候的费遐周，还是很愿意喊自己哥哥的。

"哥哥，他们又抢我零花钱了。"

"哥哥，我请你吃碎冰冰。"

"哥哥，我数学考了一百分哟。"

……

委屈的、可爱的、得意的，无数个幼年的费遐周，无数种鲜活生动的模样。他过去是聂瑜的小跟班，总爱背着小书包跟着聂瑜摸鱼爬树，滚了一身泥回家被母亲训斥，第二天肿着眼睛仍旧甘心给哥哥做小弟。

明明过去又呆又好骗，到底这四年他经历了什么，变得如此骄纵，可偏偏……让人讨厌不起来呢……

聂瑜叹了口气，握住费遐周的手。

温暖的、生着厚茧的手掌，宽大地包裹住费遐周修长的五指。

最后一次。

聂瑜在心里说。

再惯着这小孩最后一次。


而聂瑜所不知道的是，当自己终于进入睡眠时，枕边人却睁开了眼睛，眼眸清亮。

他看着自己被握住的手，很久很久。


费遐周又起晚了。

月考第一场早上八点开始，可以比平常晚起一个小时。但聂瑜没有改变闹钟时间，六点醒来去买早饭。费遐周被吵醒后闭了眼接着睡，再惊醒时已经七点半了。

等费遐周洗漱完出来时，聂瑜正啃着包子倚在门槛嘲笑他。费遐周一个眼刀扫过去，抬脚跨出门。

"等会儿，你急什么？"

聂瑜一把抓住费遐周的卫衣帽，将人给拉了回来。

温热的东西被他一把塞进了自己手里，费遐周摊开掌心，是那家老字号点心店的翡翠烧麦和三丁包。

趁费遐周发愣时，聂瑜又扯开他书包的拉链，将打包好的豆浆扔了进去。

"不吃早饭会考倒数的。"聂瑜说。

"是吗？"费遐周微笑，"所以你每次考试都没吃早饭？"

聂瑜："赶紧滚。"


高二和高三的月考同时进行，考试前五分钟，三栋新教学楼鸦雀无声，学生们紧张地翻阅复习资料，临时抱佛脚永远有效。

但有两间教室却热闹非凡。

育淮中学的考场是按照每次考试的成绩排名安排的，一号考场神仙打架，二十三号考场鸡飞狗跳。

很不幸，聂瑜就是二十三号考场的常客。

这次的排名是按照暑假补课期间的最后一次模拟考的成绩算的。聂瑜没有参加暑假补课，按0分算，直接被扔到了最后一个考场的最后一个位置。

好在，是朋友就要有福同享有难同当，黄子健和沈淼也一起来陪他了。

黄子健的语文烂得一塌糊涂，不知道梁静茹到底给了他多大的勇气竟然会选择文科。每次作文都不及格。

沈淼的出现则纯属意外。她是班上的尖子生，和林丹青轮流坐着全班第一的宝座。倒霉的是，上次考试恰逢她痛经期，午睡前吃了一颗止痛药，一觉醒来数学考试已经结束了。她直接从金字塔顶端滚到基层。

沈淼入座考场时满脸的不情愿，拿个文具盒都乒乒乓乓，浑身散发着佛挡杀佛的暴戾气息。

"姐，等会儿填空题借我抄抄呗？"黄子健没眼力见儿，偏要往枪口上撞。

"抄我的？"沈淼冷哼一声，"我写完直接把卷子递给你好不好？"

"那倒不必，我只要选择题前十题写对就行了。考太好不是我的风格。"黄子健心里对自己的水平还算有点数。

沈淼举起美工刀对准他："死开去。敢抄我一个字，我就喊老师。"

黄子健撇撇嘴："凶什么凶哦。"

身后的聂瑜歪着脑袋看他，殷勤地说："我可以借给你抄啊。"

黄子健嫌弃地扫了他两眼："哥，咱算了吧。因式分解你都能写错，我还不如自己动手呢。"

"看不起我是不是？"聂瑜瞪圆了眼睛。

"哥，咱省省心哈。立体几何你会多少了？要不要我借你看下辅助线怎么画？"

"少瞧不起人。"聂瑜呸黄子健一口，把课桌往后拉了十厘米。

所有文科班的人都知道，聂瑜偏科，偏得极其厉害。

像襄津这种小城市，因为经济不那么发达，教育投资也有限。而文科的培养不是一朝一夕或日夜刷题就能奏效的，育淮和大部分的同类型学校一样,偏理轻文,数学竞赛获奖的一抓一大把,空洞乏味的不及格作文数量也与之不相上下。

聂瑜偏偏反其道而行之。他写作文跟喝水一样容易,每次改卷子时语文教研室的老师们就在猜,他这次离满分差几分。

离满分差几分……

语文作文总分七十分,普通人破五十分已然了不得,他一下就甩平均分二十分。语文考出数学的分数。

不过好在上帝给他打开了一扇窗,必然关上一道门。

令同期同学安慰的是,聂瑜的数学成绩极差。

具体有多差呢?就拿上次高考举例吧。聂瑜哪怕只能考出中等偏下的水平,211院校也不在话下——可他偏偏只考了别人的零头。

离考试结束还有一个小时,聂瑜伸了个懒腰,将笔盖盖上,走上讲台交卷。

监考老师是这学期新来的老师,明显还不了解聂瑜的脾性。他认真地翻看了一遍他的卷子,发现试卷反面大片空白,每道大题只解了第一小问。

"你还没写完怎么就交卷了?"老师诧异。

聂瑜打了个哈欠,满不在乎地说:"反正都一样。再写三个小时,我也解不出这些题目。您如果不让我交卷,我就只好再睡上一个小时了。"

老师皱着眉看他一眼,个头挺高一个帅小伙,纯黑色的卫衣和松松垮垮的哈伦裤,透出几分炫酷风,可下垂眼好似从没睡醒过,一副吊儿郎当的样子。

"走吧走吧,别打扰别人考试。"老师叹了口气,默默将聂瑜划入无可救药的学生行列。

聂瑜微微颔首,转身走了。

今天考试他连书包都没带,裤兜里揣一支黑水笔、一支2B铅笔就来了,来去都潇洒。

聂瑜往常没这么狂妄,没有要紧事一般也不会提前交卷。

但是今天,他正巧就遇上了一件不得不提前离校的大事。

买午饭。

襄津没什么特色的菜品，苏帮菜和川菜、粤菜混淆在一起，只顾好吃不问流派。如果一定要说有什么是别的地方吃不到的，那必须要提到熏烧。

"熏烧"就是卤味，是将劈开的鹅、猪头、牛肉之类的食材加了五香、八角、桂皮等调料，在大锅里煮上几个小时，出来的味道鲜嫩肥美。费遐周这张嘴挑三拣四，却也逃不过民间美味。

家属区对街那家王二熏烧是全城味道最好的，肥而不腻，卤子是特制的，别人家模仿不来。

味道好，买的人自然多。聂瑜每次都是到了饭点才想到去买，那时候早已赶不上，摊位前不是排起了长队就是已经卖空，必须再等上几个小时才行。

聂瑜出校门时刚过十一点，时间还早，王二家刚出摊，只有零星几个家庭主妇在买猪头肉。聂瑜买了半只烧鹅和两块钱鸭血，鸭血便宜，两块钱一大袋，卤子做汤底，加上粉丝一起煮，连调料都不用加。

建陵的鸭血粉丝汤全国闻名，费遐周却在第一次吃到襄津版本的鸭血粉丝汤时睁大了眼睛。聂瑜嘚瑟地说："怎么样，不比大城市差吧？"

聂瑜拎着美食回家，光是想到费遐周被他的手艺惊艳到的模样，就已经得意得不行。


中午十二点，费遐周结束了考试回了家。

刚进厨房，芳香的卤味迎面飘来，被两场不停歇的考试折磨得不成样子的他，一下子就打起了精神，书包还没放下就绕到了煤气灶前。

"你自己做的？"

费遐周扯了扯聂瑜的袖子。聂瑜用勺子舀了一口汤，第一直觉是该喂给他，理性来不及阻止，小饿猫已经扑了过来喝掉了汤。

聂瑜的喉结滚了滚，撇过脸去。

"你怎么回来得这么早？我还以为今天吃大排档呢。"

聂瑜早上提醒他，中午不吃食堂回家吃饭，费遐周以为是他打包了饭菜带回来罢了。

"把桌子放下来，拿碗筷吃饭。"

聂奶奶不舍得使唤的费遐周，在聂瑜这里只是个打下手的。他将煮好的鸭血粉丝汤分别盛进两个碗里，大部分的鸭血都倒进了小一点的那只碗里。

坐下后，聂瑜问："第一次在育淮考试，是不是半条命都快没了？"

费遐周使劲儿地点了点头，顿了顿又想起要摆架子，咳了声，说："考试安排得太紧凑了，其他……其他就还好，也没什么。"

没什么？

他一早上考了三门，三门！中间连个休息时间都没有，考完数学就是物理和化学，后两门的考试时间本应该是两小时，学校却直接压缩成了一个小时。

聂瑜笑："育淮的月考就是这样，恨不得一天考完所有课程。不过期中期末就好，按照高考的标准来，会轻松很多。"

费遐周点了点头，没工夫回他话——粉丝一口接一口地往嘴里塞，嘴巴鼓鼓的，像只小仓鼠似的。

"吃完去睡一觉，别复习了。下午考完了还有晚上，不睡撑不住的。"聂瑜边吃边唠叨。

费遐周叹了口气，诚恳地说："聂瑜，你现在好像我奶奶。"

"从爸变成奶奶了，不错，我长辈分了。"聂瑜点了点头，当作一种夸奖，"这说明什么？这说明你越来越能融入我们这个家了。"

我们这个家。

费遐周说不出自己听到这个词刹那间的想法是什么，一口汤呛进了鼻子里，咳嗽不停，捂着嘴到处找纸巾。

聂瑜一边感叹，一边摇头："你看看你现在，一点以前的样子都没有。"

"纸！"

有空在这胡扯，不知道帮我一下吗？费遐周愤怒地瞪他。

"我书包里有纸，你翻一下。"

聂瑜的书包不知道多久没洗了，黑色看不出脏，常常被他随手扔在地上。

费遐周踢了踢脚边的书包，拽着底部，直接将里头的东西全都倒了出来。

哗啦啦——掉落一地的笔芯和废纸团。

他捡起还剩半包的纸巾袋，抽出一张，快速擦了擦脸。想去扔垃圾时，一脚踩到了什么东西，他低头扫了眼，是封白底粉色底纹的信。

"这是什么？"

费遐周明知故问。

"信啊。"聂瑜嘴里的饭还没吃完，说得含含糊糊，"毕竟我长了这么一张帅脸，总有些小姑娘把持不住。"

"认识吗？"他问。

"啥？"

"送信的女生。"

聂瑜挠头："其实我跟她也不熟，也不知道她怎么就看上我了。"

费遐周将信封捡了起来，问："那我帮你扔了？"

"哎？不行！"聂瑜一把抢过信封，"不能扔。"

"不是不喜欢吗？留着干吗？"费遐周问。

"人家认认真真地送了信，我也得礼貌一点拒绝才对吧？"聂瑜将信重新放回书包，废纸团扔进了垃圾桶。

费遐周舔舔唇："你在这方面倒想起礼貌来了。"

"笑话。我三讲四美五热爱，是襄津好市民。"聂瑜自夸。

费遐周冷哼一声，不再说话。


晚上考完最后几门时，费遐周真的有点虚脱。

他们这两届正好赶上高考改革，没有文理综，每一门都是要单独考的。下学期要考小四门，平常被忽视的几门功课都被提高了关注度，没有一门课是能落下的。

高三反倒轻松些，早半个小时就考完放学了。费遐周收拾书包准备回家时，却听见了隔壁的聊天声。

"哎？那个是不是聂哥啊？是聂哥没错吧！"蒋攀趴在窗口看着楼下，半个身子都快探出去了。

顾念连忙凑过去看，问："哪儿呢？是那个高个子吧，但他旁边……怎么还有个女生啊？"

笔袋没拿稳，"啪"地掉在了地上，费遐周恍若未觉，愣在原地，看向窗外。

空旷的停车场上站着两个人，矮个子的是个扎着马尾辫的女生，高个子的男生身材挺拔，双手插兜看着面前的人。

即使天色昏暗，隔得这样遥远，但费遐周还是一眼就认了出来，那个男生就是聂瑜。

一男一女面对面站着，不知在说些什么。

蒋攀和顾念胡乱猜测二人的关系，前者断定二人关系不寻常，后者反驳没证据不能定论。一来一去争个不休，而恰在此刻，远方的两人突然的动作引发了他俩的惊呼。

那个马尾辫女生扑了过去，抱住了聂瑜。

费遐周攥紧了书包带。

聂瑜并没有要拒绝的意思，反而伸出手拍了拍对方的脑袋，像个再亲昵不过的"摸头杀"。

赌赢了的蒋攀连蹦带跳地喊："嫂子！是嫂子没错吧！咱聂哥要朋友了！"

"复读生怎么能干这种事啊？"顾念悻悻地嘟囔起来。

费遐周捡起地上的笔袋，面无表情地离开了第一考场。

费遐周在生气。

聂瑜意识到这件事是在三天后。

也不怪他反射弧太长，费遐周这人平日里对别人就挺爱搭不理的，高兴的时候说不，不高兴了是加了感叹号的不，寻常人根本拿捏不准他在耍小性子还是在生气。聂瑜是个粗人，弄不懂那些弯弯绕绕的小情绪，干脆什么都受着，他翻白眼也好闹脾气也好，聂瑜通通照单全收。

但这一次，情况好像有些严重了。

费遐周真的生气了，打心底动怒的那种。他不肯吃聂瑜做的菜、不肯喝聂瑜倒的水，也不再半夜敲聂瑜的门，聂瑜说什么他都不回，权当没有这个人存在。

而当事人过了三天才反应过来：嚯，这是在跟我玩冷战啊？

昨天出了月考成绩，费遐周年级第二，仅次于万年第一的顾念。年级前一百名的名字被印在了红榜上贴在校门口公示，将被各年级的学生和家长围观一整个月。

聂瑜直到今天才相信奶奶之前对费遐周的夸奖不是吹的，不仅打电话给奶奶报喜讯，还特地买了一桌费遐周爱吃的菜，要跟他一起庆祝这件好事。

而费遐周却没有丝毫喜悦，中午晚了半个小时才回到家，淡淡丢下一句"我在外面吃过了"，就转头回了自己房间。

聂瑜愣愣地坐在餐桌前，桌上的鱼汤还冒着阵阵热气。

终于在这个时候他才意识到，费遐周这次，是来真的。

小卖部门口，聂瑜跟好朋友枚恩吐槽这事。

"你说他是不是有病？是不是？跟我玩冷战，我哪儿对不起他了？"

聂瑜愤怒地将旺旺碎冰冰劈成两半，很是愤怒。

枚恩接过一半碎冰冰，咬了一口后才冷静地说："那你揍他一顿呗。"

"什么？"

"我说揍他一顿。"枚恩重复了一遍，"你是聂瑜，又不是黄子健。看见不爽的人不是上去就正面'刚'了吗？什么时候这么忍气吞声了？"

沈淼拆了一包蚕豆，一针见血地说："他要想动手早动手了，舍不得呗。你别说，人家长那么好看，搁我也舍不得。"

"滚。"聂瑜怒斥，"跟你们说也是白说。"

舍不得？好笑了，我有什么舍不得的。

几个小时后，聂瑜就后悔了。

费遐周竟然没回家吃晚饭。

下午的课五点五十结束，六点半开始上晚自习。想在四十分钟的时间内往返学校再吃顿饭，时间实在太紧凑了。学校的食堂出了名的猫嫌狗厌，但凡家不住在附近的学生，每到吃晚饭就开始发愁。

重点班的顾念并不属于这一种。

他有个辞了工作在家专心带孩子的老妈，每天下课铃一打就拎着饭盒进学校，营养餐、水果、热牛奶，整整铺了一桌子。

在育淮这不是特例，在重点班更不是。每个学生都是金贵的清华苗子,吃喝拉撒都是大事,送点饭又算得了什么。

蒋攀家就住学校隔壁的小区,出生前就计划好买下的学区房。他站着说话不腰痛,每次早早回到学校,看见半个教室来送饭的家长时,总要嘲笑两句。

顾念舔舔嘴边的奶沫,也不恼,只说:"能不用'送饭'这个词吗?搞得我像被囚禁了一样。"

费遐周托着腮看着防盗窗,喃喃自语:"也差不了多少。"

顾念没听见他了什么,热情地与他分享饭盒里的炸虾。

"尝尝我妈的手艺,这个炸虾可好吃了!你喜欢吗?喜欢的话,我让我妈多炸一点,大家一起分着吃。"

金黄酥脆的炸虾送进费遐周的碗里,顾念伸长了脖子看着他的一次性打包盒问:"你吃的什么呀?"

费遐周艰难地咽下嘴里的食物:"鸭血粉丝汤……"

校门口路边摊买的,五块钱一碗。

"好吃吗?"

"还行吧……"费遐周勉强笑了笑。

"我也想吃鸭血粉丝汤。"顾念露出羡慕的表情,他转身看了看正和隔壁桌家长聊天的老妈,大声喊道,"妈!我明天想吃鸭血粉丝汤!"

"好,妈明天给你做。"顾妈妈应了一声,转过头继续跟另一个同学的妈妈聊,"刚才说到哪儿了?哦,是不是说到李媛老师了?我们念念的作文一直拖后腿,我早就想给他补补了。"

另一个妈妈羡慕地说:"哎呀,你家顾念每次都考年级第一,还想要多好啊?"

顾妈妈谦虚一笑:"在育淮考第一算不了什么,到时候高考是要跟全省几十万考生竞争的,一点都不能懈怠呢。"

嘴里的鸭血像是怎么嚼都嚼不烂,费遐周最后一口吐在了塑料袋里,一次性木筷也扔了进去,将吃了没两口的鸭血粉丝汤盖上,提着袋子出门扔垃圾。


果然不能图便宜买这粉丝汤,路边摊重油重辣,费遐周的胃空了一整天,一口汤刚喝下去就一抽一抽地疼了起来。

他进了厕所，在水池边站了会儿。他肚子难受，有点想吐但又什么都吐不出来，掐着喉咙反了几口酸水，食道火烧一样犯疼。

他想再去小卖部买盒泡面，看了看手表，还有十分钟上课，不知道赶不赶得上晚自习。

走到楼梯口时，正撞上顾念送他妈妈离开，费遐周听见他们说话的声音，远远地停下了脚步。

"你同桌是不是就是考年级第二那个呀？"他听见顾妈妈这么问。

顾念答："对，他就是费遐周。听蒋攀说，他之前在建陵上学。别人看他不怎么爱搭理人，其实人还是很好的，教了我很多题呢。"

顾妈妈又和蔼地笑了笑，揉了揉顾念的脑袋："我们念念这么乖，当然对你好啦。那你就多跟人家学学，别被人赶上了。快上课了，我不打扰你学习了。"

顾念目送着妈妈下楼，穿着风衣的长发女士没走两步，又突然回过头，补充交代了一句："你回头问问你那个同学，他在哪里补习的英语？你英语做题速度太慢了，还得提升。"

"怎么又要补习啊……"

顾念噘着嘴快哭了，早知道就不说这么多了。

顾妈妈笑着摆了摆手，根本没把他的情绪放在眼里。

"晚自习不要发呆，妈走了。"


费遐周听完墙脚，觉得肚子里更难受了。

他想回去再吐两口，一个高大的身影从楼上走了下来。

聂瑜站在两米开外，手背在身后，不知藏了什么东西。

他一身宽松运动装也掩盖不住高挑的身材，出众的身高在哪里都很耀眼。此刻，他直直地看着费遐周，目光难得清明——一双剑眉锋利，下颌线紧绷，就这么站着也不说话，不知在想什么。

费遐周捂着胃部，衣服都起了褶皱。

"不说话我就走了。"他没工夫跟聂瑜闲耗，拧过头就要迈腿。

"你……"

聂瑜说了一个字就止住了，真不知是什么话这么难以开口。

离上课只剩几分钟了，回学校的人越来越多，他俩挡在楼道口，十分瞩目。

聂瑜观察着费遐周发黄的脸色,感觉对方比之前瘦了些,巴掌大的脸棱角分明,下巴尖得过分。他长长地叹了口气,无奈到没了脾气。

"你到底还要生气到什么时候?"

柔软又无奈的语气,像在哄一只离家出走的猫咪。

他将身后的饭盒递给对方,说:"这是我打包的热汤。不知道你吃没吃,吃不下去喝两口总……"

"猫咪"抬起头,眼眶通红,像是受了天大的委屈。

聂瑜一下子就慌了,赶忙上前扶住他。

"不是,你怎么了?"聂瑜急得爆粗口,"你直接跟我说行不行?我要是犯浑了,你揍我一拳也行啊。"

费遐周蹲了下去,咬着下唇不让自己真的流下眼泪。

太丢人了,在聂瑜面前哭的话,那也太丢人了。

聂瑜见他不说话,又实在想不出什么办法来,干脆伸出一只胳膊举到对方眼前。

"你咬我一口吧。"他说,"不管你在气什么,咬我一口撒撒气总行了吧?你这样,我真的受不了。"

打我骂我都好,但是……别不理我。

费遐周注视着眼前的傻大个,突然"扑哧"一声笑了出来:"蠢死了……"

"聂瑜,我想家了,我想我妈。"

他展现了自己脆弱的一面,像一只想要被拥抱的刺猬。

"这个……我还真是没有办法了。"聂瑜抱歉地挠了挠头。

费遐周想告诉他没关系,自己的家事,本来也不该打扰别人。而聂瑜的回应却先他一步。

"如果这样会让你好受点的话——

"或许,你可以把我看作你的家人。"


聂瑜带的这汤是特地去市中心那家饭馆买的,全城大大小小的馆子,费遐周最喜欢这一家。

晚自习没有老师坐班,费遐周向顾念请了个假,去了小卖部旁的休息室吃饭。

聂瑜嘴里嚼着奶片,坐在桌边陪着他。

沉默了很久后，聂瑜终于开口："你给你爸妈打个电话吧。"

"啊？"费遐周从饭盒里抬起头来。

"你不是想家了吗？跟他们打个电话聊聊天，心里多少能好受点吧。"聂瑜说。

费遐周尴尬地"嗯嗯"两声，重新低下头去。

其实想家什么的，只不过是他突然想到的借口而已。

但这借口也不是空穴来风。他的母亲和顾念的妈妈气质很像，都是优雅美丽的女人。只是他妈妈十指不沾阳春水，当初不顾家族反对嫁给了还是穷小子的父亲，一直都被父亲照顾得很好，快四十岁也仍然是当年的大小姐脾性。

"我是不是一直没告诉过你？"费遐周用勺子搅了搅汤，"其实我家出了些状况，我爸妈……大概暂时顾不上我吧。"

聂瑜不解："什么状况？"

"这问题有不同的回答方法。"费遐周说，"往大了说，国外金融市场震荡，危机冲击实体经济。全球金融市场遭受冲击，中国也受到次贷危机的影响。我们家是做出口贸易的，受的打击比较大。"

聂瑜拧了拧眉心："说点我听得懂的。"

"我爸亏了一大笔钱。"费遐周平淡地说。

"会破产吗？"聂瑜对国外发生的事情并没有任何实感。

"原本没这严重的，但是我妈上半年生产大出血，母女俩身体都不好，我爸又要照顾她们又要管公司。事情比较复杂，有机会再说吧。"对方轻描淡写地说，"不过，饿死的骆驼比马大，就算我家破产了，还是比你家有钱多了。"

"你可闭嘴吧。"

"还有就是……"费遐周说到一半，却停了下来。

聂瑜不耐烦："有话能不能一次性说完。"

费遐周摇了摇头："算了，没什么。"

他还没有勇敢到，把一切都说出口。

汤快喝完的时候，一个人影风风火火地冲了过来。

"聂哥，我可算找到你了！"沈淼气喘吁吁地奔到桌边，"罗老突击检查，发现你不在班上，发了好大火呢。我们骗他说你去厕所了，

.093.

现在你赶紧跟我走！"

聂瑜动也不动，反过来劝她："急什么？来，坐下歇歇。"

沈淼瞪他："你还真不急啊？人家赵萌萌可是在罗老面前打了包票的，你可别拖着我们一起下水。"

"赵萌萌？"

"是啊。也不知道她看上你什么了，明明你都拒绝她了，还这么死心塌地为你着想。哎，你说你长这么帅有什么用，看得着又吃不着。"沈淼这张嘴装了机关枪似的，噼里啪啦地说着。

费遐周抓住关键字，神色暧昧地看向聂瑜："拒绝？什么意思？"

"这个吧……"

聂瑜想解释，沈淼却抢了白："这不是那个帅学弟吗？聂哥没告诉你吗？赵萌萌前段时间给他写了信，结果竟然被他拒绝了，害得小姑娘哭得可伤心了。"

"强扭的瓜不甜，你别说得我跟渣男一样行不行？"聂瑜急忙解释，"再说她哭的时候，我也安慰她了好不好？"

"拍两下脑壳就叫安慰？就你那手劲儿，我怀疑你要把人家拍出脑震荡了。"

费遐周越听越觉得他们说的场面似曾相识，犹疑着问："你们说的……不会是月考那天晚上的事情吧？"

聂瑜看向他："你……你不会也看见了吧？"

费遐周点点头："所以你那天是在拒绝她啊……"

"废话。"聂瑜抱怨，"我就是想当面好好说一下，谁知道她突然就哭了，可把我吓坏了。"


冷战了三天，最后还是靠一碗汤给救了回来。

但是直到最后，聂瑜也没搞明白，费遐周到底为了什么而生气。

他来不及再细想，家里出了件大事——

聂瑜他爹回来了。


这次月考，聂瑜再次创造了偏科界的奇迹，数学成绩还不到语文分数的一半，数学老师见他就跟绿萍见了紫菱一般，恨得牙痒痒。语文老师李媛很想赞美聂瑜的作文，但一看见数学老师那张臭脸，只好低调地憋了回去。

中午放学前，聂瑜不出意外地被严厉批评了一番，半个小时后走出办公室，全校人去楼空，安静至极。

十二点多了，卖熏烧的已经收摊了，原本说好今天在家吃顿好的，这下没法跟费遐周交代了。

聂瑜一路担忧着，很快就到了家。

他没带钥匙，敲了两下门。门内传来回应声："你怎么才回来呀，也不看看几点了！"

"我放学有点事耽……误了……"

聂瑜话说到一半意识到哪里不对劲，抬起头，看见一张许久未见的脸。

开门的人穿着一件老式夹克外套，胸前的口袋里插着一支钢笔。他手里正抓着一把刚洗完的筷子，脚上穿着聂瑜的拖鞋。泛灰的头发乱如杂草，黑框眼镜反射着光线。

这是聂瑜的亲爹，聂平。

"你愣着干什么？快进屋，洗洗手一起吃饭。"聂平甩了甩筷子上的水，乐呵呵地笑了，"人家小费都等你半天了。"

聂瑜眨巴眨巴眼睛，很久没缓过来。

聂瑜都快不记得上一次见聂平是什么时候了。

他似乎黑了不少，也瘦了很多，衬得他个头越发高了，像根细竹竿。他的精气神倒足得很，双眼炯炯有神，远比被高考压迫的高三生更有活力。

客厅里那张过年才用到的大圆桌被搬了出来，铺上了碎花桌布，摆了一桌的饭菜和酒水。三菜一汤外加几盘凉菜，聂平给自己倒了杯杨梅酒，费遐周面前是一听可乐，易拉罐都没拉开。

"又挨训了？"费遐周当着他亲爹的面砸场子，"数学不及格的事什么时候才能翻篇啊？"

死小孩，哪壶不开提哪壶。

聂瑜走过去，一把拿走了费遐周面前的可乐。

"你干吗呢？怎么能跟弟弟抢饮料喝！"聂平叉着腰训斥他。

"他不喝碳酸饮料。"聂瑜从冰箱里另拿了一瓶果粒橙扔给他，自己开了易拉罐，咕嘟咕嘟喝了大半。

"是吗？我还以为小孩子都爱喝可乐呢。"聂平茫然地拍拍脑袋。

聂瑜听他语气熟络，奇怪地问："你们俩认识？"

"那当然！"聂平拍了拍费遐周的肩，"他爹可跟我认识三十年了，小费住这儿还是我建议的呢。"

聂瑜这才想起，奶奶似乎说过，费遐周是聂平朋友的儿子，他差点就忘了这层关系了。

桌上的菜都是聂平亲手做的，他上半年几乎都窝在四川，口味不知不觉变重了，花椒面不要钱似的撒，连番茄蛋汤都漂着一层红油。

费遐周不好驳长辈的面子，勉勉强强夹了几口菜，大部分时间都在干嚼白饭。

聂平粗神经，看不出异样，还不住地给他夹菜："来，尝尝这个辣子鸡，我跟当地人学的，可地道了。"

费遐周勉强尝了一口，转头就灌了一大口橙汁。

"咳——"聂瑜没话找话说，"你什么时候回来的，也不提前跟我说一声。"

聂平说："前两天刚到。先下乡看了看你爷爷奶奶，老两口身体还不错。我今儿早上刚进城，估计你在上学，就直接回来了。"

"之前给你打电话，为什么不接？"聂瑜耿耿于怀。

"我前两个月一直待在深山里，没信号。上个星期刚出山，才接到了你姑姑的电话。"他转头看向费遐周，问，"这几天家里就你们两个？聂瑜欺负你没有，他要是犯浑你尽管跟我说。"

费遐周摇摇头："没有的事。"

聂瑜"嘁"了一声："他不折腾我就不错了。家里住了个祖宗。"

费遐周保持微笑，在桌子下踩了他一脚。

"那就好啊。"聂平感慨，"想当年我跟你爸也是在高中认识的。你爸小时候生活不容易，成天说要下海赚大钱。我就说，赚钱有什么意思，咱要搞就去搞艺术！那个年代啊，所有人都觉得未来是我们的，只要敢打拼，没什么不可能。"

他一喝多了就爱聊以前的事，20世纪八九十年代，是他百说不厌的下酒菜。

"当初我辞职去搞纪录片的时候，所有人都反对，只有你爸支持我。他那时候企业搞得不错了，拿了不少钱给我买设备，说什么给我投资，以后赚了钱再还他。一晃啊，都这么多年了。"

聂瑜有些惊讶。

费遐周读小学时才搬过来住，没几年又搬走了，他对他们家没太深刻的印象，只记得这家的男主人是个常年在外出差的有钱老板，妻子温柔美丽，他小时候从没见过像她一样漂亮的人。

原来，他们两家的两代人之间，竟然还有这样的缘分。

聂平想起往事就停不下嘴，又说："说起来，当初小费还没出生的时候，我就跟他爹给两家孩子定了娃娃亲，要是生下来是个女儿，就给我们家小瑜做媳妇，亲上加亲，多好啊！"

费遐周猛呛一口，拼命地咳嗽起来。

聂瑜拍了拍他的后背，也有些尴尬地说："说什么呢，还娃娃亲？老封建！"

"这有什么嘛。反正小费是个男孩，又没逼着你定亲。"聂平摸了摸长满胡楂的下巴陷入自己的滔滔不绝中，完全没注意到费遐周已经涨红了脸。

"我……我吃饱了。"费遐周丢下筷子逃也似的走了。

聂瑜也撒腿就跑，聂平茫然地看着空空的饭桌，不明白发生了什么。


接下来的三天，聂平尽职尽责地做了次好老爸——

洗衣做饭全包，客厅的玻璃门享受到了过年才拥有的擦洗服务，聂瑜的狗窝进行了从头到脚的大清洗，他放学回来时还以为自己走错了房间。

聂平的包容度也令人叹为观止，看见聂瑜的衣服上沾了猫毛，非但没有训斥他，反而特地去宠物店买了两大袋猫粮，夸奖儿子关心动物有爱心，趁机上了堂人与自然和谐共处的思想品德课。

聂平是个非常宽容的父亲，看见儿子糟糕的考试成绩时也没动怒，微笑着举起了鸡毛掸子，走街串巷地追着他打。

邻居家的王奶奶站在门口，乐呵呵地看着这父子俩，笑道："聂家这小子又犯浑喽。"

但老话说得好，快乐的时光，往往都是短暂的。

那日中午，聂瑜午觉醒来时，聂平背着半人高的行囊，整装待发。

"你……现在就要走了吗？"

聂瑜的手指缠绕着门帘，红绳勒出一道白色的细痕。

聂平叹气："我这次回来还是特地跟摄影组请了假，下周还得去渝城，车票都买好了，耽误不得。你……"

"多待两天都不行？"

聂平抿抿唇，十分抱歉："我得从建陵转车去渝城，怕路上堵车，提前一点去比较妥当。"

聂瑜垂下胳膊，无力地耷拉在身体两侧，怨气化作一声叹息："算了，你走吧。"

聂瑜转身回房，连一句"再见"也不愿说。

"小瑜！"聂平在身后喊他的名字，"我给你留了一样礼物，你记得后天打开来看看！"

聂瑜摔上了门，满屋的空气都晃动了两下。

费遐周揉着眼睛下楼时，正看见这一幕。

"这小子个性随我，暴脾气。"

聂平干笑一声，望向费遐周，搓了搓衣角："小周啊，叔叔有件事想拜托你。"

聂瑜把自己关进卧室，耳机里播放着花儿乐队欢快的歌，他却一点也开心不起来，郁闷至极。

他坐在床边，抱着膝盖看着对面的书架。书架中央摆着一张相片，是他第一天去育准报到时拍的。他一身绿色迷彩服，面无表情地比了个剪刀手。

小的时候，聂瑜很崇拜父亲。

聂平年轻的时候是报社记者，从襄津本地小报一路爬到省级刊物，年轻时相机不离身，小到婆媳吵架、大到2000年悉尼奥运会，没有他写不了的新闻稿、采访不到的大人物。

聂瑜上初中时，聂平却因写了篇出格的稿子惹怒了某位权贵，丢了饭碗被赶回了老家。聂平没消沉几个月，突然卖掉了家里的小轿车，用这笔钱置办了一套摄影器材，跟着他那群搞纪录片的朋友满中国乱窜，每年回家的次数寥寥无几。

老妈离婚另寻真爱了，亲爹动不动就失联，如今奶奶也回了老家，聂瑜很难不去想，自己好像就这样变成一个人了。

伤春悲秋还没半小时，房门被敲响了。

"你走吧，我不想听。"聂瑜以为是他爹，想都没想就拒之门外。

"是我。"费遐周拧开门把手，探进小脑袋。

见他主动来找自己，聂瑜压抑着期待，故作平静地问："有事？"

"今天轮到你洗碗了。"费遐周说。

"你就是来和我说这个的？"聂瑜额头上青筋直跳。

费遐周沉默地与他对视。

三十秒后，聂瑜妥协。

"等会儿就来……"


第二天，聂瑜神情憔悴，异常暴躁。

他一到学校就开始打瞌睡，政治课、历史课一个字也没听进去。从他们这一届开始只有语数外三门算高考成绩，政治、历史只划分等级，在学生们心中的地位一落千丈，课上睡觉、写其他作业的学生大有人在，老师们睁一只眼闭一只眼，只管把课讲下去。

可到了语文课，日子就没这么好过了。

他们班的语文老师李媛是个刚毕业没几年的研究生，性格直爽但脾气也不小，通常没人敢在她的课上走神。

聂瑜虽然坐在最后一排，但这么大的个头，即使半个身子都趴在了桌子上也依然扎眼。李媛冷哼一声，将他点了起来。

"聂瑜，你来说说，《芙蓉女儿诔》是谁写的？"

沈淼踹了一脚身后的课桌，聂瑜条件反射性地站了起来，看见她正指着课桌上的《红楼梦》讲义。

聂瑜连语文课是什么时候开始的都不知道，对着空气眨巴两下眼睛，信口胡诌："是……曹雪芹写的。"

全班哄堂大笑。

李媛怒斥："你给我出去站着，觉醒了再进来！"

他漫不经心地点了点头，面不改色地走出了教室。

晚自习也仍旧有一堆卷子要写,聂瑜一个字儿也写不下去,笔头都快被他咬烂了,得心应手的语文小作文死活憋不出来。

放学就得交作业,还剩下半个小时的时候,聂瑜实在写不完了,向前头的沈森借卷子抄。他好不容易把作业应付完,扫了一眼左边装订线前的姓名——赵萌萌。

他愤怒地拽过沈森的帽子,沈森摊手,无辜地说:"大家都没写完,只有赵萌萌主动借给你,那你抄都抄了,还能怎么办?"

聂瑜摔了笔,警告:"别再用我的名义去找她了,积点德吧。"

对不喜欢的人狠心一点,有时也是为了对方好。


襄津日渐入秋,夜晚凉意肆意,聂瑜只穿了一件薄卫衣,体格结实,无惧寒冷。

走到家属区门口时,突然响起一声狗吠。他停下脚步看去,霸天正蹲在垃圾桶旁吃东西,下巴上沾了一层白奶油。

不知是哪家买了蛋糕没吃完,连着包装盒一起扔了。霸天捡了便宜,欢快地将蛋糕踩了个稀巴烂。

真是浪费。

他拍了拍霸天的脑袋,转身回家。


费遢周刚洗完澡出来,一面用毛巾擦头,一面抱怨着水太凉了。

因为今天是阴天,太阳能自然没有热水啊。聂瑜在心里回答。

聂瑜四仰八叉地躺在沙发上,明明一天没好好学习过,却比月考的时候还要累。他闭上眼,灯光照在眼皮上,视野里一片红。

"笔呢?"费遢周突然这样问。

"什么笔?"他闭着眼说。

"你记日历的马克笔。"

"在书架第一层。"

马克笔笔尖与纸面摩擦发出沙沙的声响,在这个安静的晚上异常清晰。

聂瑜不知道费遢周写了什么,他此刻也没有力气去在乎这些。困倦感涌上心头,他打了个哈欠,支撑着身体回了卧室。

一觉醒来的话，一切就该好起来了吧。

他这样盼望着。

周日早上八点上课，聂瑜的打算是，无论如何也要睡到七点再做早饭。

但现实总是不遂人愿。

清晨六点，他的闹钟还没响，厨房里乒乒乓乓的噪声将他从睡梦中拽起。

见鬼了，这一大早的，厨房里哪儿来的声响？

聂瑜抹了把脸，怒气冲冲地奔了过去，推开厨房门，正看见费遐周对着砧板较劲。

"你在干吗？"聂瑜呆滞了一会儿，觉都醒了。

费遐周瞥他一眼："看不见我在拍蒜？"

"哎哟，我的祖宗。"聂瑜推开他，从置物架上抽出菜刀，"拍蒜可不是你这么拍的，不嫌手疼啊？"

他将菜刀横放，对着砧板猛地一砸，蒜瓣裂成了几块。

费遐周咳了一声，将蒜瓣放进了一旁的面汤里。

聂瑜疑惑："你饿了？一大早起来煮面吃？"

"不是我吃。"费遐周将碗推到他面前，"给你煮的。"

"啊？"

费遐周清了清嗓子，对聂瑜说："生日快乐。"

聂瑜眨巴眨巴眼睛，呆了。

"你……在梦游吗？"

"哪个梦游的人会天没亮就起来给你煮长寿面啊！"费遐周摔了筷子，"你爸前天拜托我陪你好好过个生日，说了一大堆话，十九岁是个特别特别美好的年纪，希望你好好珍惜之类的。我记不住，就不转述了。"

他双手抱肩，大眼睛瞪着寿星。

"快吃啊，面都要坨了。"

聂瑜缓了好久才从震惊中找回意识。他低头看了眼这碗不知道是什么但是长得有点像面的东西，怀疑他爹可能是在整自己。

他用筷子搅了搅面汤，问："这面怎么都发黑了啊？"

费遐周理所当然地说："加了酱油呗。"

聂瑜转头看了眼空了一大半的老抽，心里咯噔了一下。

乖乖，这是倒了多少啊？

"你不吃算了。"

看到对方一副视死如归的表情，费遐周忙了一早上，此刻颇为不爽。

"我没……没说不吃啊。"聂瑜抱住了碗，夹起一根面条，神色复杂，"虽然对小孩子应该多鼓励鼓励，但我真的忍不住想说——祖宗，你是想齁死我吗？"

费遐周咳了声，紧攥着十指，移开目光。他小声嘀咕："我本来昨天给你买了蛋糕的，结果走到半路遇上了霸天，手一抖就摔在了地上，今天就没得吃了……面不想吃算了，下午再给你买个……"

聂瑜吸了一大口面，勇者无畏。

"我这个人对吃饭不讲究，你不要对做菜丧失信心，其实我觉得——咳咳咳！"

嘴里的面还没咽下去，聂瑜含含糊糊地进行鼓励教育，说了一半突然咬到了一颗花椒，舌头瞬间麻了一半，捂着胸口剧烈地咳嗽起来。

费遐周赶紧倒了杯水给他，担忧："你……你没事吧，你可别被我毒死了。"

聂瑜猛灌一大口水，紧皱眉头，表情狰狞。过了好久，他才缓过来，眼角还沾着泪。

他放下筷子，叹了口气："吃完你这碗面，我现在只有一个生日愿望，那就是好好活下去。"

"……"

费遐周沉默了一会儿，从桌子下取出一个相机包。

"这是你爸给你的生日礼物。"他说，"你爸本来很想陪你过生日的，但实在赶不上。他说这台胶卷相机是他第一次学摄影的时候用的，虽然有点老古董，但是留给你做个纪念还是不错的。"

聂瑜舔了舔唇，别过脸："谁要这个东西。"

"你不要给我好了，我对摄影还挺感兴趣的。"费遐周早料到他会这样说，自顾自将相机取了出来，一阵摸索，"这个怎么照相？这个是快门吗？"

他稀里糊涂一通按，镜头对准聂瑜，"咔嚓"一声，闪过一道白光。

聂瑜愣了好久才反应过来他干了什么。

"我眼屎还没擦干净呢，你拍什么拍！"

又是一阵鸡飞狗跳。

去学校之前，聂瑜路过客厅，突然发现挂在门口的那页日历上添了一行字——10月27日：聂瑜十九岁生日。

聂瑜摸了摸鼻子。

哎，竟然还有点感动呢。

几天后，聂瑜收到了父亲迟来的生日礼物。

礼物是一本写真集，不算厚，里面全是聂瑜的照片。

刚出生时皱巴巴的婴儿，周岁时的小肉球，上学后的混世魔王，还有一张是今年刚拍的。

聂瑜站在洗碗池边，满手泡沫。

费遐周坐在一旁，小口喝着牛奶，目光却注视着聂瑜。

一个鼓噪如风，一个沉静似水，最平凡的生活日常，最难得的宝贵时光。

聂平在照片的背面写了一行字：

儿子，十九岁啦！开心！健康！

聂瑜将相片重新放回相册，珍重地收藏起来。

十九岁的自己会同过去有什么不同吗？聂瑜并不知道。

但是如果可以许愿，他希望可以永远像今天一样——

开心，健康，关心的人都在身旁。

第七章

煎蛋焖肉面 ④

BU TONG BAN
TONG XUE

"人都到齐了没有？都坐好了，我数一下人数。"

从襄津驶往建陵的大巴上，魏巍站在行道中央，手里捧着花名册。

"一，二，三，四，五，六，七。不对啊。"他又数了一遍，"一，二，三，四，五，六，七。"

怎么多了一个？

魏巍低头看看名单又抬头扫视众人，纳闷了："这辆车是去参加物理竞赛的，有没有人上错了车啊？"

最后一排突然抬起一只手。

聂瑜探出脑袋，解释道："老师，我是去参加作文比赛的。"

李媛笑了笑："王主任说我们文科班人少，就不另外派车了，坐你们的车一起去建陵。"

魏巍打量着这小子，摸着下巴思索："你是哪个班的，看着有点眼熟。"

聂瑜摇头："我高三的，老师您应该不认识我吧。"

"我想起来了。"魏巍猛拍巴掌，指着他，"去年运动会掀了王主任的假发，被罚跑二十圈的那小子，就是你吧。"

聂瑜干笑两声，缩回了头。

今年的省物理竞赛在十月底举行，育淮中学内部进行了层层选拔，最终代表襄津市去参加省级比赛。三个年级加起来一共六个人，高二（16）班就占了一半——顾念、吴知谦及费遐周。

育淮对理科竞赛一直很重视，包了车接送他们去建陵，而同期参加作文竞赛的同学则没有这个好福利了，林丹青的父亲担心她独自去建陵不安全，亲自开车送她，沈淼厚着脸皮蹭了他们的车，丢下聂瑜孤零零一个人。

虽是蹭了理科生的车，但聂瑜并没有任何不自在的感受，毕竟车上有他的熟人。

刚上车，一个戴着圆眼镜的男孩蹦蹦跳跳地朝他挥手："哥！坐我这里吧！"

大巴位置富余，足够一个人占一整排。费遐周坐在前排靠窗的地方，午后的阳光将他的侧脸轮廓勾勒成金色。聂瑜犹豫一番，实在架不住那头的热情，坐到了顾念身旁。

"哟，顾念，什么时候认了个哥？"高三的学长调侃他。

顾念鼓起嘴不服气："才不是认的，聂瑜就是我亲表哥！"

他这一嗓子喊得大声，前排装作没看见聂瑜的人也不禁转过头来。

聂瑜对上费遐周的目光，揉了揉顾念的脑袋，笑着说："对，顾念的妈妈是我的姑姑。有谁敢欺负他，可都小心着点。"

那位学长打趣："谁敢欺负清华苗子哦！"

费遐周戴上耳机，撇过头去。


从襄津到建陵不过三个小时的车程，大部分人睡一觉也就过去了。

到达建陵的酒店时已经是傍晚，天色渐暗，魏巍等几位随行老师替他们办理了入住手续。

"给你们订了标准间，两人一个屋，具体怎么住你们自己分配一下吧。"魏巍将几张房卡交到学生手上，领着他们往酒店楼上走。

顾念当即拉着聂瑜的袖子说："哥，我们住一间吧，我有好多话要跟你说！"

聂瑜看向费遐周,有点犹豫:"那个,我……"

"吴知谦,我们走吧。"费遐周对身旁的同学说了声,背着包走进了电梯。

聂瑜挠了挠头,答应了表弟。

顾念只比聂瑜小两岁,但两个人是完全不同的性子,根本看不出是一家人。聂瑜受姑姑颇多照顾,对这个弟弟虽谈不上言听计从,但的确是从小捧在手心里长大的。

晚上,老师组织了学生们一起吃饭。饭店在考场附近,其他桌的顾客大多是年轻的学生,估摸着也是来参赛的考生。

难得有这样放松的机会,顾念一张嘴说个不停,聊的大多是自己班上同学的八卦。

费遐周没怎么说话,闷头喝汤,偶尔夹一两筷子菜。

聂瑜时不时"嗯"一声回应弟弟,眼神总往费遐周那儿飘。

一顿饭吃得差不多了,费遐周离席去上厕所,聂瑜拽了拽弟弟的胳膊。

"那个,费遐周呢?"聂瑜突然问,"他就没有什么八卦?"

"费遐周啊……"顾念愣了会儿,思索,"他这个人怎么说呢,虽然我觉得他还挺好相处的,但不容易亲近,就是对人客客气气、不热不冷的。你懂我的意思吧?一般玩得好的朋友之间,都不会这么客气的。"

顾念老被人嘲笑情商低,但在看人这方面,好像还算不太笨。

聂瑜嘀咕了一句:"客气什么。"

"啊?"顾念没听清。

"呃,我是说……"聂瑜改口,"我说这个松鼠鳜鱼挺好吃,你多吃点。"

这家店生意不错,来来往往的人不少。

费遐周从洗手间出来的时候不小心撞到了经过的人,捂着发痛的手臂说了句"不好意思"。

其实本就是对方走路太快才撞了过来,那人却张口就骂:"哪儿来的没长眼的东西?"

这声音过分熟悉,几乎在听到第一个字的时候,费遏周就不由自主地颤抖了两下。

那人看着费遏周的侧脸也愣了片刻,抬手想要扭过他的脸:"喂,你是……"

费遏周当即撇过头去,迈着大步跑了。

回到饭桌时,他脸色煞白,眼中惊恐未消。

聂瑜注意到他的不对劲,问道:"你干吗去了,怎么这副表情?"

"没……没事。"费遏周摇摇头,坐回了椅子上。

比赛在明天上午,一行人吃完饭就回了酒店,各自窝在自己的房间里歇着。

顾念先去洗澡了,淋浴间发出哗哗的水声,聂瑜终于有了点自由做主的时间。

费遏周在吃饭时突然表现的不安让聂瑜耿耿于怀,他心里晓得这家伙是打落牙齿往肚里吞的性格,但又想不通那短短的时间里能发生什么,犹疑的确是自己多心了。他想去亲自问一问,又担心突然敲门太过唐突。

纠结地在床上打了两个滚后,聂瑜拿起床头的小灵通,给费遏周发了条短信。

"睡了没?"

费遏周很快回复:"睡了。"

"那你现在在梦游吗?"

那边安静了,过了五分钟仍没有消息。

聂瑜又发了条:"开玩笑的。"

费遏周:"有事吗?"

聂瑜:"没事就不能找你?"

费遏周:"没事就滚。"

嘿,脾气真大。聂瑜摸了摸鼻子,还是耐着性子编辑了短信。

"早点睡吧,别熬夜。祝你明天考试顺利。考完我们一起去街上逛逛。"

过了很久,费遏周才再次回复。

"知道了。"

不再是不冷不热的一个"哦"。

顾念洗完澡出来时，正看见自己表哥抱着小灵通傻笑。

"你跟谁发短信呢，这么开心？"顾念用毛巾擦头，好奇地问。

聂瑜咳了两声，将小灵通藏到了枕头下，回答："中……中国移动。"

第二天早上，大家一起在酒店的自助餐厅吃了顿早饭，回房温了会儿书后，由老师领着去了考场。

费遏周昨晚没睡好，一路上拼命打哈欠，考卷发下来后才逐渐清醒，握着笔"唰唰"答题。

考试结束走出考场，学生们唉声叹气。

顾念皱眉抱怨："这次的卷子也太难了吧，也不知道能不能进省队。"

高三学长诧异："现在的年轻人抱负这么大吗？直接冲着省队来的？"

费遏周打了个哈欠，淡淡道："还好吧，反正特等奖应该差不离。"

学长脚下踉跄了一下，赶忙扶住栏杆。

一拨身穿白色校服的学生从不远处走了过来，顾念盯着他们衣服上的校徽，问："这是建陵一中的学生吗？来考试还穿校服？"

费遏周身形一僵，抬头看过去。

吴知谦说："挺多学生穿校服的，大概为校争光吧。"

顾念想起什么，看向身旁人，问："哎，费遏周，你以前就是建陵一中的吗？要不要过去打声招呼？"

说话间，人群里一个高个男生转过头，目光直直地扫射过来。

费遏周当即打了个哆嗦。

"我……我去上个厕所。你们先走吧。"他脸色发白，丢下这句话就转身跑了。

"他这是怎么了？"顾念看着费遏周的背影，心中生疑。

费遏周在男厕所躲了很久，估摸着考生都走得差不多后，才从隔间走了出来。

推开门，刚才那个男生正站在对面，倚墙看向他，等候多时。

费遐周顿时攥紧了门把手。

怕什么来什么。

白色的校服外套早被对方脱下系在了腰上，别着写着"常漾"两个字的姓名牌皱巴巴地埋在了衣褶里。他上半身穿着黑色的打底衣，健壮的身材显露无遗。袖子被他撩到了胳膊肘。

"费遐周，这么久不见了，你怎么还没学点新招啊？不是跑就是躲，多没劲啊。"常漾双手叉腰，嘴角带笑，眼里却是深不见底的漆黑。

费遐周朝门口看了一眼，一个同样穿着校服的人守在了门口，外面的人进不来，这里只有他们几个，随便对方怎么胡来。

"你不也一样？"费遐周抬眼，对上他的目光，"欺凌人的路数，还是那么几招。"

像是没料到对方会回嘴，常漾蓦地笑了一声，走近两步，拍了拍他的脸，讽刺道："去乡下躲了几个月还真以为自己不一样了啊？你说你摆我一道的时候想没想过，有一天还会栽到我手上？"

"想过。"费遐周从容地笑了笑，"我还想过，如果再见到你，该对你说什么。"

"哦？你想好怎么跟我求饶了？"

常漾捏住费遐周的下巴，狠辣的目光像刀子一样剜在他的身上，另一只手从他的颈部移到腰窝，冰冷得像一条蛇，令他遍体生寒。

费遐周闭上眼，深吸一口气，将全身的力量都集中在了自己的右手。

"我大概会说——"他一拳狠狠地砸向常漾的脸，"你就是个畜生！"


偶尔的时候，费遐周会回忆起三年前的那一天。

那一天是费遐周第一次入住寄宿学校，父母拎来几大箱的行李，花了一整天帮他收拾床铺和桌位，临走前仍百般叮嘱，生怕唯一的儿子照顾不好自己。

这所初中是建陵著名的私立寄宿学校，学费高昂但升学率极高，当爸的为了儿子能有一个优良的学习环境，颇费了一番心思。

宿舍是四人间，大家都是同年级的学生。费遐周在当天见到了其中的两位，与他们分享了一些糖果和零食，剩下的那位却不知所终。两位舍友对视一眼，含含糊糊地提醒新朋友——那位啊，不是个好惹的人。

宿舍的整体环境还算不错，上床下桌，有阳台和独立卫生间，里面有电热水器，随时有热水。只是到了晚上十点就强制熄灯，防止学生熬夜。

费遐周初来乍到不懂规矩，洗澡洗到一半时灯突然黑了下去，他只好在黑暗里快速地冲完身上的泡沫，睡衣都没穿好就奔出了浴室。

刚打开浴室门，迎面射来刺眼的白光，他慌忙捂住眼睛，从指缝里看见了对面的人。

是一直没见着的第三位舍友。

舍友移开了手电筒照向天花板，光线被折射到地面，宿舍里笼罩着一层浅淡的银色。不知他是从哪里回来的，全身泥泞，有些狼狈，握着电筒的手上还有一道正在流血的伤口。

费遐周盯着对方看了半天，猛然想起自己的睡衣扣子还没扣上，赶忙合上衣服，跑回了自己的床位。

几分钟后，那位舍友将外套扔在了地上，就准备这么脏兮兮地上床睡觉时，费遐周踩着拖鞋走了过来。

"你好，我叫费遐周，是今天刚搬过来的。"他将一瓶红药水和一盒棉签放在了对方的桌上，腼腆地挠了挠头，"那个，你的手好像受伤了……不嫌弃的话，擦完这个再睡觉吧。"

昏暗的宿舍里，舍友的灰色眼睛注视着他，表情掩映在黑暗里，如同窗外被乌云遮蔽的残月。

过了好久，对方终于伸出手，处于变声期的声音低沉而沙哑。

"我叫常漾。"

他说。

一刻钟后，顾念和吴知谦站在考场门口，等了许久仍没见到费遐周的影子。

"要不，我们先走吧？"吴知谦打了个哈欠。

顾念的脑袋摇成了拨浪鼓，有些着急："不行，怎么能让费遐周一个人回去呢？你帮我看着包，我去看看他。"

他撒开腿，迈得飞快。

离开之前，顾念把手机和书包都扔进了吴知谦怀里，人刚跑没多久，他的诺基亚手机就响了起来。

来电显示：表哥 (* ⌒‿⌒)。

吴知谦正犹豫着该不该替顾念接起电话时，一个熟悉的身影迎面走来，朝这边挥了挥手。

聂瑜一路小跑过来，四处张望着问："费遐周和顾念呢？怎么就你一个？"

"他们去厕所了。"

吴知谦话音刚落，不远处的人群突然发出一阵骚动。

"妈呀，来人呀！出事啦！"操着本地口音的清洁工阿姨喊了一声，从男厕所的方向跑了出来。

不好的预感坠落心头，聂瑜的脸色瞬间暗了下来，双手握成拳，往人群四散的方向迈进。

"别……别去……"吴知谦紧张地攥住他的衣角，恳求似的说，"很危险。"

聂瑜蹙眉望了他一眼，甩开了他的手。

顾念走进男厕所的时候，根本没想到事情会是这个样子。

他在门口被一个身穿建陵一中校服的高个子拦了下来，对方冷冰冰地说厕所正在清扫不能使用，不准他进入。

顾念不死心，踮脚朝里看，瞧见一个健壮的男生正掐着费遐周的脖子往隔间门板上撞，轰隆一声巨响在外面也能听清。

他当即打了个哆嗦，愤怒地瞪着高个子，质问："你们到底在干什么，我要去告诉老师！"

他从小到大都被保护得很好，从没见过这样的事，张牙舞爪地威胁别人，却不知自己在别人眼里有多可笑。

高个子朝四周打量了一番，揪住顾念的领子一把拽了进去。

费遐周的后脑勺刚刚撞在了木板上，整个脑袋都有点晕，刚缓过神就看见顾念像只待宰的鸡崽一般滚到了自己身旁，双眼通红，像是要哭出来了。

常漾瞥了顾念一眼，很是不屑："费遐周，这就是你在乡下的同学？跟你还真是一路货色。"

费遐周死命地掰开掐住喉咙的手，从嗓子里挤出几个字来："我跟你的事……别扯上其他人。"

"你以前从来不说脏话。"常漾加重了手上的力道，却怜悯似的看向他，"跟这群乡下人待久了，你都学了些什么啊？费遐周，听话，回建陵吧。"

被疼痛包裹着的费遐周自然完全无法理解常漾此刻在发什么愣，只留意到他逐渐失神的双眼，意识到这是极好的时机，猛地抬起腿，铆足了力气向他踹去。

常漾踉跄几步，清醒过来后不可置信地看向对方，眼中冒着火，像在质问你哪儿来这么大的胆子？

心里那点理智和怜悯如飘忽而过的风，被这一脚踹得没了踪影，他揪住费遐周的衣领，疯了似的往墙上砸去。

顾念蹲在地上缩成一团，眼眶通红，颤抖的手死死抱住自己的膝盖。

有没有人啊，有没有人能帮帮我们啊……

他无助地祈祷，呢喃声混在哽咽的哭泣中，听不清晰。


不会有人来的。

费遐周的后脑勺再度撞击在贴满瓷砖的墙上，眼前一片模糊，看不清常漾那张狰狞的脸。

他过去也曾这样祈祷过，在无数个黑夜盼望黎明的到来。

但是，没有啊，从来都没有这样的人。

就算这一次真的死在这个畜生的手里，就当我倒霉好了。

我挣扎过了，我尽力了。

我真的……

没办法坚持下去了。


"这里不能进，你出……啊！你是谁啊！"

不远处的惨叫声如一支利箭乍然划破混沌的意识。阳光从窗帘缝隙中照进眼眸，模糊的视野里，费遐周只能看见某个黑色身影闪过。

压迫在脖子上的力道骤然消失，常漾被一脚踹翻在地，费遐周来不及反应到底发生了什么，身体像落叶一般倒了下去，宽阔温暖的胸膛及时接住了他。

"费遐周？费遐周你睁开眼！你看着我！"

昏暗的光线里，他看见了一双黑色的眼睛，澄澈、纯粹，像润泽的玉石。

常漾扶着腰再度站了起来，还没走两步又被聂瑜踹了回去，后背砸在木板上，达到顶峰的痛感让他一瞬间失去力气。

他瘫坐在地上，嘲讽地看着聂瑜方寸大乱的模样，冷笑："费遐周，你真是贱到骨头里了。"

一拳挥来，最后两个字跟他的门牙一起被吞进了肚子。

聂瑜像一头暴怒的雄狮，双眼气得发红，咆哮着要再给这畜生几拳。

"别去……"费遐周逐渐清醒，不顾伤痛一把抱住了他的胳膊，阻止道，"够了，你不能再打了。"

人愤怒到顶点时会失去理智，方才那一拳下去，常漾的半边脸已经不能看了，而聂瑜此刻的暴走状态，几乎要把人往死里打。

"我疼，你带我去医院好不好？"费遐周抹了把脸上的鼻血，恳求般地说，"好不好？"

如同一盆冷水从头浇下，聂瑜从暴走中惊醒，攥紧的拳头温柔地揽过费遐周的肩和腿，将其打横抱进了怀里。


"敢动我的人！你是不是活腻了！下次再让我见到你，见一次打一次！"

顾念坐在医院走廊的椅子上，声情并茂地向大家演绎着聂瑜英雄救"美"的精彩瞬间。

吴知谦皱眉，怀疑地问："我在外面好像没听见聂瑜这么说吧？"

"你不懂！他虽然嘴上没说，但眼神里就是这个意思！"顾念双手叉腰，不容置疑。

其他人信以为真，目光里溢满了崇拜："聂哥好帅啊！不愧是我们育淮的扛把子！"

顾念得意地说："也不看看是谁的哥哥。"

真不知道一个小时前到底是谁被吓得说不出话来。

吴知谦在心底默默地吐槽。

"聂哥！聂哥怎么样了？小费啊，小费你可千万不能毁容啊！"沈淼拉着林丹青咋咋呼呼地奔了过来。

她们俩写完作文就结伴去逛街了，聂瑜说想去竞赛的考场看看弟弟们，就没一道走。还没分开多久，李媛就打来电话，说是出事了。

"呜呜呜，我的聂哥啊，我们的小费啊，你们可千万不能出事。你们要是不在了，育淮可就没帅哥了啊，这以后的日子还怎么过啊……呜呜呜……"

沈淼哭得一把鼻涕一把泪，十分真诚。

林丹青从包里掏出纸巾递给她，面朝众人，用手指在太阳穴边画了两道圈，意思是——她脑子有点问题，让你们见笑了。

"你聂哥我还没死呢，哭什么丧？"诊室大门被推开，聂瑜冷着一张脸走了出来。

护士阿姨忍着笑对他们说："小朋友们别担心了，你们的同学没什么大事，都是些外伤，回去养两天就好了。"

林丹青微笑着敲了敲沈淼的脑壳："别哭啦，护士说没大碍，真是丢死人了。"

沈淼擦了擦鼻涕，问："小费呢？我们全校最好看的男孩子怎么样了？"

聂瑜白了她一眼，折回诊室，扶着"全校最好看的男孩子"走了出来。

费遢周的后脑勺包着纱布，胸前缠着绷带，却没事人似的笑了笑，倒过来安慰对方："学姐别担心，我的脸一点事也没有。"

"哎哟，那就好。"沈淼总算松了口气，缓了会儿，仍旧忧愁，"你说你这细胳膊细腿的，还没我扛揍呢，哪里来的神经病把你打成这样啊？"

费遢周垂下眼帘，没有说话。

李媛和魏巍缴完费回来了。看着这群扎堆站着的高中生，李媛职业病发作，训斥道："都吵什么呢？这里是医院。没事的人跟你们魏老师回去，别在这儿妨碍别人看病了。"

她转过头看向聂瑜和费遢周，又深深地叹了口气："你们两个留

.114.

下来，其他人都回去。"

李媛给他们一人买了一瓶牛奶，坐在休息区谈话。

她说："我问过了围观的同学，事情的经过差不多了解了。建陵一中的老师刚才也跟我们聊过，大家都不希望这事闹大，私了为上。费遐周的医疗费那边都出了，过了今天各回各家，这事差不多就翻篇吧。"

聂瑜当即就恼了，驳斥道："那孙子把小费打成这样，翻篇？怎么翻篇？那个畜生就是个神经病！"

"聂瑜！"李媛吼他一声，"你怎么说话呢？你认识人家吗？张口闭口说得这么难听，这么多年的书都读到狗肚子里了？"

费遐周拽住聂瑜的胳膊，温和地说："老师，我接受私了，我也不想把这事闹大。"

聂瑜还想说什么："可是……"

"别可是了。你也把人家揍得不轻。"李媛扶住额头，疲惫爬上眉眼，"那人刚刚拍过片子了，手臂骨裂。这事不私了怎么算？他不是个好人，可把你也给搭进去就值当了？你今年本来就是复读，还想往自己履历上抹黑吗？"

聂瑜噎住了。

他动手的时候什么也没想，要不是费遐周拦住他，他说不定连私了的机会也没有。

李媛知道聂瑜不是故意的，语气放柔和了，劝道："我知道你的初衷是好的，但是退一万步来说，使用暴力就是不对。你第一脚把他踹倒算正当防卫，后面又补上的那脚算什么？你还小，想见义勇为，但是做事太容易冲动。"

聂瑜垂下了头，紧咬牙关。

就算是打着正义旗号的人，也没有堂而皇之使用暴力的理由。暴力本身就意味着一种伤害。

"如果你没揍他，我第一个不同意私了，我们肯定给费遐周一个交代，走法律流程。可是现在……"李媛摇了摇头，"算了，我知道你什么都懂，记住今天这个教训吧。"

从小到大挨过那么多批评，聂瑜从来没有像今天一样真切地感受到后悔与愧疚。

如果他再早去一点，如果他下手不那么冲动，那么是不是……


十月底早已入秋，冰凉的夜风吹过，银杏叶像金色的大雨般纷纷飘落，遍地柔软。

李媛出去打车，留下两个小孩在大厅内等着。

费遐周打了个喷嚏，聂瑜慌忙脱下自己的外套给他穿。二人身形差距很大，费遐周像个偷爸爸衣服穿的小孩子，过长的袖子几乎能甩水袖了。

两人靠在一起，聂瑜几乎是在同一时间感受到了费遐周突然的僵硬。

他奇怪地顺着对方的目光看去，一个胳膊打了绷带的男生站在几米开外的地方，双眼像刀子一样看向他们。

聂瑜当即挺直脊背。

这个畜生，竟然还有脸再来。

"你让开。"常漾一瘸一拐地走过来，压根儿不把聂瑜放在眼里，"我有话要对他说。"

"滚蛋！我们跟你没什么可说的。"聂瑜挡在费遐周身前，像只护雏的母鸡。

费遐周一言不发地盯着眼前人，他看不穿对方到底想干什么，也不想再搭上命去探寻答案。

常漾的半边脸都被纱布包着，这张嘴却一点教训都没吸取："你算个什么东西？轮得到你替他说话吗？还真把费遐周当什么宝贝护上了？他干的那些恶心事，我……"

"闭上你的脏嘴。"聂瑜的手臂肌肉紧绷，随时准备再给他一拳，"你才让我觉得恶心。"

费遐周始终没有说话，就站在聂瑜的身后，像躲在一堵避风的围墙之后，日晒雨淋都有人替他阻挡。

常漾停下了怒骂，就像是一瞬间想通了什么一样，不可思议甚至觉得荒唐可笑。他打量着眼前这头随时要将自己撕碎的雄狮，情绪和秘密都写在了脸上。

"跟你说也是一样。"常漾勾了勾手指。

聂瑜警惕地往前走了两步。

费遐周伫立在原地，死死盯住那双饿狼般的眼睛。

他听见常漾怜悯地对聂瑜说："既然你这么看重他，那我告诉你一个秘密，他啊……"

后面的四个字，费遐周没能听见。

回房间休息之前，聂瑜陪着费遐周在酒店的餐厅吃了顿晚饭。

聂瑜点了一碗焖肉面，吸溜吸溜地大口吃着。费遐周只能吃点清淡好消化的，捧着一碗鸡丝滑蛋粥，兴致缺缺。

大概是白天耗费了太多精力，两个人面对面坐着，却只闷头吃饭，连最话痨的聂瑜也一言不发。

沉默了许久后，费遐周忍不住开了口："你……就没什么想问我的？"他几乎是小心翼翼地观察着聂瑜的表情。

聂瑜咬了口荷包蛋，茫然道："问你什么？"

"比如……"费遐周低下头，手中的勺子不停地搅拌着粥，"我和那个人到底是什么关系，他为什么这么厌恶我，他又为什么会……"

"我不关心。"聂瑜打断他的话，"说不好奇那肯定是说谎，但我也不觉得有一定要知道的必要。"

"他最后跟你说了什么，我没听见，但我猜得到。"费遐周的手指抠着桌角，恨不得把漆皮扒下来，"无非就是告诉你，不要相信费遐周，他是个不知廉耻的贱……唔……"

聂瑜夹起一颗卤蛋塞住了费遐周的嘴，费遐周瞪大了眼睛，睫毛扑闪扑闪。

"我说你们这些人，年纪不大，一个个矫情死了。"

聂瑜搁下筷子，靠着椅背叹了口气。

"那个畜生说的浑蛋话我不想再重复一遍，无所谓，不管他说什么我也就当个八卦随便听一听了。这些有什么重要的？你什么时候能把伤养好了、什么时候能吃顿好的，我觉得这些事才重要。"

"我以为你会……"费遐周咬着下唇，不想再往下说。

聂瑜抬起手臂越过餐桌，使劲儿地揉了揉他柔软的头发。

"我认识你的时候你才多大？也就这么高吧。"他沿着桌子比了个高度，"我天天抢你零花钱买辣条吃，偶尔分你一两根你还跟占了便宜一样高兴。我打了架总是心情不好，明明昨天刚臭骂你一顿，第二天你又抱着红药水来帮我上药。骂都骂不走，蠢得要死。"

这些童年回忆像梦一样遥远，费遐周仿佛在听别人的故事。

聂瑜捏了捏他的脸，逗猫似的，说："你从小就傻不棱登的，四年不见，脾气长了不少，人也不爱说话了，可是这股蠢劲儿一点没变。顾念说你揍了那家伙好几下，真跟不要命了一样。你那时候在想什么？是'为了自尊豁出去算了'，还是'干脆就这样打死我好了'？"

费遐周愣住，脸被捏成了包子，却不知道该怎么反抗。

"费遐周，我认识你很久了。世界上有那么多人，我们隔了四年还能再见面，也算一种缘分。"聂瑜注视着他琥珀色的眼睛，认真道，"我有眼睛，也有脑子。"

他说："我相信我所看见的，更相信我愿意相信的人。"


当天晚上，费遐周失眠了。

这次的失眠不是因为其他什么事情，只是因为他一闭上眼，满脑子就都是聂瑜的话。

——我相信我所看见的，更相信我愿意相信的人。

他在床上打了个滚，用被子捂住脸。

这家伙还真的有点帅呢……

隔壁床的吴知谦也没睡着，翻了个身后下床倒水喝。

费遐周以为是自己吵醒他了，下意识地说了句"抱歉"。

"没事，你没吵醒我。我只是……"吴知谦没戴眼镜，近视的双眼有点失焦。

"不是因为你，你……你没做错什么。"

这话听起来含义颇深，但费遐周实在有些困了，无暇细想其他，脑袋埋进被窝里，睡了过去。


在建陵的最后一天，李媛请大家吃了顿饭。

为了方便，吃饭的地方就在酒店内的餐厅，聂瑜坚持要打包饭菜给费遐周送进屋里吃，费遐周严词拒绝，声称自己伤的又不是腿，下楼吃个饭有什么难的。

聂瑜对费遐周的关照，大家都是看在眼里的。

入座的时候，聂瑜替费遐周拉开椅子。

顾念想，我哥可真有绅士风度啊。

吃饭的时候，聂瑜不住地给费遐周夹他爱吃的菜，堆满了碗和盘子。

顾念想，我哥真是菩萨心肠，多么照顾伤员啊。

排骨汤端了上来，聂瑜舀了一大碗，盛起一勺子，扭头对着费遐周说："啊，张嘴。"

顾念傻了。

费遐周也傻了。

"你有病吧？我又不是胳膊断了，我自己能吃饭。"费遐周嘴上凶神恶煞，耳尖却慢慢爬上了红色。

聂瑜嘟囔："以前我不是老喂你吗，干吗生这么大气？"

沈淼一口饮料喷了出来，呛得半死。

费遐周踩了聂瑜一脚，极力否认："你别瞎说！你什么时候喂过我？"

"做饭的时候啊。"聂瑜表情无辜，"让你试试味道和火候的时候，不都是我用铲子喂你的吗？"

"这能一样吗！"费遐周又愤怒又无语，怀疑这家伙脑子里少了根筋。

沈淼擦了擦嘴，这才缓和了下来。

吴知谦低下头，碗里的排骨一口没动，被他扔到了废料盘上。


物理竞赛的成绩一时半会儿出不来，但作文比赛的成绩则在下午的颁奖仪式上公布。

李媛接了个电话回来，问聂瑜准备穿什么衣服参加颁奖仪式。

聂瑜低头看了一眼自己的黑卫衣和牛仔外套，说："就穿现在这身呗，去领奖还要换衣服吗？"

"当然呀！你这衣服邋里邋遢的，像什么样子。"李媛严格要求，"你回去换一套正式一点的衣服，领奖的时候要拍照的。"

"那么多学生呢，谁会注意到我？"

"当然会注意到你了！你可是特……"她说了一半卡住，意识到自己说漏嘴了重要信息。

沈淼瞪圆了眼睛，激动地问："特什么？是不是特等奖？奖金三万块的那个特等奖吗？"

李媛咳了一声，故作冷静地说："坐下，别激动啊。刚才评委会给我打了个电话，说让我们提前准备准备。我本来是想给你们一个惊喜的，谁能想到……"

聂瑜挠了挠头，推辞道："我能不能不拍照，我不是很喜欢镜头。而且我也没带别的衣服出来啊。"

"为什么不拍？当然要拍。"费遐周专门挑聂瑜不喜欢的事情干，"我把你的相机带出来了，就等着你领奖。"

"你这小子，怎么一声不吭就偷我相机？"

"读书人的事，能叫偷吗？"

李媛被这群小鬼头逗笑了，打断他们："行了行了。要聊等会儿再聊。聂瑜，你是不是真没合身的衣服？等会儿我带你上街买一套吧。"

聂瑜惊了："至于吗？买新衣服？今天过年了吗？"

"省级特等奖啊！奖金就三万块呢！你可是襄津头一个这么大牌面的人，可不能给咱们丢人啊。"李媛大方地说，"反正学校那边说了，他们可以报销。"

"报销"，多么令人愉悦的两个字啊。

两个小时后，李媛领着聂瑜回来时，所有人都迫不及待地坐在酒店大堂里等着了。

聂瑜穿正装——大姑娘上轿头一回啊！

谁都知道聂瑜长得帅，谁都不愿意夸他，其中最重要的一个原因就是他不修边幅——衣服都是深色系，穿一个星期都不显脏的那种。懒得打理头发就去剃了寸头，结果连寸头都能完美驾驭。

而今天，他白瞎了这张帅脸这么多年，终于有用上的时候了。

费遐周坐在沙发上，故作漫不经心，翻了几页杂志，其实根本读不进文字。

"来了来了！"顾念第一个冲到门口，发出夸张的惊呼，"你……你还是我哥吗？我的天啊，这衣服，我的天啊。"

沈淼忍不住咽了咽口水，感慨："聂瑜要是再高考失败，干脆考虑一下去当模特好了。"

"就这么帅吗？你眼睛都看直了。"林丹青不冷不热地瞥了她一眼。

沈淼连忙装乖巧："帅是帅，但是我不喜欢他这样的，留给别人好了。"

费遐周的杂志看到一半，视野里出现了一双修长的腿。

"小费，你帮我看看，这身怎么样？我怎么觉得这么别扭呢。"聂瑜已经走了过来，第一个找他询问意见。

费遐周这才从容地看向聂瑜。

一米九的个头，宽肩窄腰倒三角，聂瑜在运动上从不偷懒，体格结实、身材健壮，黑白正装将身材比例拉到完美，突出笔直颀长的双腿。

他第一次穿这种衣服，不太习惯，忍不住解开了衬衫的第一颗纽扣，从颈部曲线到下颌线，线条蜿蜒，棱角分明。他挑起一边的眉毛，五官硬朗，眼窝深邃，像拔剑出鞘的侠客、执掌全局的领袖，藏不住的凌厉与英气。

费遐周半天没说话。

聂瑜扯了扯领口，不自在地说："这么不合身吗？"

"不……不是……"费遐周摇了摇头，撇开目光，"还不错，挺人模狗样的。"

听起来怎么不像个好词儿？


"文韬杯"作文大赛的颁奖仪式在一所高校内的报告厅举行。理科生们有的逛街去了，有的则跟着聂瑜一起去了现场。

自从新概念作文大赛越办越火，省内的中学生刊物也不甘示弱，联合诸多高校办了许多"创新杯""智学杯"等作文比赛。文韬杯是其中影响力较大的比赛，拉来的赞助商也出手阔绰。

聂瑜一进场就被工作人员拉去了最前排的位置入座，围观群众则只能在后排找空位。

坐下后，沈淼拉了拉顾念的衣袖，小声问："那个男生是谁啊？他怎么也来了？"

她指的那位那个男生是吴知谦。顾念笑了笑回答："他是我们班同学，可能也挺仰慕我哥的吧。"

聂瑜在男生中的影响力还是不小的，长得硬朗个子又高，打得了架还会写作文，那么多女生给他写信，他却始终不为所动，昨天还见义勇为，从地头蛇手里救出了学弟，这完全是武侠片里的大侠才有的做派嘛！

而此刻，他们的聂大侠却跷着二郎腿、靠在椅子上打瞌睡，鼾声渐起。前排的评委老师纷纷注目，多亏素养高，才没把他踢出去。

吴知谦平时虽沉默寡言，但定然听说过聂瑜的名号，对他产生好奇或仰慕，也是很自然的事情。

沈森挠了挠头，喃喃自语："总觉得这位弟弟哪里不太对劲。"

可到底哪里不对？她也说不上来。

吴知谦戴着一副眼镜，刘海整齐地梳到了两侧，白衬衫外套毛线衣，在嘈杂的环境里不受打扰般算着昨天考试时没解出来的物理题。俨然一个沉稳懂事好学生，最受家长、老师喜欢的那种。

他身旁坐着瞌睡不停的费遄周。颁奖仪式流程烦琐，费遄周明明一直闭眼睡着觉，却能在主持人公布特等奖名单的时候及时睁眼睛。

"获得第七届'文韬杯'作文大赛特等奖的同学是——襄津市育淮中学，聂瑜！"

即使早已知道答案，全体育淮学子还是在这一刻爆发出惊呼。

同时受到震惊的还有台下数百名参赛的女学生。

费遄周听见前排的女生说："育淮？育淮是什么学校？竟然有这么帅的帅哥！啊啊啊，帅哥能不能留一个 QQ 号啊？"

费遄周咳嗽一声，从包里取出相机。

不知是不是人靠衣装，聂瑜走上领奖台时一改往日吊儿郎当的气质，后背挺得笔直，下巴高扬，脚下步履稳健，气质超群。

评委会老师将获奖证书递到聂瑜手上，他尊敬地鞠了个躬，转头面对观众席，眼中毫无半点畏惧与惊恐，坦荡从容，就好像再大的殊荣也是理所应当。

主持人将话筒递给聂瑜，聂瑜静默了好久才想起来，这是要说获奖感言。

"谢谢评委会对我的肯定，看得出你们很有眼光。"他扬起嘴角，得意又嚣张。

原本指望着他多说两句，没想到一句话就完事了。主持人连忙打圆场："聂瑜同学挺自信的哈。能跟我们分享分享你写作文的秘诀吗？"

"秘诀？没什么秘诀，多看书就行。"

"那你有什么好书推荐给大家吗？"

聂瑜仔细思索了一番，回答："比如说，《鬼吹灯》啊，《诛仙》啊，我觉得都挺好看的。"

主持人："呃……聂瑜同学的爱好真是……与众不同啊！"

资深起点文学读者聂瑜大言不惭地点了点头。

费遐周一边按快门一边翻白眼，这个人还真是一点都不谦虚。

当天傍晚，在建陵的所有行程全部结束，育淮的老师和学生再次坐上了大巴，往回家的方向驶去。

沈淼和林丹青都得了作文比赛的一等奖，但是在聂瑜这个特等奖的光环下也就显得没什么了不起了。林爸爸开车接两个女孩回去，又剩下聂瑜一个人蹭理科生的车。

聂瑜这次是满载而归，不仅得了三万块的巨款，大赛组委会还给参赛学生送了书店购物券、定制钢笔等小礼物，折算起来也值不少钱。

众人围着聂瑜一通拍马屁，他乐呵呵地回应，撇过头看见费遐周困倦地打了个哈欠，立马严肃下来，不再同他们闲扯。

"嘘，都别吵了，小费困了，让他休息会儿。"聂瑜警告大家。

费遐周不太适应伤员的特殊待遇，撇过头去，看向车窗外。

有一个穿着浅蓝色病号服的人站在路边，远远地注视着此处。

费遐周知道那个人在看自己，他坦荡而无畏地与对方对视，隔着喧哗的马路和透明的玻璃窗。

希望这是最后一次见面了。

他拉扯窗帘，将这道目光彻底阻隔在外。

颠簸的路途中，费遐周倚靠着聂瑜的肩膀，做了一场梦。

他再次梦见了那双灰色的眼睛。

常漾和费遐周是一个班的同学。

他们有很多不同。

费遐周是老师偏爱的三好学生，积极学习、认真完成作业，因为是跳级进来的，他总害怕自己跟不上班级进度，因而格外用功。

但常漾则全然相反，迟到早退、插科打诨儿，一到周末就消失得无影无踪，再回来时不是一身脏就是一身伤，不用猜都知道，肯定是去打架了。

另外的两位舍友很不喜欢常漾，但也不敢表露出来，只偶尔趁对方不在时抱怨他败坏学校风气。

费遐周却觉得，在所有人都为了学习争得头破血流的学校里，常漾却带给他极大的熟悉感。

就像是……

从前住在隔壁巷子里的邻家哥哥一样。

费遐周总会为常漾留一盏灯。

大部分时候是边刷题边等他，有时候实在熬不住了也会先睡，但台灯不关，照着门口，担心他太晚回来会摸黑摔着。

常漾期中考试又是倒数，班主任知道费遐周和他是舍友，就将费遐周调到他身边让两人做同桌，希望好学生能带着帮帮他。

费遐周也听话，时常督促常漾的作业和笔记，比催作业的课代表还勤快。常漾总是嘲笑他拿鸡毛当令箭，作业仍旧不写。

舍友也总劝费遐周，常漾这种人谁劝都没用，根本不会对别人有一点感激。

费遐周却只是笑笑。他的照顾只是出于自愿，并非为了感激。

终于有一天，常漾被费遐周磨得不耐烦了，在教室里一脚踹翻费遐周的椅子，指着他的鼻子骂："你管好自己吧！一天到晚啰啰唆唆，你贱不贱啊？"

终归还是不一样。

费遐周在这一刻醒悟过来。

常漾不是他的邻家哥哥，他的邻家哥哥不会用这样粗暴的方式对他说话，邻家哥哥只会在打架时捂住他的眼睛，轻声告诉他"小孩子不要看这些"。

从第二天开始，费遐周不再管常漾的闲事了。他向老师申请调座位，远离了常漾。每晚十点准时入睡，再也不为谁留灯。

一个月后，常漾却跑来向费遐周道歉。

　　他用无比真诚的语气说："小费，我错了，我之前对你说那样的话太过分了。你能不能原谅我，我们继续做朋友吧。"

第八章 ✿

太阳照常升起

B U   T O N G   B A N
T O N G   X U E

费遐周醒来时才发现，他不知什么时候已经回到了家里。

他正躺在自己的床上，温暖的被窝包裹着自己。转过身，聂瑜早已换回了最熟悉的黑卫衣，正趴在床沿打瞌睡。

费遐周一有动静，聂瑜立马就惊醒了。

"唔……你醒了啊？"聂瑜伸了个懒腰，问，"饿不饿？我去给你热点吃的。"

"等……等一下。"费遐周拽住他的衣袖，"我们什么时候到家的？我怎么一点都不知道？"

聂瑜说："半个小时前就回来了。我看你睡得挺沉的，不想叫醒你，就把你背回来了。"

"背……背回来的？当着顾念他们的面？"他受惊般拼命眨眼。

"怎么了吗？"聂瑜茫然。

聂瑜无辜而自然的表情反而令费遐周不知该如何回答，噎了半天只好说："没……没什么……"

晚饭极其丰盛，炖猪蹄、糯米排骨、粉蒸鱼、甲鱼汤……

费遐周茫然地问："今天过年了吗？"

"这不是给你补身体嘛！"聂瑜给他夹了一块排骨，笑得像个慈祥的老父亲，"医生说了，你就是太瘦了，要多补充点蛋白质，还有维生素……维生素几来着？随便吧，反正就是多吃水果蔬菜。明天给你买点橘子。"

费遐周汗颜："我爸都没你这么啰唆。"

聂瑜哼了声："我要是你亲爹都好了，绝不可能让那臭小子……"

又提到那件让人不快的事，他噎了噎，扯开话题："说起来，这件事真的不用通知你爸妈吗？"

费遐周摇摇头："算了，我爸的公司一团糟，我妹妹身体又不好，他们自己的事情都忙不过来，我还是别添乱了。"

聂瑜吃惊："你还有个妹妹？"

"是啊，我上次不是跟你说过吗？我妹妹去年六月份出生的，叫遐迩，费遐迩。"他说着，又叹了口气，"她出生起就有先天疾病，在国内怎么都治不好。我爸一直忙着赚钱没时间待在家里，直到她夏天突然昏迷，送进了医院，我爸这才下定决心，要去国外找最好的医院治好她的病。"

"你爸妈去国外了？所以你上次没说完的是这个事？"

"是我自己想留下来的。"费遐周摇了摇头，"我爸想让我去国外念书，但我不想去。"

为什么不去呢？

聂瑜想这样问，却没有说出口。他转移话题道："你妹妹一定长得很可爱吧？"

"你怎么就这么确定？"

聂瑜不假思索地说："因为你就长得很好看啊。"

"咳咳咳！"费遐周一阵猛咳，两颊泛起了红色。

"这是怎么了？你慢点吃，咱不急。"聂瑜顺了顺他的后背，没觉得自己的发言有任何不妥。

这个人还真是个傻子……

费遐周在心里叹气。

睡觉前，聂瑜再次敲响了费遐周的房门，他要帮对方换药。

"换药？我……我自己可以的，不用麻烦你了。"

费遏周嘴上说得客气，行动上却扯着被子拼命往后躲。

聂瑜意志坚定："不行，你背后还有伤呢，你自己看得到吗，就说你可以？都是大老爷们儿，害什么臊啊。"

他将药膏挤在棉签上，命令伤员转过去。

费遏周只好不情不愿地背对着他，极缓慢地将后背的衣服掀了上去。

即使做好了心理准备，聂瑜还是在心中倒吸了一口凉气。

全是伤痕。费遏周的后背上染着大片大片的青紫色，间或交杂一两道划痕。医生说，他还算运气好，没伤着骨头，万一脊椎受损，那可不是闹着玩的。

聂瑜咬了咬牙，握住棉签温柔地抹上药膏。棉签刚刚触碰到敏感的伤口，费遏周浑身一颤，捏紧了手里的被子，咬紧牙关。

"疼吗？我轻点儿好了。"聂瑜慌忙道歉，"你要是疼了就告诉我。"

"不疼。"

怎么可能不疼。聂瑜挨过揍，心里清楚，这种程度的伤连他也未必挨得住，更何况是费遏周。

他的胸膛好像被谁打了一拳，泛起一阵又一阵的钝痛，像潮水有时起有时落，却从不停息。

明明就扛不住这个罪，嘴上还不说实话，聂瑜心里生气，动作反而更重了。

"嗞——"费遏周疼得打了个激灵，皱眉怒斥，"聂瑜你故意的吧？"

聂瑜冷哼："不是不疼吗？你不是挺能装的吗？疼就说，你是哑巴吗？"

费遏周还想反驳，聂瑜顺势又来了一下，痛得费遏周浑身发颤。

"你……你……你刷漆呢！"费遏周低下头，不情不愿地吐出一个字，"疼……"

尾音发颤，是难之又难的认输。

聂瑜叹气："死鸭子嘴硬。"再下手，力道轻了许多。

药膏抹上之后，整个后背都冰冰凉凉的，火辣的疼痛感减轻了不少。费遏周放下衣服，转过身。

聂瑜倒好了温水递给他，要吃的药铺满了瓶盖。

见他把药都吃了，聂瑜这颗老父亲的心才算放了下来，抬手揉了揉他的脑袋，嘱咐："吃完药早点睡吧，有事打电话，我搬到你隔壁睡，不用下楼找我。"

费遐周垂头，撇嘴："隔壁也是我的房间，谁准你睡了？"

"行啊，那我就不上来了，你半夜要是疼醒了，自己解决。"聂瑜叉腰看他。

"咳咳——"费遐周摸了摸脖子，目光飘忽，"就……那什么……反正是要上楼睡，我觉得我房间……还挺大的。"

五分钟后，聂瑜抱着被子和枕头上了楼。

费遐周的房间很大，因而也显得特别空，所有的东西都摆放得整整齐齐，没什么装饰品，只有成堆的课本和辅导书，却少了点生活气息。

聂瑜打好地铺，躺下前习惯性地关了房间灯。

顶灯熄灭，床头的小灯却仍亮着，一簇暗淡的蓝光照亮房间一隅。

"你平时睡觉还开夜灯？"聂瑜问。

费遐周缩在被窝里，只露出了一个蘑菇似的小脑袋，找借口道："起夜的时候比较方便。"

"你不是不起夜吗？"聂瑜疑惑，"除了梦游的时候。"

"这你都关注了？"

"你是不是怕黑？"这答案得出得轻易，几乎不用思量。

费遐周不吭声了。

聂瑜转移话题："开着灯你还能睡得着吗？"

"关你什么事。"

又是一个不诚实的答案。

聂瑜长长地叹了口气，起身将夜灯关了。

房内瞬间黑了下去，厚重的窗帘掩盖窗外路灯的光芒，只从缝隙里漏出斑驳的光影。

"安心睡吧。"聂瑜说，"有聂哥在呢，什么都别想。"

"我没你这个哥。"

"嗯，晚安。"聂瑜稳如泰山。

"晚你个头。"

"嗯，好梦。"

"……"

霸天在巷口叫了几声，衬得夜晚更加宁静。

费逻周极缓慢地深呼吸一次，闭上眼，垂下的睫毛遮盖住眼中的光亮。

糟糕的梦境再一次包围住了他。


如果再让费逻周选择一次，他一定不会再给常漾一次机会。

常漾会将那些嘲笑费逻周乡下口音的臭小子赶跑，会往费逻周的抽屉里塞满零食。他每次吃饭都要拽着费逻周陪同自己，在对方学习时搞恶作剧。

费逻周偶尔会觉得不耐烦，却又偶尔觉得开心，于是便以为，这就是朋友该有的样子。

可常漾实在算不上一个好的朋友。

渐渐地，常漾开始将费逻周拉入自己的圈子。他将自己的兄弟们介绍给费逻周，那些染着五颜六色的头发、看不清真实模样的男生，盯着费逻周的目光充满了嘲讽，像在看一只从乡下来的笨兔子。

常漾尝试教费逻周打架的技巧，但费逻周手脚笨，学不会。他最终放弃，要求费逻周在一边旁观，他说，你看着就行。

欺负一个人往往是不需要理由的，看你不顺眼就是最大的理由。

费逻周被勒令站在男厕所门口望风，他背对着门，即使不用眼睛看，耳朵也能听见那个男孩的惨叫和求饶。

一开始是不习惯的，费逻周第一次见到棍棒交加的场面时，几乎吓得拔腿就跑，常漾揪住他的领子将他拖了回来。

常漾说："怕什么，该怕的是他们，他们都害怕你。"

别人的畏惧能够成为自己的铠甲吗？

费逻周不知道，他站在那里，丧失了思考和行动的能力，背后的恶臭和身前的冷风像刀子，令他瑟瑟发抖。

遍体鳞伤的男孩瘫倒在地上，他无力地挣扎了几下，像只蠕动着的可怜虫。

费逻周借口要上厕所而留了下来。等常漾那些人都走后，费逻周蹲在男孩的面前，问："你……是不是很疼？"问完他才意识到自己在说废话，很讽刺的那种。

费遐周从口袋里掏出藏好的药，递给对方，关切道："这是红药水、创可贴还有红花油，我也不知道你该用什么就全……"

"啪"一声。

那男孩明明站都站不起来了，不知哪儿来的力气，猛地挥手打翻了所有的药品。玻璃瓶摔得粉碎，满地赤红的药水，沿着瓷砖的缝隙渗透进地下。

他从齿间挤出几个字："你别假惺惺的了，浑蛋！"

浑蛋。

费遐周呆在原地，犹如被打了一记耳光。

他原以为自己只是个旁观者，在一刻才真正意识到——自己是个帮凶。


那日后，费遐周试图劝说常漾回头。

在无数次不耐烦的"你烦不烦啊，读书读傻了吧你"后，费遐周渺茫的期待最终化为灰烬。没有任何犹豫地，他在当天敲响了班主任办公室的门。

"同学间小打小闹而已，不要讲得这么夸张。你不是常漾的朋友吗？在背后说朋友这种坏话，很不好的。以后不要再打这种小报告了。"

班主任却这样答复他。

他挣扎着说："可我亲眼看见……"

"你说你看见了就有用了？证据呢？他要是被人揍了，自己不会来找我吗？"班主任不耐烦地打断他的话，"费遐周，你爸把你转来我们学校费了不少劲儿，跟你没关系的事情不要瞎管。"

于是，他再没有开口的机会。

刚走出办公室，费遐周的头发被一把扯住。天旋地转中，他听见了常漾的声音。

没有生气，没有暴怒，常漾无比冷静地说："费遐周，从今天起，咱俩不是朋友了。"

算了吧你。

费遐周在心里想,别侮辱"朋友"这两个字了。

最糟糕的结果会是什么?和那些被常漾欺负过的同学一样被暴揍一顿,受些皮肉之苦?费遐周以为,这个结果他是能经受得住的。

而常漾冷静的表情下却藏着他难以想象的愤怒,这愤怒酝酿出的恶果在每个黑夜悄然滋长。

费遐周至今无法理解,为什么会是他?为什么偏偏是他?

他被抓进幽暗的角落,自尊和整洁的校服一起剥落。挣扎的羔羊躲不开猎人的屠刀,他被推入沼泽深处,被荆棘贯穿,像一个泛着青色的苹果,从内里撕裂、在核心腐烂。

常漾挟持了他的秘密,剥夺了他发声的能力。

一周后的早晨,费遐周发现自己在书桌旁醒来,满手墨水,草稿纸上画着杂乱的曲线。

舍友小心翼翼地对他说:"费遐周,你昨晚……是不是梦游了?"

"小费……小费……醒醒!费遐周!醒醒!"

噩梦被呼唤声击碎,费遐周猛地睁眼,昏暗的卧室内,聂瑜紧挨在他的床边。

"做噩梦了?"聂瑜眉头紧皱,"你刚刚吓死我了。"

费遐周还没完全清醒,双手仍保持着握拳的姿势,额头上冷汗淋漓。

天还没亮,淡灰色的光透过窗帘隐隐照进来,他看了一眼闹钟,深夜三点。

"我……我刚刚怎么了?"他开口,声音发哑。

你刚刚全身抽搐,嘴里说着胡话,神情十分痛苦。

可话到了嘴边,聂瑜说的却是:"哦,没什么。你刚刚一直在说梦话,还把你的存折密码说出来了。"

费遐周语塞:"聂瑜,我没有存折。"

对方摸了摸嘴角,佯装镇定:"是吗?那可能是你的银行卡密码?"

"算了……"

被聂瑜这么一搅和，费遐周忘记了去回忆刚才的噩梦。他实在累极了，打了个哈欠又睡了过去。

"我接着睡了。"他想了想，又补充一句，"少在我睡觉的时候觊觎我的财产。"

聂瑜不屑地哼了两声，也躺回了自己的被窝。

这次，他面朝着费遐周，注视着费遐周闭上眼，呼吸渐渐平稳。而他自己，却睡意全无。


费遐周一觉睡到了快中午。

还没下楼，一股鲜香的肉味儿就飘上了楼，他揉着眼睛走出房间，听见楼下聂瑜打电话的声音。

"姑姑，上次你给奶奶炖的那个母鸡汤怎么做的来着？生姜蒜，还要再放点什么？"

"料酒？哦，好好好。大火转文火慢炖是吧？谢谢你啊，有不懂的我再向你请教。"

聂瑜系着围裙站在煤气灶前，左手小灵通右手锅铲，嘴里噼里啪啦地不知道在说些什么。

费遐周走过去，茫然地问："你今天怎么没去上课？又逃学？"

"我是这种人吗？我跟李媛请过假了好不好？"聂瑜不服气地说，"你一个人在家里不方便，反正这两天周末也是写卷子，我到时候补上就行。"

费遐周摸了摸鼻子，朝锅里看了看，问："你在煮什么呢？"

"鸡汤，我特地去菜市场买的老母鸡，饭店里买的绝对没有这么好的汤。"聂瑜用锅铲盛起一小口汤，吹了吹，递到他跟前，"你尝尝。"

"我……我自己来……"他刚伸手摸到铁锅铲，就被烫得一个激灵。

聂瑜翻白眼："铁导热你不知道啊？"

费遐周背过手去，绷着脸尝了口汤。

"味道还可以。"他的评价很保守。

"要不要再加点盐或者……"聂瑜转头看向他，突然抬高了声音，"你脸怎么红成这样？发烧了？"

费遐周慌忙撇开脸："你懂什么，我这是气色好。"

"你是不是昨晚冻着了？还是伤口发炎？不行，还是得量个体温。"聂瑜扔下锅铲跑进屋翻药箱。

"真……真没事！"费遐周冲着聂瑜的背影喊，对方却充耳不闻。

发你个头的烧啊，你的脑子都被烧坏了吧。

费遐周看着锅里炖得发白的汤，无声地叹气。

什么都不明白，你别是个傻子吧。


母鸡汤刚出锅的时候，沈淼和枚恩就赶巧来了。

聂瑜开了门见是他俩，静默了两秒，抬手就要关门。

"干吗呢，干吗呢，怎么还赶客呢！"沈淼眼疾手快地冲了进来，"我是来送慰问品的好不好。"

她将一盒脑白金搁在了餐桌上。

聂瑜的眼皮跳了跳："小费这是外伤，你给他送脑白金，什么意思啊？"

沈淼尴尬一笑："这不那什么，我爷爷奶奶保健品太多，吃不完了嘛……俗话说得好，送礼就送脑白金！"

聂瑜翻了个白眼，转头看向枚恩，问："你的慰问品呢？"

枚恩从口袋里取出一个口琴，坦坦荡荡："没钱买，给你吹首曲子行不行？"

"我怀疑你们就是来蹭饭的……"聂瑜一眼看穿。


自从奶奶回乡下后，聂瑜做饭的手艺开了马达般迅速提升，小到三明治大到炖猪蹄，没有他做不来的，为了一块五毛钱跟小贩讨价还价也是常有的事。

什么育淮山鸡哥？不存在的。现在留下的只有费遐周的专属保姆而已。

今天的主菜是母鸡汤、虾仁炒玉米，另外还有一盘西红柿炒蛋和炒韭菜，四个人吃还是不太够，聂瑜又翻了翻冰箱里剩余的食材，做了一锅乱炖。

沈淼最不客气，握起筷子就夹住鸡腿。聂瑜和枚恩的视线双双扫射而来，她委委屈屈地咽了咽口水，将鸡腿夹给了费遐周。

"学弟，你多吃点，瞧你瘦得！"她干笑两声，给自己舀了勺汤。

费遐周受宠若惊，有些踌躇地看了聂瑜一眼。

“看我干吗，吃啊。”聂瑜说，“一只鸡两条腿，正好你和沈淼一人一个。”

沈淼惊讶：“还有我的份儿？”

“当然有，你吃饱了才有力气跑腿嘛。”

“什……什么意思？”

聂瑜微笑，命令却不容置疑：“这两天我和费遐周的作业啊试卷什么的，就麻烦你跑一趟了。”

沈淼指着枚恩，不服气道：“为什么不让他去？”

枚恩喝了口汤，冷静地说：“我们搞艺术的，不管这些闲事。”

费遐周到底有点过意不去，撑起笑容对沈淼道谢：“真是麻烦学姐了。”

“哎哟，帮帅学弟跑腿算什么麻烦啊！我求之不得呢！”沈淼咯咯直笑，“来来来，这个鸡腿也给你，学姐不饿，都给你吃，都给你。”

聂瑜额头上青筋直跳，咬牙：“我做的汤，你在这儿充好人？”

沈淼充耳不闻：“哦呵呵，小学弟怎么啃鸡腿也这么好看哦。”

费遐周只在家歇了两天就接着去学校上课了，高二教学进度快，落了一天的课都要花很大力气补回来。费遐周的好成绩也不是天上掉下来的，没几天就回归了正常的学习节奏，熬夜做题做到眼眶泛红。

聂瑜这段时间都在楼上打地铺。费遐周的梦游症有复发的迹象，也时常半夜被噩梦惊醒，聂瑜实在放心不下，仗着自己身体好，不惧地上冰凉。

到了周末，聂瑜替费遐周收拾房间时，却意外翻出了一堆外伤用药。

各种药膏和药水都开了封，但容量基本是满的，明显只用过一两次。聂瑜只帮费遐周上了一次药，之后对方就再也不愿意当着他的面露出后背。聂瑜只当小孩害羞，只每天叮嘱他按时涂药，却没想到这小子满口答应，却都是敷衍。

“你解释一下。”

费遐周洗完澡回了房间，聂瑜将一大包药扔到了他面前，双手抱肩，表情严肃。

他只扫了一眼，说得镇定："解释什么？药呗。"

"你这周有按时抹药吗？"虽是问句，但聂瑜心里早已得出结论，"我说你的伤口为什么痊愈得这么慢，每天病恹恹的，搞了半天你压根儿没把我的话听进去是不是？"

费遐周垂头，故意说得难听："谁让你多管闲事，啰啰唆唆像个老妈子一样。"

"我？老妈子？"聂瑜气极反笑，"我起早贪黑给你准备那么多营养品都进了狗肚子了吧！是，我是多管闲事，我就不该管你，由着你在建陵被人给打残了才对是不是？"

不经意的话语往往是最伤人的利刃。

费遐周一直不懂得这个道理，把利刃当刀鞘，肆意挥舞。聂瑜一直相信他是无心，也一直劝说自己习惯就好。

但刀锋从不欺人，割到心坎，是真的会疼。

"给我看看你的伤口。"

聂瑜冲上前去扯费遐周的衣服。

费遐周退后几步却来不及阻挡，"刺啦"一声，宽松的睡衣从领口扯下，露出颈部和后背大片瓷白的肌肤，而在这之上，却遍布着溃烂的伤口。

伤口没愈合之前不能洗澡，聂瑜体谅他爱干净，给他准备好保鲜膜，再三嘱咐伤口不能碰水，千万小心。

结果他全没听进去。

不对。聂瑜眉头紧蹙，心里想着，他不是没听进去，是压根儿不想听。

"别用这种眼神看着我。"费遐周平静地将领口扯了回去，理好衣服，冷漠的神色拒人于千里之外，"这点伤死不了人。你不需要把我当成一个小孩一样照顾，这种程度的伤对我来说已经不是第一次了。常漾过去发起疯来比这个还狠的时候，也不是没有过。"

聂瑜愣住。

"因为你从来都没有问，所以我也没有告诉过你。其实那天在建陵的事情也不算意外，那个人，也就是常漾，跟我认识三年了。"

费遐周语气平淡，仿佛在讲一个与己无关的故事。

"其实我也不知道到底哪里惹上他了，他揍过那么多人，偏偏盯着我一个不放。他有我的把柄，我奈何不了他，想着高中考去远一点的学校好了，结果他偏偏来借读，甚至又跟我一个班。见面礼就是……又被揍了一顿呗。"

他无奈般地耸了耸肩，说得轻描淡写。

"不过还好，常漾后来自作自受，惹了大麻烦，我过去补了一刀，暂时脱身。我搬到襄津，其中一个原因也是想避开他。我知道还是会有他再找上我的一天的，但没想到这么快，还牵连了你，对不住。"

费遐周还想继续说下去，嘴唇动了动，几次想要开口，冲上喉间的却是刺痛声带的酸涩。他故意装作漫不经心，却明明连在梦里都无法挣脱阴影，一旦入夜便是遍体生寒。

听着这一切的聂瑜丝毫没有获得知悉秘密的快乐。

他见过费遐周被扼住喉咙、喘不上气时的痛苦神色，他没办法因为所谓的好奇心而去戳他人痛处，才因此什么都没问。

但这不是为了让费遐周亲自揭开伤疤。

"行了，不是非得说下去。"聂瑜打断他，"我爱多管闲事，但不爱窥人隐私。我只是想知道你为什么不肯好好养伤，而不是……这些事。"

费遐周深吸一口气，坐在床边。

"你知道吗？看着刚刚愈合的伤口再次裂开，一遍又一遍，时间久了，就会觉得痊愈这件事根本没有意义。还不如不愈合，这样下一次的新伤就不会来得那么快。"

他抬起头，对上聂瑜的视线。

"聂瑜，你是不是觉得我很蠢？"

"嗯，蠢死了。"

聂瑜蹲在费遐周的面前，以从下往上仰视的角度看着他。

"饭菜太咸你会埋怨我做饭没脑子，伤口化脓你反而什么都不说。你是不是有病？还是故意针对我？"

费遐周瞪他："你做饭本来就太咸了。"

"那就说出来。"聂瑜一字一句，说得诚挚，"不喜欢、不想要、不愿意、不开心。我没那么聪明，你说出来我才会知道。"

费遐周活学活用："你刚才凶我的时候很吓人，我不喜欢，你向我道歉。"

聂瑜无语："不是让你用来针对我，你是蠢蛋吗？"

"你人身攻击我，道歉。"

聂瑜白眼翻上了天。

过了好久后，费遐周听见对方说："咳，对……对不住。"

在道歉这件事上，聂瑜十分生疏。

"只要你好好养伤，我以后……以后不凶你了。"

这个人啊……

费遐周的心里宛如坐过山车，前几秒还在悲伤，这会儿却感动得想掉眼泪。

你还是凶一点好了。他这样想。

否则，你一旦变得温柔，我却不知道该如何招架。

软刀不伤人，却能一剑刺心。

深夜一点，费遐周彻底睡熟了，聂瑜蹑手蹑脚地走出了房间。

出了家属区再过一座桥，在桥下的码头边有一个十几平方米的平房，里头亮着灯，走近了还能听见吉他声。

聂瑜敲了敲门。

"咚咚、咚咚咚、咚咚！"

这是他和枚恩的暗号。

"你怎么这么晚过来了？"

吉他声停下，枚恩开了门，屋里一股速溶咖啡的香味。

"不知道。"聂瑜瘫坐在他的床上，有点忧愁，"心情不好，睡不着。可能这就是青春期的烦恼吧。"

"别演了。"枚恩拨弄着吉他弦，一眼识破，"与其有空在这里伤春悲秋，不如多做几道数学题划算。"

聂瑜难得没有搭腔，没头没脑地说："你还记得我初中的时候吧？那时候我武侠剧和古惑仔看多了，总喜欢逞英雄。靠一双拳头就想行侠仗义，别人叫我山鸡哥，说实在的，我心里还挺乐呵的。"

枚恩不明白他怎么突然提起了以前的事。

"以前我有个邻居，小我三岁，住我家前面的巷子。他年纪小嘛，长得又瘦弱，老被抢零花钱。我后来就把那群臭流氓收拾了一顿，眉毛上被一个浑蛋挠出好长一个口子，到现在还有一点痕迹隐在那里，我奶奶为这没少骂我。后来上了高中，我慢慢也就不喜欢打架了，但是有看不惯的浑蛋还是忍不住上去教训。说好听点，我可能也算是乐于助人了。"

枚恩不解地问："你这么晚来是为了跟我夸耀你自己的？"

"我是想说，我大概还算明白以前做的这些事情是为了什么，但是最近……我有点说不清自己是怎么想的了。"聂瑜摇摇头，"你懂吗，就是……跟照顾流浪猫不一样，跟替赵萌萌出口恶气也不一样。我一开始只觉得自己挺好心的，但是后来就……反正就是……"聂瑜眉头紧锁，"反正我就觉得哪里不一样了。"

枚恩已经听不懂了："你到底在说什么啊？"

"算了……当我胡说八道的吧。"

聂瑜放弃挣扎，张开双臂往后一仰，瘫倒在床上。

枚恩最近在写一首新歌，缓慢而温柔的曲子，词儿还没填，他便随意哼哼两声。老旧的木吉他银色低沉而醇厚，河水拍打着码头，夜风萧萧掠过木窗。

不知是否是因为这琴声，渐渐地，聂瑜平静了下来。

他再次开口："今天晚上费遐周给我说了他初中时候的事，具体我没听太明白，但好像他初中时被宿舍里一浑蛋欺负得挺惨的，一到晚上就害怕，他的梦游症好像也是这么来的。"

吉他漏了一个和弦，枚恩抬起头来，颇为惊讶："他看起来可不像是会被欺负的人。城市人的派头这么大，什么样的人能让他怕成这样？"

聂瑜瞪他，反驳："你别这么说，他今年也就不到十六岁，还是个小孩。前两天在建陵的那个事，他到现在还没消化完呢。"

枚恩摸了摸下巴，思索："可我听见的传言里，费遐周可是个厉害人物。"

"什么意思？"

"我这段时间不是换了个新的声乐老师吗？他之前在建陵一中做过实习老师，聊天的时候提到过费遐周。"

聂瑜抢走枚恩的吉他，瞪大了眼睛："那你不早点告诉我？"

"我刚知道你就去建陵了，我怎么跟你说？"

枚恩把宝贝吉他夺回来，护在怀里。

"说是他们学校之前出过一个事情，有个女生被一个男生侵犯了，但女生当天受了太大刺激没敢告诉别人，过了两天缓过来后才去报警，但她这时候拿不出有效证据，那人又打死不承认。"

聂瑜不明白："这跟小费有什么关系？"

"你听我慢慢说。"

聂瑜骤然噤声。

枚恩咳了咳，继续说："我那个声乐老师说，那天下午他在替人代班自习课，本来一切都好好的，教室外突然跑来一个人闹了起来。因为实在太吵，学生都没心思写作业了，他就出门看了两眼。"

"他看见了什么？"

"一个个头挺高的男生在骂街，骂得挺难听的，一直嚷着费遏周的名字。据说当时场面特别混乱，那男生被好几个人拽着才没过去揍人，对面一整栋楼的人都在看他们。但你猜怎么着？费遏周那叫一个淡定啊，坐在位置上刷题，直到最后保安来了把那男生赶走，他头都没抬一下。"

聂瑜还是没懂："你说的这两件事有什么关系？"

"骂费遏周的那男生，就是那个打死不承认的嫌疑人。他当时一直在骂'你竟然算计我'之类的话，结果，他第二天就被警察带走了。他们学校里都在传，是费遏周掺和进了这件事。"

枚恩一面摇头一面感叹："你说费遏周这人奇不奇？闷声干大事啊，看着面不改色心不跳的，扭头就把人给送进去了。"

"你这话最好是褒义的。"聂瑜横眉警告，接着问，"后来呢？"

"后来？后来费遏周就办了转学手续，期末考试都没参加就走了。然后就来了襄津，搬进你家了呗。"

聂瑜摸了摸下巴："那个男生呢？他最后怎么样了？"

"不太清楚，不过他当时没成年，据说给女生家里赔了一大笔钱要求和解，最终好像也没怎么样就不了了之了。"

枚恩使劲儿地挠了挠头，从不清晰的记忆里抓住了几个关键字眼："我记得他家好像有点背景，他爸爸开什么大型工厂，挺厉害的。姓什么来着……姓……哦对了，姓常。"

姓常。

聂瑜静默了半分钟，突然腾地站了起来。

枚恩喊他："你干吗呢？"

"小费一个人在家，我不放心，先回去了。"他拉开木门就要出去。

"等会儿！合着我刚刚说了这么多，你一个字都没听懂是不是啊？"枚恩气绝。

聂瑜茫然地看向枚恩："你说什么了？"

"大瑜，我觉得你太小瞧费遐周了。"枚恩翻了个白眼，忍住心里的暴躁，认真地说，"你有没有想过？其实他比你想象中厉害多了，人家可能根本就不需要你的照顾。"

让费遐周绝口不提的过去，一到黑夜就弥漫阴影的过去，拉扯着他坠入窨井。他却能从淤泥中生出枝蔓。

这样的人哪里还需要你？

聂瑜却摇了摇头。

"我不是因为小瞧他，才觉得他需要照顾。"大门半开，河风吹皱了衣裳，他望着夜空，说得缓慢，"我是为了自己。陪在他身边的时候，我才安心。"

关上门，灯光在身后熄灭，襄津城内万家俱寂。

枚恩愣在原地。


离开枚恩家后，聂瑜伏在桥边吹了许久的冷风，突然掏出了小灵通，不顾昂贵的跨省电话费，破天荒地给他爹打了个电话。

"小瑜啊，怎么这么晚还没睡？出什么事了？奶奶还好吗？"聂平刚刚收工，蓦地接到儿子的电话，下意识地惶恐起来。

"没，什么事都没有。"聂瑜摇头，"你以前不是在建陵做过记者吗？我觉得你的消息肯定比我灵通，想跟你打听个事。"

聂平奇了："哟，说来听听，什么事让你大半夜这么好奇？"

聂瑜问："应该是今年上半年，建陵一中是不是出过一个校内性侵的事？听说事情闹得挺大的，应该有记者报道过这事吧？你能不能帮我查查当时的具体情况？"

聂平一听是大事，惊得大吼："你又干什么浑事了？"

"我没有！"聂瑜翻白眼，"跟我没什么关系，我只是想了解一下。你帮不帮这个忙？不帮算了。"

"帮帮帮！"儿子的忙哪有不帮的道理，聂平允诺，"我回头问问几个建陵的朋友，一有消息就给你答复。"

"谢了。"他挂掉电话。


更深露重，聂瑜回到家，拖着疲惫不堪的身子上了楼。

费遐周似乎做了一个并不愉快的梦，细眉深锁，不安地蜷缩成小小的一团，脸颊藏在凌乱的发丝之下。

聂瑜伏在床边，伸出手，轻柔地替他将碎发拨到一旁。

费遐周在睡梦中翻了个身，嘟囔了一句"聂瑜"，声音轻得像猫咪哼。

被念到名字的人还以为他醒来了，过了许久却仍不见对方有动静，后知后觉，这原来是句梦呓。

你在梦里见到我了吗？

聂瑜久久地注视着他。

如果梦到了我，那我希望，这会是个好梦。


第二天，费遐周就意识到了"自作自受"四个字怎么写。

"你非要这么盯着我看吗？"

费遐周背对着聂瑜，紧紧抱住自己。

聂瑜倚着墙瞥他一眼，挑衅地说："你不是说自己能上药吗？来，上一个我看看。"

"我……我要脱衣服的。"他很矜持。

"喊，都是男人，有什么不好意思的？"聂瑜作势要掀起自己的衣摆，"来，给你看看什么是正宗的八块腹肌。"

费遐周用棉签蘸上药水，往侧腰涂抹，干了后又将衣领拉到肩膀下，往颈部后侧的伤口上擦药。

全程，卧室里的两个人谁也没说话，费遐周忙于关注伤口，没有看见聂瑜的表情。

而聂瑜显然不比他镇定多少。

有什么好看的？不就是白了点、皮肤嫩了点、身材瘦了点吗？你说这腰细得、这锁骨突出成什么样了，还有这肩……

嗯，房间里的灯有点暗了，可能要换个灯泡……

恰在此时，聂瑜的小灵通响了起来，他迅速从自我拉扯中清醒过来，走出了房间，接起电话。

电话是他爹打来的。

"儿子啊，你让我查的那事我总算给你问到人了。"聂平长舒一口气，"这事当初确实闹得挺大的，我在报社一朋友刚好跟过这件事，虽然后来报道被压下去了，没发成，但他对这事记得还挺清楚的。"

聂瑜关紧房门，确定费遐周不会听见后才说："你仔细跟我讲讲这事。"

聂平说："这事性质挺恶劣的，但原本情况也不复杂，就是一个从小打架斗殴的臭小子把人家姑娘给欺负了，但是因为没证据没办法指控他。不过后来有个转折——出现了第二个受害者。"

"等会儿，你说第二个什么？"聂瑜以为自己听错了，"受害者？不是证人什么的？"

"就是受害者啊，好像还是个男生。哎，你说这都什么事。"他爹叹气，"我那朋友当时深入了解过，第二个受害者从初中开始就被欺负了，一直忍着，中考考到偏远的建陵一中就是为了躲那臭小子。结果那臭小子下学期特地来一中借读，估摸着是不肯放过他。"

聂平的朋友并没透露任何一个未成年人的姓名，聂平说这些话的时候完全像在说一个与自己毫无关联的故事。

"其实那孩子也可以不站出来的，他如果不说没人会知道，而一旦被别人知道了，说不定自己还会被歧视。结果你知道那孩子说什么吗？"聂平感慨地说，"他说，就是因为他以前没站出来替自己说话，才会有之后的再一次伤害。以前不站出来是懦弱，现在再不做点什么，他就是孬种。"

黑色小灵通被他紧握在手里，五指几乎要将按键捏碎。

或许枚恩说的是对的。聂瑜这样想。

那个人比自己想象的更勇敢更无畏，他不只是那个虚张声势、骄纵的人，他的漂亮皮囊下，是胜过无数人的决心和力量。

聂平在电话那头问："小瑜？怎么不说话了？你怎么了？"

"我……我没事。"聂瑜咳了两声，匆忙挂断电话，"我得去做早饭了，有空再聊。"

刚刚放下小灵通，费遐周抹完了药，推门而出。

"我想吃蒸饭包油条。"他摸着瘪下去的肚子说，"要加很多糖。"

聂瑜将小灵通揣进兜里,若无其事地说:"走,哥出门买给你吃。"

自从有了这位伤员,聂家的恩格尔指数直线上涨。

聂瑜在食补这件事上当真不带含糊的,从酱肘子到排骨汤再到红烧狮子头,每一顿都是大鱼大肉,生活水平直奔小康。

费遐周却有苦说不出。

他这伤说严重也的确伤得不轻,说不严重也确实没伤到关键部位,常漾既没往重要器官揍,也没打他脸,说不清是对方学聪明了还是刻意手下留情。

但不管怎么说,费遐周吃惯了清淡,猛地这么灌鸡鸭鱼肉,他当天就拉肚子了,坐在马桶上大骂聂瑜。

光长膘有什么用,还得适当运动运动。聂瑜左思右想,决定趁这个难得的时期带费遐周上街逛逛。

襄津城不大,也不算富庶的城市,但是烟火气浓,一入了夜,跳广场舞的、摆大排档的,还有逛夜市的,万家灯火照亮半边城。

周日早早地吃过了晚饭,聂瑜领着费遐周去逛夜市。

夜市就在小商品市场附近的那条大马路上,流动食品车和地摊商贩挤挤挨挨占满了街道两旁,久而久之就成了市内的一道风景线。小孩扔飞镖和打枪,妇人们看看新出的衣服,爸爸抱着孩子排队买夜宵,油墩子、卤味、棉花糖和臭豆腐,都是老少爱吃的。

整条街不大,东边主要是卖衣服和杂物的,西边主要是卖吃的,五光十色的 LED 灯管和喇叭里循环播放的吆喝声衬得夜晚比白天还热闹。街道本就不宽,被小贩占去了一小半后,根本开不进汽车,逛街的人大多步行,东西两边逛一趟,吃多了的晚饭也就差不多消化掉了。

费遐周离开襄津的时候夜市还没形成规模,这还是他第一次踏入夜市,心中无比惊奇。

"这……这怎么这么多人啊?好热闹。"费遐周眼睛发光,比隔壁叫卖的发光球还明亮。

聂瑜嘲笑他:"你也有这么没见过世面的时候?夜市而已,有什么大惊小怪的。"

费遐周感叹:"这里有点士林夜市的感觉呢。"

"世什么林？啥？"

"就是台湾地区的一个……算了，不重要。"

不远处有个卖气球的小贩，手上抓了一大把气球，远看像个巨大的热气球一样。费遐周一瘸一拐地小跑过去，聂瑜赶紧跟上。

"我想要这只猪！"费遐周指着比脸还大的气球，兴奋得像个小孩子。

聂瑜双手插袋，态度高贵："你不是挺有钱的吗？自己买。"

他撇嘴："我出门没带钱……"

"那我替你垫付，回去还钱。"

费遐周龇牙："还育淮山鸡哥呢，铁公鸡哥吧？"

小贩笑呵呵地说："给弟弟买一个吧，我家要是有这么好看的小孩，想买啥我都答应。"

尽管知道这话只是小贩为了卖东西而故意说的，但聂瑜还是忍不住心中得意，逗小孩逗够了，扭头问："这只猪多少钱？"

"不贵，十块钱。"

"十块钱还不贵？五块，不卖算了。"

"行行行，五块就五块。"

小贩将气球绳子递给他，笑道："你这当哥哥的，看着五大三粗，还挺会还价啊。"

聂哥哥说："我哪是当哥啊，我这是又当爹又当妈。"

他转过身，将气球递给小孩："给你，猪。"

费遐周几秒后才意识过来他在损自己，翻了个大大的白眼。


一逛街，平常这不吃那不吃的费遐周就跟变了个人似的，每见到一个摊点都要买点吃的，吃晚饭都没这么馋过。

"这个是什么？烤面筋？好吃吗，来两串吧。"

"啊，冰糖葫芦。我想要这个草莓的！"

"油墩子……油墩子是什么？萝卜馅的？买一个尝尝。"

"好臭啊这个臭豆腐。不过……是挺好吃的。"

眼看着钱包迅速瘪了下去，聂瑜终于意识过来哪里不对劲，抬手拽住费遐周的外套帽子。

"你等会儿。"聂瑜问，"你不是说路边摊都是用的地沟油吗？怎么今天吃得这么快活？不讲究了？"

费遐周咳了两声，小声说："我是……好奇，好奇而已，以前都没吃过。"

聂瑜奇了："你长这么大都没吃过这些东西？"

费遐周摸了摸鼻子："我妈说外面的东西不干净，不准我吃。"

"唉，你……"聂瑜心疼起这个没有童年的小孩，握住他的手腕，大方地说，"走，今儿聂哥带你玩个痛快！想玩什么想吃什么尽管说，哥有钱！"

费遐周吐槽："你的钱也是我交的房租吧？"


不远处有一个套圈的摊子，周边围了一群观看的人。

聂瑜看了片刻，有两个年轻人花了几十块钱也没套中终极大奖，只捡了几个小东西回去了。

费遐周从人群中探出脑袋，疑惑道："这圈儿看起来挺大的啊，怎么就套不中？"

"人家这圈都是设计好的。"聂瑜比画了两下，"圈是圆的，看起来虽然大，但是那个礼品盒是方的，你得拿直径和斜边比。我估计这直径跟斜边差不多大，硬塞能塞进去，但是套圈就别指望了。"

"你说得这么头头是道，来一把？"费遐周期待地看着他。

聂瑜也不客气："来就来，哥给你露一手。"

聂瑜掏了钱就去找老板，要来了十个木条制成的木圈。

在起始线后摆好了姿势，正铆足了劲儿要扔的时候，老板突然走过来挡在了聂瑜的身前。

"等会儿，等会儿！"老板喊住他，"那什么，这生意我不做了，我把钱退给你，你别套了行不行？"

聂瑜蒙了："刚才那么多人都套了，怎么轮到我就不行了？"

老板叹了口气，压低了声音说："小伙子，我记得你。你夏天来套过一次，把我那最大的奖都套走了。你说你总共就花了十块钱，最后拿走我多少东西？我当时可真亏大了。你行行好，我这就是小本生意，经不起折腾。"

聂瑜这才想起来，暑假无聊的时候，是跟枚恩一起来过。

枚恩当时看中了口琴和小夜灯，自己又套不中，聂瑜就替他试了一把，十个圈中了八个，老板当场就快哭了。

人家赚钱也不容易，聂瑜已经薅过一次羊毛了，再薅一次就有些过分了。他摸了摸脑瓜，最终退了出来。

"你来吧，"聂瑜将木圈交给费遐周，"亲自玩才有意思，别光在一边看着。"

老板担心地问："你这朋友不会跟你一样厉害吧？"

聂瑜笑道："你放心好了，我估计他一个都套不中。"

费遐周这人最受不得激将法，别人越是说他不行，他越要证明自己行，想也不想就上去了。

"唰唰唰……"

一连九个木圈扔出去，不是出了界就是和奖品擦身而过，最后，手里就剩下一个木圈了。

老板乐了。

费遐周沉下脸，看向聂瑜，嘴里嘟囔了一句。

聂瑜掏了掏耳朵："你说什么？听不见。"

"你……你过来帮我一下！"费遐周瞪他。

"求我办事还这么嚣张，全襄津也就你一个了。"

聂瑜哼了哼，还是走了过去，绕到费遐周的身后，右手环过去覆在他的手背上，带动着他的胳膊一起发力。

"你想要哪个？那个杯子吗？"

温热的气息从脸颊擦过，费遐周轻微地哆嗦了一下。

"喂？你到底要哪个？"聂瑜见他不回应，又喊了一声。

费遐周这才回过神来，低下头："就……就那个。"

聂瑜专注地看着前方，没有留意到紧靠在身旁的人心里在想什么。

"走你！"

木圈"咻"地飞了出去，正好将马克杯圈进了圆心。

围观群众捧场地发出了一声欢呼。

交货的时候，老板的表情不是很好。

"两位帅哥，麻烦下次别来了。"老板真诚而坦率。

聂瑜笑了笑，道谢："谢谢您了。"

费遐周高高兴兴地将马克杯捧在手心里，从里到外仔细打量，连缝隙都不放过。

"有这么开心吗？不就一杯子？也不值几个钱啊。"聂瑜不明白。

费遐周摇摇头："你不懂，赢来的和买来的不一样。更何况……"

"更何况什么？"

"算了，说了你也不懂。"

费遐周仰起脖子，朝着前方的射击小摊迈进。

将夜市来回逛一趟才不到一个小时，时间还早，费遐周吵着要去其他地方玩儿。

娱乐的地方也不是没有，游戏厅啊、网吧啊、KTV什么的，但是聂瑜不想带他去这种鱼龙混杂的地方，一番思索后，问道："你想不想看电影？"

"看电影？"费遐周眨巴眨巴眼睛，"襄津有电影院？"

聂瑜摇头："襄津怎么可能有电影院。不过，你想看的话，还是有地方能看的。"

文化宫附近有一家小影院，听名字好像也是个电影院，其实就只有一个放映厅，一排四个座位的小房间，没有窗户，墙上装了投影仪和白幕，门一关就能看了。

这里看一场电影十五块，没有什么排片和场次，有客人了就放映，随意点片子。虽然简陋了点，但是也因为不正规，这里也能看到别的电影院看不到的片子。

放映厅外的墙上挂满了近期上映的电影海报，聂瑜一边看一边问："你想看哪部？《不能说的秘密》看不看？听说桂纶镁可有气质了。《合约情人》这种类型的你应该不喜欢吧，但范冰冰挺好看的。《太阳照常升起》也行，我记得周韵好像……"

"你怎么对女明星那么关注啊。"费遐周不耐烦地打断他，"你来看电影，还是来看女明星啊？"

聂瑜不解："不能看女明星吗？人家确实长得好看啊。"

"你……"

费遐周被他气得没话说，拍板定音："老板，看《男儿本色》！"

《男儿本色》，主演：谢霆锋、房祖名、余文乐、吴京。

嗯，真的没有女明星。


走出电影院的时候，夜已经深了。

夜市的小贩陆陆续续收了摊，跳完广场舞的奶奶提着音响往家走，满面红光。

晚秋风凉，费遐周手里捧着一杯串串香，汤汁暖手，鲜香扑鼻。他一面轻声抱怨着今天吃了太多路边摊了，一面大口嚼着鱼豆腐，圆鼓鼓的腮帮子，像只吃饱了的小松鼠。

聂瑜吃完烤肠，不紧不慢地跟在他的身后。

今天的费遐周很少见，鲜活又生动，话也变得多了。聂瑜看着费遐周跳起来接飘落的银杏叶子，不知怎么就想到，如果费遐周当初没有遇见那个叫常漾的人，现在的他会不会更快乐无忧一些，像所有普通的好学生一样，被家人和师长捧在手心里长大。

思维游走他乡，聂瑜蓦地停下脚步，遥遥地看着前方的人。

"你站在那儿干吗？"费遐周回头喊他，"回家了。"

什么时候开始，你已经不自觉地把那个地方当作你的"家"了呢？

聂瑜双手插兜，影子被路灯拉得极长。

他没头没脑地问了句："你今天玩得开心吗？"

"嗯？"费遐周想了两秒，点点头，"嗯，很开心，我好像很久都没有这么自在地玩过了。小时候爸妈不怎么让我出门，后来上了初中又……"

"那你笑一个。"聂瑜说。

"啊？"

"开心就笑一个，像我这样——茄子。"聂瑜用两根食指撑起嘴角。

费遐周却翻了个白眼。

聂瑜抬手揉乱他的头发，吐槽："你这是什么表情啊？花了我这么多钱，让你笑一个怎么了，嗯？一天天板着个脸，丑死了。"

竟敢说费遐周丑？这话要是被育淮的女生听见了，得骂你有眼无珠。

当事人倒是不恼，任由打理完好的刘海缠成一团，像只被撸得很舒服的猫一样，闭着眼感受着对方并不重的力道摩挲着脑袋。

良久后，聂瑜的手放了下来。

然后，费遐周听见他这样说："小孩，多笑一笑，开心一点。"

认真的、苦口婆心的语调，邻家兄长的身份下裹着一颗酒心的甜馅儿。

聂瑜给他起过很多个外号，叫他"小孩"，却还是第一次。

"你以前过得怎么样，我也不了解，如果不太好就让它过去，别去想了。反正你还要往前走很远。"

夜风吹过，聂瑜敞开的黑色外套被风吹得鼓起，双眼风沙不染，橙色路灯照亮他棱角分明的侧脸。

"如果——虽然我不太希望有这种如果——你以后还有不好过的时候，至少你还有这个晚上能被回忆。"

他说得这样温柔，这样诚挚。

"你还有我，聂哥永远给你撑腰。"


费遐周的手垂了下来，塑料袋里装着马克杯，重力作用，他的手心被塑料袋扯到发酸。

拜托。

这种话，不要随随便便说。

他愣了许久，而后低下头，轻轻笑了起来，上齿轻咬下唇，笑声溢出。弯弯的嘴角，像天上的新月。

"嗯。"

费遐周用力地点了点头。

"我知道啊。"


不只是这个晚上，还有许许多多个日夜，从童年开始就如影随形。

在最难熬的时候，我常常在想，如果聂哥在的话，一定会替我出口恶气。为此，我愿意托付给你我全部的零花钱，只做一个跟在聂哥身后吃糖的小孩。


他说："聂瑜，我会记住这个晚上。"

无论今后还会遇见什么，至少我曾经拥有过这样痛快的时刻。

第九章

初雪炖苹果 ✦

BU TONG BAN
TONG XUE

高中时代不只是一条抽象的时间线，它被严格划分成三个年头、六个学期、十二次大考和无数次的小测试。每一周的七天、每一天的十个小时都以四十分钟一节课为单位划分，精打细算、分秒必争。

当下的每一秒都被沉重的知识点塞满，指针背着沙包，行走艰难。而当此时变成了彼时，回头再看时，好像只是伏在课桌上打了个盹儿，大半个学期就这样过去了。

期中考试后又是月考，日子过得飞快。当聂瑜将十月的日历撕下不久后，十一月也接近尾声。

月考结束没多久，北方寒流南下，襄津一夜之间入了冬。

费遐周本就是一个起床困难户，偏偏起床气还贼大，光是闹钟就摔坏了三个。聂瑜拿他没办法，只能亲自来喊他起床，总得喊个四五遍，大概率还要吵上一通，这瞌睡精才算彻底被赶跑。

今天早上同样如此，费遐周躺在床上纹丝不动，楼下的早饭都热了三回。

"醒醒，起床了。"

聂瑜劝了一句，费遐周不听，裹住被子把自己的脑袋整个包了起来。他没办法，只好学奶奶曾经使过的招数，右手锅铲左手钢锅，乒乒乓乓敲锣打鼓。

费遐周捂住耳朵，挣扎着抬起了头。

"快起来吃早饭，面都要坨了。"聂瑜停止敲锣，好言相劝。

"我不吃早饭了，你再让我睡会儿。"费遐周又倒了下去。

聂瑜佯怒，威胁道："再不起来我就揍你了。这么大人了怎么还跟个孩子一样？"

他说要揍人的时候一般不是吓唬人，是真的下得去手。费遐周不敢正面硬来，只好耍花招，贿赂他："你再让我睡十分钟，我给你买游戏点卡。"

聂瑜冷哼："笑话，我在乎这点钱吗？"

费遐周说："五十块。"

"想得美。"

"一百块。"

"你有钱了不起啊？"

"二百块。"

"……"

"五百块。"

"二十分钟后我来叫你。"

聂瑜滚出了房间，替金主关好房门。

费遐周翻了个白眼，重新倒回了枕头上。


最终，费遐周毫无悬念地迟到了。

高二（16）班早自习上到一半的时候，魏巍抱着一摞答题卡走进了教室，正在背诵课文的学生们顿时安静了下来。

"大家都静一静啊。月考成绩出来了。我趁早读课说两句。"魏巍抽出一张成绩单拍在了讲台上，"这次月考是咱们学校自己出的卷子，题目难了点，一下子就看出哪些人平时学得浮躁，成绩比期中考试差多了！"

蒋攀正跟身后的人说着什么，突然被魏巍点了名："蒋攀！你还交头接耳，我说的就是你！你看看你语文作文写的什么东西，普通班都有人考得比你好！"

高中老师常做杀鸡儆猴的事来震慑学生，而蒋攀倒霉，每次都是这只待宰的鸡。他撇撇嘴，坐正了身子。

魏巍看着成绩单说："老规矩，先从第一名开始报。咱班这次的第一名是——"

"顾念！"蒋攀不怕死地跳了出来，"这还用问吗，肯定是我们顾念第一！"

"吵什么吵！第一名跟你有关系吗？你在这儿激动什么？"魏巍啐他，眼睛瞪得像铜铃。

顾念赶紧朝蒋攀使眼色，劝他安静点。

魏巍清了清喉咙，重新说："咱班的第一名，也是全年级的第一名，是——"

"报告！"

他的话又一次被打断，班上的第一名有力竞争者们再度绝倒。

费遐周站在教室门口，谨慎地打量着班上诡异的气氛。

魏巍看了眼手表，早自习已经过了大半。他又好气又好笑，看着费遐周，调侃似的说："哟，第一名这不就来了吗？来得够早啊。"

费遐周没听懂这话是什么意思，眨巴眨巴眼睛，不敢作声。

讲台下的学生也都蒙了。

"你愣着干什么？过来，把你的答题纸拿走。"魏巍招了招手，"别以为考了第一就可以迟到了，今天就算了，但下不为例啊。"

严厉的话里藏着对好学生的偏爱，没有人听不出来。

蒋攀傻了："第……第一名是费遐周？"

顾念的一颗心都沉了下去。

三好学生顾念，以全市中考第一名的成绩进的育淮中学，高一一整年稳稳坐在年级第一的位置上，只有他将第二名甩得远远的份儿，没有别人威胁他的可能。

可这费遐周才转来多久？一个学期都没有，不动声色地一点点往上爬，大张旗鼓地摘了他的王冠。

"怎么了？"

费遐周领完答题纸回到座位上，发现全班都盯着自己看，而顾念却偏偏不敢抬头看他。

蒋攀左看看右瞧瞧，不管帮谁说话都要得罪人，他踌躇了半天，只好对新任第一名干笑两声。

顾念低着头，一言不发。

这一整天，顾念的心情都不是很好。

从小到大他都没被谁比下去过，蓦地做了第二名，虽然只和费遇周差了两分，但是心理上难免还是有点落差。

蒋攀不知道怎么逗顾念开心才好。作为一名单纯的富二代，他唯一能想到的安慰方法就是去小卖部买一书包的饮料，给整组的同学都发了干脆面，就为了让顾念接受得心安理得一点。

"我怎么没有？"费遇周伸手向蒋攀索要。

"我在小卖部遇见聂哥了，他说你最近有点感冒，不能喝凉的。"蒋攀解释。

费遇周不屑："谁要他管我，我也要喝。"

"那您自己去买吧，我可不敢违抗圣旨。"蒋攀认怂。

"不喝又不会死人，我不稀罕。"他白眼一翻，回去做题了。

顾念托着腮听着他们的对话，眼珠子转了一圈又一圈，又不自觉地朝着费遇周看了过去。

他双唇紧闭，陷入沉思。

育淮的老传统，每次考完试后都要将年级前一百的人名印上红榜，贴在校门口的布告栏上。

校门口来来往往，经过的路人和接送学生的家长都看得见，学校的这招就是故意的，给各位乡亲父老看看，咱们这个小地方都出了哪些人才。

费遇周的名字登上榜首的那日，在高二家长圈里引起了不小的轰动。

中午刚放学，校门口围了一堆来接孩子的家长，大部分是骑着小电驴的家庭主妇，头发烫着大波浪，染成了棕黄或深红。

人堆里，某个一头板寸的大高个尤为扎眼。

"费遇周？费遇周是谁啊？以前怎么没见过这个名字？"一位阿姨好奇地问。

"你连费遇周都不知道？你家小孩是高二的吗？期中考试年级第

三知不知道？物理奥赛拿特等奖的那位知不知道？连省队都懒得进的那位知不知道？"

这小伙子讲话跟炮仗似的，噼里啪啦。

阿姨一听，学霸啊！她当即好奇地问："省队都不进？为什么啊？不是说得什么奖能加分吗？"

小伙子得意地说："要这加分干什么？为了得个奖弄得累死累活的。反正人家不加分也照样清北任选，有这空不如在家歇歇。"

阿姨被唬住了，惊呼："哎哟！这么厉害啊？清华苗子哪！"

这一老一小正聊得热火朝天，不知是谁叉着腰站在人群外，喝了一声："聂瑜，出来！"

小伙子咳嗽一声，告辞道："那什么，该回家吃饭了，阿姨再见，红榜慢慢看。"

他敏捷地挤出人群，循着发声处奔去。

费遐周双手抱臂，正冷眼看着他。

"我说怎么找不到你人呢？原来杵这儿聊天呢。你名字上榜了吗，看得这么起劲儿。"

聂瑜掏耳朵："你不是考了第一嘛，我当然高兴激动兴奋啊！"

"这跟你有什么关系？"

"你这就不懂了吧。"聂瑜细细掰扯，"要是你成了高考状元，那以后我家就成了名人故居、风水宝地啊，这个招牌往门口一挂，还怕房子租不出去？"

"你算账的本事倒是挺强啊。"费遐周没有一丝被恭维的快乐，他往人群外走去，聂瑜紧跟其后。

"考了年级第一，要不要庆祝一下？正好后天月底放假，想吃什么，聂哥都给你准备。"

聂瑜想握住费遐周的手腕，却被费遐周甩开。聂瑜不恼，又搭上他的肩膀，肩宽体壮，甩都甩不开。

"除了排骨汤、鸡汤，什么都行。"费遐周放弃挣扎，任由对方靠过来。

聂瑜提议："那……那咱烧烤去吧！正好这两天天气不错，也不太冷。"

费遐周思考了片刻，点点头："嗯，你负责烤，我负责吃，不错。"

计划往往赶不上变化。

烧烤当日，聂家大门在太阳初升的清早被狠狠敲响。

聂瑜刚睡醒，眼屎都没揉干净，匆匆忙忙地跑去开门。

门外，顾念提着大包小包的行李，理直气壮地说："哥！我离家出走了！"

聂瑜使劲儿地拍了拍自己的脸，以为自己还在做梦。


"你想离家出走，我不拦着，但是有句话我必须提醒你。"聂瑜掏出钥匙，打开了原先奶奶住的房间。

"从你亲妈的家搬到你亲妈的侄子——也就是我——的家来住，这不叫离家出走，这叫跟家长赌气所以到亲戚家玩一圈。"

顾念噘着嘴，抱怨道："反正我不能跟我妈待在一个家了。我好不容易能有两天假，她还非要给我加一个补习班。我早上看会儿晨间新闻都说我玩物丧志，写作业打个哈欠都说我心不在焉。这日子是没法过了！"

聂瑜摸了摸他的脑袋，劝道："别这么说你妈，大人也是为你好。"

"算了，不说这个了。"顾念拎着行李走进房间，摸了摸床上的被褥，"有没有厚一点的被子？我晚上睡觉怕冷。"

聂瑜从自己房里抱来一床被子，说："我这个暂时用不着，先借你。"

"啊？你不睡这屋吗？"顾念将头探进他房间，奇怪，"那你睡哪里？"

"小费的……隔壁。"他打了个哈哈，"这不因为楼下太阴冷了，冬天不太舒服。"

顾念点了点头，没再多想。

楼下的吵闹声惊扰了正在刷题的费逯周。

"谁来了？"他下了楼，看见那副熟悉的圆眼镜，惊讶道，"顾念？你怎么来了？"

"我……我想来就来了呗。"顾念一时不知如何回答。

顾念一向和表哥亲近，过去经常来这儿玩耍过夜，但自从上半年聂瑜高考失利后，整个暑假都将自己关在家里谁也不见，顾念造访的次数直线下滑。

直到上次从建陵回来，他才知道，原来一直以来住在哥哥家里的那个租客，竟然就是他的同桌。

这才几个月啊，听费遐周这口气，他反倒变成了外人一样。

"你这拖鞋……"顾念打量了对方一眼，"是我哥的吧？"

费遐周低头，这次发现自己脚上踩着的黑色拖鞋比自己的脚大了好几码。

再看一看聂瑜，黑卫衣黑夹克黑牛仔裤，脚上的拖鞋却是粉蓝色的，两个兔耳朵随着脚步左摇右摆。

哥，您就不觉得这拖鞋小了点吗？

"咳——"费遐周跑去鞋柜边换了双白色板鞋，用咳嗽掩饰尴尬，"就一不小心没太注意穿错了……而已。"

过度的修饰词揭露此地无银。

顾念干笑两声，佯装将此事翻篇。

顾念也算来得正巧，聂瑜和枚恩约好，今日一同去河边烧烤，他刚好蹭一顿大餐。

烧烤的用具其实都简单，枚恩跟熟人借了烤炉，聂瑜自己动手做了个烤架，食材昨天就准备好了，腌好的肉、穿好的蔬菜，还有杂七杂八的调味品和饮料，直接拎到河边就行了。

今日是个难得的好天气，微风和煦，气候温暖，阳光在澄清的河面洒上波光粼粼，正适合与朋友外出游玩。

作为一名音乐生，枚恩因为大半夜弹琴被邻居骂过无数次，最终没办法，找了一个靠近河边离居民区有些距离的小平房租住。房子不大但设施齐全，条件虽然艰苦了点，但有时坐在河边弹弹琴，也算一种难得的享受。

河畔除了几座码头就是大片的空地，枚恩和聂瑜小时候常在这边烧烤，但认真算起来，今天是第一次约上这么多人一起吹河风。

聂瑜他们到的时候，枚恩和沈淼已经在尝试着生火了，他们不知道为什么一直点不上炭火，烧出一阵阵呛人的黑烟。

枚恩从有害气体里抬起头来，看见聂瑜身后跟着两个小朋友，打趣道："吃个烧烤而已，用得着拖家带口的吗？"

顾念规规矩矩地喊了声"枚恩哥哥好",费遐周则径直略过他,找了个凳子坐下。

枚恩摸了摸脑袋,困惑地问:"你家小朋友对我有意见?"

"不是。"聂瑜摇头,"他饿了。他饿的时候一般不太爱搭理人。"

枚恩语塞:"我看都是你惯出来的。"


吃烧烤是种快乐,和朋友们一起亲手烤肉更是双倍的快乐。

这群人里就数聂瑜的手艺最好,一群馋猫围着烧烤架,盯着他手上的羊肉串流口水。

肉是前一天就切好了腌过的,七分瘦三分肥,用铁签穿上后搁在烤架上,正反面各刷一层油,灼烧的肉发出刺啦刺啦的声音,再撒上椒盐、孜然,香气随风飘散开,整个河面都弥漫着肉香。

顾念舔了舔唇,眼巴巴地注视着烤熟的羊肉串。

"小费,给,这个是不辣的。"没有一丝犹豫,聂瑜首先把肉串递给了费遐周。

枚恩和沈淼毕竟是学长学姐,再馋也没有跟弟弟抢吃的道理,只能擦擦口水,等着下一拨。

终于等到下一拨,聂瑜将撒满辣椒粉的五花肉率先递给了表弟。顾念迟疑许久,却没有接过。

"哥,我不吃辣。"顾念说得有些委屈。

"啊?你不吃辣吗?"聂瑜挠挠头,"那你等会儿,五花肉没了,我再烤点羊肉串。"

顾念的表情更难看了:"我不吃羊肉。"

"不吃羊肉?"聂瑜纳闷儿了,"你这孩子怎么回事,这么挑食?那你等会儿,这里还有鸡翅。"

"谢谢哥。"

顾念的手指扯住衣角,绕了一道又一道的圈。


聂瑜在烤架前被烟熏得够呛,枚恩和沈淼将他赶下去,对着烤炉摩拳擦掌,不知道要烤出什么黑暗料理来。

没有吸烟机,聂瑜被烟火熏得双眼泛红,眼泪直流,揉着眼睛坐到了一边。

"拿着。"

"给你这个。"

顾念和费遐周同时递来纸巾，聂瑜眼角渗出眼泪，也没抬头看这两个人，不假思索地从费遐周手里接过了纸巾，又倒了点矿泉水，洗了洗眼睛。

费遐周继续坐了回去，小口小口地吃肉串，喉咙发干咳了两声。聂瑜从饮料袋里取出一罐旺仔牛奶，开了易拉罐递了过去。费遐周喝了两口牛奶，将卡在喉咙里的肉咽了下去，全程没有说一个谢字。

"我也想喝牛奶。"顾念说。

"牛奶啊……"聂瑜翻了翻袋子，抱歉地说，"小费不喝汽水，我只给他准备了一罐牛奶，没多带。你要不喝点别的？"

"那算了……"顾念勉强笑笑，给自己开了听可乐。

"噗噗——"

打开易拉罐，可乐的气泡飘了出来。

顾念低着头，出神似的看着罐口的气泡膨胀又消失，喷了一手的糖水也浑然未觉。

太荒唐了，到底是哪里出了问题？


一顿饭现烤现吃，前前后后花了两个小时，熄灭炉火时，日头已走向黯淡，微凉的风绕过枯树枝，拨动河面泛起阵阵涟漪。

枚恩将包里的吉他取了出来，五指随意扫了个和弦。

聂瑜坐在草地上，拍着手笑道："都安静点，未来歌星要开嗓了。"

枚恩很少拿自己学音乐的事情说事，今儿大概是心情好，主动问："你们想听什么歌？只要是我听过的都行。"

沈淼立马举手，吼道："《月亮之上》！"

枚恩翻白眼："你土不土？换一首。"

"《你若成风》也行！唱唱我们 Vae（许嵩）的歌吧！"沈淼一秒变迷妹。

枚恩懒得理她，闭上眼，按下和弦，从自己的曲库里挑了首老歌，轻轻地拨动琴弦。

"经过了漫长的等候，梦想是梦想，我还是一个我。那时间忘记挽留，最美时候，不经意匆匆地放过。"

这是五月天的《一颗苹果》。

沈森撇撇嘴，忍住了抱怨，安静听歌。

"总要有一首我的歌大声唱过，再看天地辽阔。活着不多不少，幸福刚好够用。活着其实很好，再吃一颗苹果。"

费遐周双手托着腮，轻快的旋律伴随男孩清澈的嗓音，像潺潺清水流过耳朵，微风和细浪为他的歌声伴奏。

一曲终了，众人鼓掌。

聂瑜应景，当真准备了水果，就着凉水洗了洗。他转头问费遐周："你想听什么？人肉点歌机，不听白不听。"

费遐周想了想，说："《喜欢你》。"

"扑通"一声，手里的苹果掉在了地上，聂瑜转过头，眼睛扑闪扑闪。他呆呆地问："你……你说什么？"

"Beyond 的《喜欢你》。"费遐周面不改色，"你没听过这首歌吗？"

"啊……啊！啊，你说的是这首歌啊，哈哈！"他干笑了两声以掩饰尴尬，"那什么我……我刚才一时没想起来这是什么歌。"

聂瑜捡起地上的苹果，用纸巾擦了擦果皮，故作淡定地朝枚恩说："来首 Beyond 的《喜欢你》。"

有几个男生不爱黄家驹、不爱学 Beyond？这首歌正好也是枚恩的挚爱，他顿时兴奋起来，左手更换和弦，下一秒右手扫过，整首歌的氛围都变了。

"细雨带风湿透黄昏的街道，抹去雨水双眼无故地仰望。望向孤独的晚灯，是那伤感的记忆。"

聂瑜将洗干净的苹果递给费遐周，自己一手握住一根筷子，敲打碗沿为枚恩打节奏。

顾念连电视剧都很少看，听歌更是不多。他迷茫地问："这又是什么歌？"

费遐周伸出食指立在唇边，示意他不要说话，安静听歌。

像有一道无形的屏障将顾念隔在了人群外，他花了很久才安抚的内心又起了波澜。

他身边的费遐周歪着脑袋，专注地听着歌，但如果顺着其目光往前看就会发现，费遐周所注视的人根本不是弹着吉他的主唱，而是在一旁打节拍打得七零八落的聂瑜。

"喜欢你，那双眼动人，笑声更迷人，愿再可轻抚你。那可爱面容，挽手说梦话，像昨天，你共我。"

歌曲上了高潮，聂瑜扯开嗓子和枚恩一起吼，把这儿当成了露天KTV，小桥流水人家都是他的听众。

沈淼捂着耳朵嫌弃地说："聂瑜，你放过我的耳朵吧！"

聂瑜倔强地昂起下巴，唱得越发大声。

他看着对面的人，借着歌词，肆无忌惮地唱着。

喜欢你，那双眼动人，笑声更迷人。

费遐周这样安静地注视着聂瑜的浮夸表演，勾起嘴角，笑起来露出一排小白牙。

顾念在为人处世上并不是个敏感的人，常常惹恼了蒋攀而不自知。可是在某些时候，他又出奇地敏感。

他脑中忽然闪现那日从建陵回来时，费遐周倚靠着聂瑜的肩膀睡得极熟，下车时他想要叫醒费遐周，聂瑜却突然"嘘"了一声，小心翼翼地揽过身旁人的双臂，背着费遐周回了家。

他替他们将书包送回去时，正看见聂瑜伏在费遐周的床边，撑着下巴注视着对方的睡颜。

一模一样的眼神，一模一样的注视。

"轰"的一声，有什么东西在脑中炸裂开来。

"你看我干什么？"

费遐周的问话将顾念从思绪里拉了回来。

"没……没什么……"顾念摇摇头，慌张地撇过头去。

人肉点歌机真不是盖的，枚恩一开嗓就上了瘾般停不下来，年度流行歌都唱了个遍，又把前几年的歌单翻出来。

顾念对音乐没什么太大兴趣，也融入不了他们的热烈气氛里，拽了根狗尾巴草在手里，悄无声息地走到了河边。

聂瑜过了好久才发现表弟的不对劲，茫然地挠头问："这小子怎么了？"

"我去看看他吧。"费遐周主动说。

从五月天唱到了周杰伦,枚恩换了节奏弹出欢快的旋律,沈淼也丢下了面子一起乱吼,聂瑜和他们闹成一团,喧闹声盖住了两位小朋友的谈话。

费遐周在河岸边的草地上垫了张纸巾,坐到了顾念的身边。

"你来干什么?"顾念瞥了费遐周一眼,不是很欢迎。

"我没想多管闲事。"费遐周托着下巴看着对岸,"你不用搭理我,继续发你的呆吧。"

顾念哼了一声:"莫名其妙。"

他的不爽不言自明,费遐周却笑了,戏谑地问:"顾念,你是不是在嫉妒我?"

"什么?"顾念指着自己,"我?嫉妒你?"

"是啊。"

"嘁,你有什么值得我嫉妒的?"他冷哼。

费遐周掰着手指数:"挺多的啊。比如说,我抢了你的年级第一,跟你哥住在一起,你哥不记得你的口味但记得我的,还有……"

"差……差不多得了!"顾念打断费遐周,"你臭显摆什么啊?别以为我不会生气揍你?"

费遐周满不在乎地说:"那你猜猜看,我俩打起来,聂瑜会帮你还是帮我?"

"我是他表弟哎,他肯定是帮……"顾念满怀信心,话到了嘴边却突然泄了气。

你别说,他还真不一定会帮我……

本就不舒畅的心情再一次郁结在了心头,顾念的心情变化得比晴雨表还快,耷拉着一张小脸,藏在镜片后的眼角垂了下来。

他不喜欢这样。无可撼动的位置被人取代,无条件依赖的表哥也成了别人的支撑。

他想起妈妈责骂他时说的话,这个世界只会记住第一名而不会记得第二名。

他不想做会被人遗忘的第二名。


"你这样讲话,真的很让人讨厌。"

好学生的字典里,最具杀伤力的话语也不过如此。顾念缓缓抬起头，眼神却变了很多。

"你可以拿年级第一来跟我炫耀，没关系，的确是你更胜一筹。但是不要拿我哥来说事。他对你好、关心你，是因为他心肠好。但这不应该是被你拿来比较的资本，你不要把他的好心说成可以利用的东西。"

嫉妒费遐周吗？老实说，是有点。但这好像也不是什么不能接受的坏事，哥哥有自己的选择，不应该一味地对谁付出。

顾念唯一担心的是，哥哥的好心，能不能得到应有的回应。

费遐周看着不远处的聂瑜，呢喃般轻声说着："你之所以会这样说是因为你们有血缘关系，不管聂瑜未来的生命里还会有谁，他也永远会是你的哥哥。但是我不一样。"

顾念转头看向费遐周。

"如果连你也会嫉妒我的话，那……"费遐周忽然笑了，像只做坏事得逞的小狐狸，"那还真是太好了。"

"我可能真的会揍你。"顾念握紧了拳头。

河面水波荡漾，费遐周看着波动的涟漪，神色却忽然黯淡下来。

他自顾自地说道："你知道聂瑜书架上最多的是什么书吗？是武侠小说。他侠义情怀太重了，喜欢打抱不平，看见无家可归的流浪猫都要费心思帮一把。他对你好是发自血缘的，而对我……有时候我在想，他可能是觉得我这个人还挺倒霉的，挺需要人照顾的吧。"

"你是这么想的？"顾念紧皱眉头，"所以你故意针对我，就为了证明你在我哥心里的分量？"

费遐周诚实地点头。

顾念长叹一口气，撇过头移开视线。

"你这人对自己还真没点数。本来这话我不想说的，但是你太蠢了。"

费遐周不解地看向他。

"你知道我哥上一次打架是什么时候吗？"顾念自问自答，"是三年前，他高一的时候。他说得对，他金庸、古惑仔看多了，喜欢多管闲事。高一花了一学期将学校周边的所有混混摆平了，靠的就是他一双拳头。"

这是费遐周身在建陵时所发生的事，他一无所知。

"有一天，他追一个小混混追到了菜市场，把人揍得鼻青脸肿的。可偏偏巧了，那天我外公，就是他爷爷，正好在菜市场买菜，正好看见他揍人，当场血压上去，差点进医院。"

顾念回忆着。

"我外公过去是教师，有点老派，他觉得是自己没把孙子教好，一气之下回了乡下老家，再也不肯进城。我哥求了他很久才得原谅，之后下了决心，不再靠拳头解决问题。聂瑜这人，说到做到，整整三年，他虽然也常常吓唬人，但动真格的事却从没做过。可偏偏……"

顾念抬眼，对上费遐周的目光。

"他为了你揍人的时候，什么原则什么理智全忘了。在建陵的那次你也看见了，我从没见过他那么狠、那么愤怒，像发了狂一样。他这么做，都是因为你吧？"

费遐周的嘴唇动了动，却发不出声音。

他当然记得聂瑜暴走时的模样，而他一直以为聂瑜是打架打惯了，一时收不住自己的情绪而已，未必不能理解。

"别的不说，我哥是什么样性格的人我比谁都了解。"

"什么样？"费遐周的问话里竟带着几分期待。

顾念却不往下说了，他故意将脸撇到另一侧，冷哼："嘁，我才不会说呢。有什么想听的话，你找聂瑜亲口问去。"

身后的噪声再创纪录，费遐周站起身，拍了拍裤子上的灰。

"总之——"

他听见顾念的最后一句话。

"我确实嫉妒你。但这什么也证明不了，你需要的东西，不在我身上。"

费遐周什么也没说，转过身，若无其事地去吐槽聂瑜的魔音。

顾念仍坐在河边，手里的狗尾巴草被折成了一个圆圈。


天色渐晚，闹够了的众人席地而坐，有一句没一句地聊着天。

大伙儿都有些累了，聂瑜平躺在草坪上，冬日残阳暖暖地照在眼皮上。费遐周安静地坐在他的身旁，也不聊天，沉默地享受风拂过耳畔的闲适。

多难得多嚣张，年轻模样，友人在旁。

沈淼包里的果酒藏了老半天，现在才拿出来和大家分享。费遐周悄悄地伸出手想拿一听，聂瑜却劈手夺过了易拉罐。

"未成年人喝什么酒？"他将果酒塞进自己怀里。

"你怎么跟我爸似的？"费遐周瞪他。

聂瑜厚着脸皮应声："哎，儿子，爸爸在这儿呢。"

费遐周双手抱臂，给他升辈分："爷爷？"

"哎，孙子。"他照应不误。

"祖宗？"

"哎，重孙子。"

"哥哥？"

"咳！"聂瑜猝不及防地呛了一口，耳尖爬上了红色，他不停地眨眼，问，"你……你喊我什么？"

"哥哥。"费遐周又唤了一声，声音柔柔糯糯，"哥哥，给我尝一口行不行？"

铁血汉子最招架不住撒娇。

聂瑜慌忙将果酒扔给他，跟抱了个烫手山芋一样。

"赶紧、赶紧拿走。"

费遐周目的达成，笑眯眯地拉开易拉罐。

枚恩看呆了："这也可以？"

沈淼边摇头边叹气："我要是喊声哥哥，聂瑜铁定一拳把我打飞。"

顾念也无声地叹气。

这可能就是传说中的区别对待吧。


嘴上说尝一口，怎么可能真的只喝一口？

趁着天还没黑，聂瑜和枚恩一同将借来的炉子还给原主人。等他们再回来时，河边的小朋友早已被灌倒。

费遐周趴在顾念的肩头闭上了眼，长长的睫毛垂了下来，脸颊一片绯红。

"怎么回事？"聂瑜三步并作两步奔了过去，"不是让你们看着他的吗？"

沈淼摊手："他又不是幼儿园小朋友。不就是喝多了点吗，你着什么急？"

聂瑜瞪她一眼："回头再跟你算账。"

沈淼故作淡定，身体却禁不住哆嗦起来。

"小费？小费醒一醒，该回家了。"

聂瑜扶着费遐周站了起来，小孩揉了揉眼睛，神色迷蒙地看着四周。

顾念看了沈淼一眼，找了个借口开溜："哥，那什么，我再玩一会儿，等会儿再回去。"

"好，那你记得早点回来。"

聂瑜点了点头，没心思深究。


冬日的天黑得越来越早，不过片刻工夫太阳已经落了山。晚风裹着凉意吹来，费遐周捂着衣服打了个冷战。

他也算不上醉，只是意识有些迷糊，脸上着火了般烧得滚烫，红扑扑的。聂瑜身上暖，他下意识地抱住了对方的胳膊，全身的重量都倚了过去。

聂瑜揽住费遐周的肩膀，转身对枚恩说了声："走了。"

枚恩点点头，冲他挥挥手。

二人朝着远处渐行渐远，余晖下的影子紧挨着彼此。天边的暮色烧成了暗红的光，落入眼眸化为波动的倒影。


喝醉的费遐周可乖巧了。

他牵着聂瑜的手腕，聂瑜往前走一步，他就跟着走一步；聂瑜停下来不走了，他也停下来喘气。

聂瑜故意往前快跑，费遐周也傻傻地跟上去；前方人突然刹车，他猝不及防撞上对方的胸膛，痛得捂住鼻子直喊疼。

"傻不傻啊你。"聂瑜肆无忌惮地揉乱费遐周的头发，难得费遐周不反抗也不翻白眼，不撸白不撸，"沈淼灌你多少你就喝多少？傻小孩。"

小孩摇摇头，倔强地说："我不傻。我月考年级第一，我聪明。"

聂瑜被费遐周逗乐了，捏住他软乎乎的脸蛋，逗他："你银行卡的密码是多少？告诉哥，哥给你买糖吃。"

费遐周被捏得很舒服，歪着脑袋，眼睛半眯。他像是又睡过去了一样，老半天不作声，压根儿没回应对方的陷阱问题。

　　他俩站在桥上，桥下水波荡漾，倒映着月亮模糊的影子，路灯昏黄，像一团萤火。

　　"聂瑜。"费遐周唤了他一声。

　　"嗯。"聂瑜应答。

　　"聂瑜。"

　　"嗯？"聂瑜忍不住问，"怎么了？"

　　费遐周仍是唤他："聂瑜。"

　　反反复复，像一个神秘的符咒。

　　鼻尖突然感受到一阵冰凉，费遐周抬起头，无数碎屑隐在黑幕之中，路过灯光，翩跹的白色雪花随风打转。他朝着天空伸出手，飘散的白花落入手中即化，留下一滴被掌心焐暖的无根水。

　　"聂瑜。"

　　费遐周注视着他，说："下雪了。"

　　"是啊。"聂瑜点点头，"今年的第一场雪。"

　　襄津不常下雪，通常整个冬天只有一两场湿润的小雪，落在地上了无影踪。而正是这样，下雪这件事在襄津才显得这样难得、这样珍贵。

　　"如果我现在告诉你的话，是不是以后每次下雪你都会想起我？"费遐周看着聂瑜，这样问道。

　　"什么？"聂瑜感受到一片雪花落在眉间，凉凉的，刺激敏感神经。

　　雪花染白费遐周的头发，他拂开眼前被风吹散的发丝，注视着聂瑜的眼睛，郑重地与聂瑜四目相对。

　　"聂瑜，听清楚了，我只打算说一遍。"

　　费遐周说。

　　"你是我最最重要的，朋友。"

　　2007年11月29日的夜晚，襄津冬日的第一场雪来得悄无声息。

　　费遐周戴着深绿色的围巾，橙色的灯光照亮他微醺的脸颊，鼻尖轻轻呼出来的气息化作一团白雾，消散在静谧的墨黑夜色中。

　　从这一刻开始，聂瑜今后遇见的所有夜晚、所有初雪都将成为复刻,成为 2007 年的赝品,每一个雪夜降临的瞬间,都是为回忆费遐周而创造的契机。


良久后,聂瑜才开口:"小费,你喝多了,说胡话呢。"

费遐周揉了揉眼睛,问:"你是聂瑜吗?"

"是。"聂瑜点头。

"那我就没说错。"

"你头脑迷糊了。"

"我没迷糊。"

"你确定吗?"

"确定啊。"

"那你会记得吗?"聂瑜却叹了口气,"或许明天醒来的时候,你就会忘记自己说过什么了。"

费遐周摇头晃脑,天真地说:"如果我忘了,你可以再告诉我。"

"你会想要记得吗?"

"为什么不想?"费遐周问。

聂瑜深吸一口气,只是笑笑,没再接着往下说。

他替费遐周拂去头上的雪花,温暖的大掌牵住费遐周的手,柔声说:"我们回去吧。你跟紧我,不要走丢了。"

"嗯。"费遐周乖巧地点头,"咱们回家吧。"

我们回家吧。


顾念很晚才回到聂家。

从外头看,家里漆黑一片,像是都入睡了。他有备用钥匙,蹑手蹑脚地开了锁,推开门,正瞧见坐在天井里的聂瑜。

不过几个小时,天井里已经覆上了一层薄薄的白色,反射着月光,莹白无瑕。聂瑜坐在台阶上,看着飘落的雪花,双眼空洞地发呆,身边散落着几个喝空了的易拉罐。

"哥,你怎么还没睡啊?"顾念走到他的身边,雪地上留下一串灰色的脚印。

聂瑜说:"等你啊。"

顾念怕聂瑜起疑,解释道:"枚恩哥留我跟他玩飞行棋,一不小心就回来晚了。"

　　"你妈刚才给我打电话了。"聂瑜没在意这个，提起了别的，"我说你在我家歇两天，你们俩都冷静一下，考个第二名，又不是天塌下来了，何必呢。"

　　顾念乖乖点头："其实我已经不太生气了。"

　　"气消了就行，回屋睡吧，热水袋我给你灌好了，别等会儿凉了。"

　　"好。"顾念走到客厅门口，又忍不住回头，"哥，你……"

　　"嗯？"聂瑜转头看他。

　　是我们弄巧成拙了吗？

　　你为什么看起来这么伤心？

　　可是话到了嘴边，顾念问出口的却是这样一句："哥，喜欢一个人是什么样的感觉？"


　　醉醒的第二天，费遐周头疼得很。

　　"活该！不让你喝非要喝！作死了吧！"

　　聂瑜叉着腰站在床边看着面色苍白的小孩，面上很凶，醒酒汤却照端不误。

　　费遐周捏着鼻子把这一碗奇怪的汤喝了下去，胃里暖暖的，觉得舒服了很多。

　　他使劲儿地揉了揉脑袋，茫然地问："我昨天什么时候回来的？我记得我喝多了有点困，就在河边睡着了，然后……然后呢？"

　　聂瑜居高临下地看着他，问："你什么都不记得了？"

　　被这么一问，费遐周心里有些恐慌："我……干了什么丢人的事情了吗？"

　　"也没什么。"聂瑜平静地说，"只不过是抱着枚恩的吉他，吐进了共鸣箱里而已。"

　　费遐周干笑两声："你骗我的吧？"

　　"不然就是，你对沈森说她每天都打扮得像个男生，每天都腻在林丹青的身边，特别像个保镖。"

　　"我不可能说过这话。"费遐周厉声否认，"虽然这确实是我的心里话……"

　　"我带你回来的时候，你在桥上对我说……"

聂瑜看着费遐周的眼睛，说了一半却顿住。

桥……一片残影划过脑海，费遐周皱起眉头，似乎依稀想起了某个画面。

"你说——"

费遐周的脉搏蓦地加快。

"你说你家存折的密码是六个八。"聂瑜问，"这是真的吗？"

"真个鬼！"

说话大喘气真的吓死人。

聂瑜啐费遐周："滚下来吃饭，都快中午了。"

他背过身，从容的神色却突然结了层霜，像天井里那堆被踩得稀烂却没化开的残雪。


中午，蒋攀的游戏打到一半时，突然接到了顾念要来的通知。

对，是通知。

顾念对待别人总是温柔乖巧，娇生惯养的脾气却总在蒋攀的面前显露无遗，招呼都不打就直接上他家里玩儿，叫对方措手不及。

"妈！顾念等会儿要来了，你晚饭多做点菜！"

蒋攀中途退出了游戏，顾不上被队友骂个狗血淋头，手忙脚乱地收拾起自己的狗窝。脏袜子、脏鞋子通通被扔到了阳台上，破天荒地把被子给叠好，无意间抖出失踪了一个星期的长袖T恤。

他老妈站在房间门口看热闹，冷笑："平常让你好好收拾房间怎么都不肯，现在知道丢人了？哼，不听老人言。"

蒋攀叉腰，怒道："你别光看着了，能不能帮帮你唯一的亲爱的可爱的儿子？"

他老妈甩手就走："想得美，你要是有人家顾念那么好的成绩，我天天给你收拾狗窝。"

蒋攀欲哭无泪。


没半个小时，顾念坐公交车来到了蒋攀家的小区外。

怕顾念找不到单元楼，蒋攀亲自来接，出了门才发现下起了雨夹雪，又赶忙跑回去拿了一把伞。

"一把伞怎么够用，我这儿还有一把。"老妈建议。

蒋攀摇了摇头："你不懂，我就要一把伞。"

初雪天同撑一把伞，多美的意境啊。他心里想着天助我也，乐呵呵地跑下了楼。

但情况却与他想象的不太一样。

顾念的状态不是很好。

他站在小区门口，镜片被雪水打湿，迷蒙一片。他任由潮湿的水滴落在肩上，蓝色的羽绒服被打湿，沾染着斑斑点点的水渍。鼻尖和耳尖通红，他却好似感受不到寒冷般，动也不动。

蒋攀慌忙跑过去，大半个伞面都给了对方。他着急地问："你这是怎么了？大雪天的，干吗傻站在这儿？"

顾念不说话。

"心情不好？哪个孙子欺负你了不成？我现在就去找他算账！"蒋攀急了。

顾念摇了摇头："没有。"

"那你干吗愁眉苦脸的？"

这个人平日里笑容不离身，蒋攀从没见过他这么心事重重的模样，心里说不担忧自然是假的。

顾念的眉毛拧成了结，酝酿了很久后才问对方："蒋攀，你说，喜欢一个人是什么样的感觉？"

"咳咳咳！"蒋攀一阵猛咳，红着脸看向他，"你……你怎么突然问这个？你有喜欢的人了吗？"

"不是我。"顾念摇摇头，"就是，学校里不是总有人走得很近吗？因为这事被王主任骂得死去活来，可是大家好像不觉得这是错事，还都特别向往。我一直都挺不明白的。"

蒋攀不懂："你哪里不明白？"

顾念一本正经地说："学习不快乐吗？跟朋友玩不开心吗？为什么一定要顶风作案，做这些学校都不允许的事情啊？高一的那个女生你还记得吗，因为这事被家长、老师骂得好惨啊。"

"学习快乐吗……"

蒋攀使劲儿地挠头，不知道应该怎么跟他解释，只好说："那什么，就跟你饿了要吃东西一样，喜欢一个人就突然喜欢了，不一定是自己可以控制的吧？"

"但是……就……反正……"顾念的眉头锁得更深了,他磕磕巴巴,讲不明白,"反正我就觉得这事很奇怪啊。原本大家都是朋友,怎么相处都很好。可是一旦有谁喜欢上了谁,就算我不是当事人,也都会被影响到,里头又有那么多弯弯绕绕的感情,太复杂了。"

蒋攀侧过头望向他,缓缓地说:"哪有那么简单,你以为表白是做数学题吗?找对公式和解题方法,总有一个正确答案。怕告白了反而做不成朋友,怕在一起了也会被很多人反对,怕自己喜欢的人……其实不喜欢自己。"

顾念奇了,抬眼看蒋攀,问:"你为什么说得头头是道?你的感情经验很丰富吗?"

"当然没有!我初恋都还没交出去呢好不好?"蒋攀大声自证清白,末了却又蔫了下去,小声说,"我就是,有点能理解而已。"

顾念抓了抓脑袋,泄气:"烦死了,我还是觉得学习更快乐。"

"学习?快乐?"

"当然啊!世界上还有比学习和做题更简单而有效率的事情吗?"顾念义正词严。

蒋攀语塞:"你真不愧是学霸啊,境界就是不一样。"

走到了单元楼下,蒋攀收起湿漉漉的伞,听见顾念再度开口:"可是你知道,我昨晚问我哥相同的问题,他是怎么回答我的吗?"

"哥,喜欢一个人是什么样的感觉?"

"是什么感觉呢……"聂瑜看着阴沉的黑夜,回答,"就像是,江南下起了雪吧。

"阴冷潮湿,但是很美。很美,但怎么都堆积不起来,落在地上就化成了水。太阳一照,就都蒸发干净了。

"只有你自己知道,昨晚,真的下过一场雪啊。"

第十章

我偏要勉强

BU TONG BAN
TONG XUE

最近的聂瑜有点反常，一到下课就溜得没影，时常往高二跑，去小卖部买零食总是买双份，说不上哪里不对劲，但实在有些怪异。

中午放学，黄子健敲了敲聂瑜的桌子，兴致勃勃地邀请："聂哥，门口新开了家小吃店，去不去？我请你啊。"

聂瑜果断地摇头："不去，没空。"

黄子健奇了："聂哥，你最近是不是要朋友了？"

"要你个头。"

"那你怎么每天放学都跑得那么快，也不出来跟我们上网打游戏了。你忙什么呢？"

聂瑜合上课本，面不改色地说："家里养了只猫，得回去照顾。"

"猫？你还养猫？什么品种的？"黄子健问。

"嗯……爪子比较尖的那一种。"

聂瑜收拾好书包，将椅子倒扣在桌子上，利落地走了。

黄子健摸了摸下巴，仍在思索："爪子比较尖？这是什么品种？"

聂瑜运气不好，一出门就撞上了李媛。

"来得正好，我有事要跟你谈谈。"她手里握着的，是周测的附加题答题纸。

聂瑜四处张望，寻了个借口："老师，大中午的，先让我回家吃个饭吧。有什么事咱们下午再聊？"

李媛微笑道："你急什么啊，等你奶奶一起回去吧。"

她往旁边闪开两步，站在身后的，是本该在乡下疗养的聂瑜的亲奶奶。

聂奶奶撸起胳膊，上来就朝着孙子的屁股开揍，嘴里嚷着："臭小子，三天不打上房揭瓦！我今天就替你爹好好收拾你！"

聂瑜愣了三秒，撒腿就跑。

枚恩从后门走出教室时，两个人影忽地从眼前蹿过，卷起一阵冷风。

沈淼打了个哆嗦，问："刚才经过的两个人，怎么看着有点眼熟？"

枚恩冷静地说："没什么，终于有人替天行道，来收拾聂瑜这厮了。"

聂奶奶在乡下养了两个月的伤，腿脚刚利索，就被李媛一个电话给叫进了城。

"这是上次月考聂瑜的成绩。"

李媛将成绩单递到聂瑜奶奶的面前。

"聂瑜这个学期的几次考试，一次比一次名次低。要是以现在的状态去高考，他恐怕连二本都上不了。说真的，我不太爱请家长，但是我跟聂瑜沟通了好几次都没有任何效果，我实在不知道他在想什么，复读的一年时间多宝贵啊，由不得浪费的。"

聂瑜摸了摸鼻子，没说话。

李媛是个好老师。相处了大半个学期，聂瑜感觉得出来。

虽然用好和坏作为划分标准太笼统了点，但他也当了这么多年的学生，心里有杆秤。哪些老师只是机械地教书、混个工资，哪些老师是真的把学生放在心上，为了他们的未来担忧，他都是有数的。

李媛属于后一种。她对聂瑜的责骂，都是发自内心的失望和恨铁不成钢。

犹豫了一阵儿后，聂瑜说："老师，能不能让我奶奶先出去，我们私下沟通行不行？"

聂奶奶在他后背拍了一巴掌，骂道："说什么呢！有什么我不能听的！你先给老师道个歉！"

"没事，只要愿意沟通，都是好事。"李媛温和地说，"聂奶奶，那麻烦您在外面等一下吧。"

"这……"

老师都开了口，聂奶奶再三踌躇，也只能走出了办公室。

办公室内的氛围一下就放松了许多。

聂瑜松了口气，看着老师，真诚地说："李老师，我跟您说实话，但是我奶奶年纪大了，我怕说这些话气坏她。"

李媛听他说。

"我没有想浪费时间，我当初选择复读，是真的想好好学习来着。但是吧……"聂瑜谨慎地措辞，"我不知道为什么要好好学习。"

李媛皱眉："什么叫不知道为什么？"

"那您能告诉我为什么吗？老师永远要求学生考高分，可是高分意味着什么？努力学习又是为了什么样的以后？"

聂瑜倚着墙，不是为了抗拒或证明什么，只是迷茫，只是真的不知道。

未来到底什么时候会来？以后到底有多久？

李媛愣了很久才想起来开口。

她回答道："我对你的要求不在于分数的多少，而在于你能看见多远、你能走多远。如果你觉得随便混个大学文凭就好，随便找份工作就好，随随便便就这么把一生给过了就好，那一切随你，我可以不再做其他的要求。

"可是，但凡你还有一丁点的野心、一丁点的期待，我都希望你可以拼尽全力。高考不会定终身，但它是你人生中最重要的机遇，是当下社会所能提供给你的最好的机遇。

"我希望你给自己一次机会，给未来的聂瑜一个机会。"

从学校出来后，聂奶奶就下定了决心。

老人家就是个普通的小老百姓，没接受过很多教育，也不懂该怎么教育孙子，只知道好好学习一定没错，考上了大学以后才有出路。

她当初就不同意聂瑜复读，如今他多花费一年读书却还没一点上心的样子，她心里又急又恼，这回是铁了心要给聂瑜一个教训，动了真格的。

网线率先被拔了，以她的暴脾气，没把电脑砸了都算是客气的了。电视机的遥控器被锁进了抽屉里，乱七八糟的闲书和漫画书也被没收。

在聂奶奶心里，学习不好的原因无非那么几个，玩物丧志名列榜首。

学校里，任课老师们也都串通好了似的，矛头直对聂瑜，但凡他上课有要闭眼的倾向，就立马被点名起立。晚饭时间被罗老留下来背英语单词，饭都来不及吃，托黄子健出门买了个汉堡，一面嚼一面含含糊糊地记单词。

下了晚自习回到家继续赶作业，终于在十二点半答完了最后一道历史分析题，累得手肘都不是他自己的了。

聂瑜看着黑黢黢的、没有生气的电脑屏幕，收回打一把游戏的念头，抱着水杯出门泡速溶咖啡。

出了门，正看见费遐周裹着羽绒服从楼上下来。

"怎么还不睡，明天可别赖床。"聂瑜怕他受冻，利落地将人拽进了房间。

费遐周的羽绒服里穿着法兰绒的睡衣，领口露出一截布料，毛绒绵软。他明显是困了，眼皮耷拉着，眼尾泛红。

"正准备睡。"他问，"你呢？准备熬到几点？"

"再刷会儿'五三'。"

话音刚落，聂瑜的肚子发出"咕"的一声，在静谧的夜里格外响亮。

费遐周掏了掏口袋，拿出一包火腿肠："这本来是买给霸天的，可后来听说狗是不能吃人吃的火腿肠的。我也不爱吃，给你好了。"

聂瑜心里五味杂陈地说："其实你可以不提霸天的。"

狗不吃的东西才给了我，今日的倒霉值可以再翻一倍。

费遐周张嘴，打了个哈欠。

"你困了就睡吧。"聂瑜捏了捏他的脸，"奶奶在家，我不好上楼陪你，睡不着可以给我发短信。"

小孩揉了揉眼睛，防止自己即刻睡去。

"聂瑜。"费遐周唤了对方一声，"学习是很累的事情吗？如果是的话，当初为什么要选择复读？如果不是，为什么你宁可把时间浪费在无意义的事情上？"

"不是因为不想学习才浪费时间的。"聂瑜说，"怎么说呢？可能是我没有什么非要努力不可的理由吧。"

费遐周亮晶晶的眸子看着他，耐心地听他说。

聂瑜领着小孩坐在床边，用厚厚的棉被盖住对方的膝盖，说："之前李媛告诉我，但凡我还有一丁点的野心和期待，都应该在这个时候拼尽全力。老实说，我有被鼓励到，但只是一两天的事情，热情过头就又恢复了常态。"

"有野心和期待吗？或许有，但是是为了什么，我并不清楚。"聂瑜歪头看向费遐周，问，"其实我很想问问你，为什么这么努力，这么在乎第一名？你们家很有钱，就算你什么都不做都没关系。"

费遐周转学来襄津，不光教学进度不统一，光是适应新环境和新的教学风格就已经很累人。聂瑜知道费遐周成绩好是因为聪明，但后来才知道他比自己以为的还努力。明明比自己还低一届，自己打游戏打到半夜结束，对方的预定题量还没完成。

别人都说他是天才，没错，他是。

但仅仅是这样吗？

费遐周撇撇嘴："你现在是为顾念讨说法吗，因为我抢了他的第一？"

"不是。我一直都知道你会超过他的。"聂瑜摇头，"顾念的世界里最重要的事情就是学习，他的好成绩很大程度上是被我姑姑逼出来的。但是你不一样，你眼里有他没有的东西，也是我所没有的。"

"是什么？"

"执着。"他说，"认定了就绝不撒手的执着。"

如果仔细观察的话，每个人的学习目的都是不一样的。

枚恩是为了音乐梦想，沈森是为了撷取资源，林丹青是为了进修知识，顾念则是为了让母亲和师长满意。

那么费遐周呢？你在乎的又是什么？

费遐周回答："为了成为更厉害的人，不会被别人踩在脚下的、厉

·177·

害的人。"

聂瑜轻笑一声："这个说法还真是一点都不加修饰。"

"所以，你没有吗？"费遐周抬头，注视着聂瑜那双黑色眼睛，"你就没有什么想要成为的人、想要得到的东西吗？"

聂瑜紧抿双唇，不语。

"如果没有的话……"

困意散去，费遐周眼眸清明。

"暂时让我成为这个理由，可以吗？"他问，"就当是为了费遐周，为了在费遐周面前更有面子一点，所以要更加努力。或许这个理由，可以让你觉得更有动力。"

就像星星在浩渺的天地航行了许久，聂瑜常常会忘记自己的轨迹线，忘记日夜转动的理由。漫无目的地散发着光和热，消耗着这珍贵的青春。

他需要一个中心坐标，无论公转半径如何延伸至远方，他也不会迷失方向。

良久后，聂瑜回答："好。"

或许迟了一点，但是幸好，他在滑轨前找到了这个坐标。

可以为之努力的、存在的理由。


一周后，费遐周决定替聂瑜补习数学。

什么？高二生替高四生补习，你觉得不可思议？

那只能说，你实在低估了费遐周的理科天赋，也高估了聂瑜的数学水平。


在家中学习总被聂奶奶打扰，隔三岔五地敲一敲门，问"吃水果吗""喝杯热牛奶吧""开窗通风头脑清楚"……不仅学习的人觉得不耐烦，打着别的小算盘的聂瑜也被闹得够呛。

思来想去，聂瑜决定将补习场所搬到外头去。

快餐厅太吵，咖啡厅消费太高，书店没有能落脚的地方，图书馆……襄津市内有图书馆吗？

聂瑜想破了脑袋，最后得出结论——最适合学习的地方只有学校。

周日下午的育淮仍对学生开放，大部分人自然是回家舒舒服服地待着了，偶尔也有人来学校打打球，教室里一般是没什么人的，是个单独相处的好地方。

聂瑜的心思都用在这上头了，正经做起题的时候却磨得够呛。

"已知 O 点是外心，所以过 O 点的线段 AD 是三角形 ABC 的垂直平分线，也就是说……"

"等一下。O 是外心和 AD 是垂直平分线有什么关系？"

"因为外心是垂直平分线的焦点啊。"

"所以呢？"

"什么所以呢？"

"这二者有什么关系吗？"

"AD 过点 O 啊，所以 AD 是垂直平分线啊。"

"为什么啊？"

"因为 O 是外心啊。"

"所以 O 是外心和 AD 是垂直平分线有什么关系呢？"

"……"

费遐周愤怒地将笔摔在了桌上。

第几次了？这是今天第几次了？普普通通一道解析几何，高一的学生都应该能答出来，聂瑜绕着弯问东问西最终问出一个莫斯乌比环来，费遐周真的怒了。

"这道题的题型我刚刚不是讲过一遍了吗？你到底有没有听进去啊？"费老师第一次教学生，耐心被磨了个干净。他双手抱肩，怒视聂瑜，气得腮帮子都鼓起来了。

聂瑜诚实地说："我确实没怎么听进去。"

"那我讲了那么多都白讲了吗？你到底在干吗啊？"

"我……我看见你领子没理好。"聂瑜转移话题，"我这个人有强迫症，看了你半天了，你别动，我给你理好。"

费遐周在穿衣上一向很细致，嫌弃襄津没有大品牌，专程让他爸妈从国外寄衣服回来，一次就寄一大箱子，衣柜都得分两个。

他今天穿了一件白色的长羽绒服，里头一件白衬衫，外面套着淡蓝色的毛衣。衬衫后侧的领口翘了起来，他本人照镜子的时候并没有留意到。

.179.

聂瑜扔了笔，身体靠过去，手臂绕到他的颈后。

聂瑜捣腾了两下，有些搞不明白："这个领子是压在毛衣里面还是外面啊？"

"领子在毛衣下面……不是，你别给我翻上来啊，理个衣服你都不会吗，你傻……"

费遐周被聂瑜扯得喉咙发紧，不耐烦地想要自己动手，侧头时正撞上聂瑜看过来，鼻尖从他的颧骨堪堪擦过。

"你……"

费遐周突然哽住，眼睛一眨不眨地看着近在咫尺的人。

太近了。

他连聂瑜的毛孔都看得一清二楚，仿佛一眨眼，睫毛就能扫过他的鼻梁。

二人同时僵在原处，黑色瞳孔注视着琥珀色的眼睛，屏住呼吸不敢作声，安静的教室里只听见空调呼呼往外吹着热风。

"我刚刚去会议室看过了，没有啊。是不是落在教室里了？我记得你昨天放进抽屉里了的。"

沈森打着电话从窗边路过，爽朗的声音像一道惊雷闪过。

费遐周猛地清醒过来，不知哪儿来的力气一把推开了聂瑜，踉跄地站了起来。

"哎？教室里怎么还有人啊？"

沈森推开教室门，空调的热气涌了出来，最后排的聂瑜和费遐周同时看了过来。

"怎么是你们？周日不回家打游戏来这儿干吗？难不成还是来学习啊？"

她打趣着走了过去，扫了一眼聂瑜的课桌——《五年高考三年模拟》《天利三十八套》《小题狂做》《恩波英语》……

沈森愣了："还真是来学习的啊？"

电话那头的林丹青催了句什么，她立马将这两个表情僵硬的男生抛诸脑后，翻了翻林丹青的抽屉，找出了一本笔记本。

"在抽屉里呢，我就说吧，肯定没丢。行，我等会儿给你送去，记得请我吃晚饭。"

挂了电话，沈森后知后觉地转过身，眯着眼睛打量聂瑜。

聂瑜也不客气地瞪回去："看什么看？我们一起学习呢。"

"你骗谁呢？你单独学习或许还有可能，和帅学弟待在一起，就只有一种可能——"她看向费遐周，"交流感情呢。"

聂瑜翻白眼，这家伙怎么在不该机灵的地方使劲儿地抖机灵？

"我去上厕所。"费遐周咳嗽一声，找借口跑了。

沈淼摸了摸下巴，问道："是不是我太一针见血，把学弟吓跑了？"

聂瑜捏紧了拳头。

"我有事先走了，你们好好学习哈！"识时务者为俊杰，沈淼之所以能平安度过十八年，全靠跑得快。

"嘭"的一声，教室门被再度摔上，室内的热气散了大半，方才的好气氛也一扫而空了。

聂瑜郁闷地扶住额头。


多亏了沈淼这个大嘴巴，费遐周给聂瑜补习的事没多久就传遍了交际圈。

某一个周日，他们二人吃完午饭稍作休息，再度回到了学校。

而这次，教室里却凭空多出来了一批人。

枚恩转着黑色水笔，不客气地说："聂瑜，你也太不够意思了。明明知道哥们儿我学习不好，还独占这么好的学霸老师，你太让我失望了。"

沈淼嬉皮笑脸地讨好道："聂哥，那什么，丹青希望我和她一起考渝大，但是我的数学吧实在有点弱，为了我的未来人生，就只好麻烦一下帅学弟啦！"

顾念抬了抬眼镜，说话时仍保持矜持："我妈说，要我打听费遐周在哪里补课，与其花钱请家教，不如跟着你们一起学习。哥，我知道你肯定会答应我的。"

蒋攀递给他们两瓶饮料，公然行贿："聂哥，实不相瞒，我一直把您当亲哥看。这点小忙您一定不会拒绝吧？"

费遐周茫然地问："这是……什么情况？"

聂瑜额头青筋直跳，他期待了好久的单独辅导，怎么就变成了集体课堂？

"以前没见你们一个个这么热爱学习啊，一个两个都串通好了的吧。"聂瑜冷眼扫过众人，"一二三四……嚯，连上我一共六个人了，怎么不再添一个人演葫芦兄弟啊？"

"吱呀——"

教室门恰在此时被推开，聂瑜这张嘴开了光，求啥来啥。

"请问……补习是在这里吗？"

吴知谦站在门槛外，十二月的寒气随着北方来的风吹进室内，冷意弥漫开来。

他穿着灰色的羽绒服，衬衣领口干净整洁，400度的镜片反射着冷光，镜片下一双狭长的眼正注视着人群中央的聂瑜。

吴知谦一来，教室内的氛围发生了些说不清的微妙变化。

因为人数太多，聂瑜领着大家去了隔壁的空教室学习，大家将七张桌子拼在了一起。人多的时候连学习都带劲儿，一边斗嘴一边刷题，效率不咋地，但气氛很好。

顾念和蒋攀压低了声音，互相咬耳朵。

"吴知谦怎么会知道这儿？你告诉他了？"顾念问。

蒋攀摇头："我跟他又不熟，提这个干啥啊？"

"那他怎么会过来？我跟他也没走多近啊。"顾念疑惑。

"他不是跟聂哥认识吗？或许跟咱们一样，来凑个热闹的呗。"

聂瑜解不出立体几何的题目，正烦躁着，不客气地吼了声："说什么呢，答题需要用嘴答吗？"

两个小朋友立马噤了声。

费遐周年纪最小却最不怕聂瑜，他冷冷地扫了对方一眼，讽刺："凶什么啊你，自己解不出题目来就吼别人撒气？这题目昨天你是不是刚练过，又不会写了？"

聂瑜咳了声，放低姿态，问："打个商量，这题能不能再……"

"同样的题型我只讲一遍。"费遐周无情地拒绝。

聂瑜竟然也有吃瘪的时候，沈淼捂着嘴偷笑，枚恩也垂着头，肩膀颤抖。

这两人肯定是在心里嘲笑自己呢，聂瑜沉下脸，正要回怼他们时，吴知谦却蓦地开了口。

"我教你吧。"

吴知谦坐在离聂瑜最远的地方，人群的边缘。他抬了抬眼镜，主动说："高三的课程我已经都学过了，我可以教你。"

聂瑜下意识地看了费遐周一眼，对方满不在乎地耸了耸肩。

他这才说："那真是麻烦你了。"

为了不影响其他自习的人，聂瑜抱着"五三"坐去了远一点的位置，听吴知谦讲题。

其实跟费遐周比起来，吴知谦更适合做老师。费遐周天资高但性子急，简单的题目不用过脑子就解出来了，难以向别人说明自己的解答思路。吴知谦不急躁，同一道题反反复复地讲解也不生气，正适合聂瑜这种没有数学天赋的人。

"你这么一说我就懂了嘛！"终于掌握了解答立体几何的关键，聂瑜兴奋地拍了下桌子，"真谢谢你，我本来一直想不通怎么在脑子里想象立体图形，一听你刚才那个方法我就想明白了。厉害啊你。"

吴知谦被他夸得不好意思了，低着头笑了笑："没什么。"

聂瑜惯性地伸出手在他的头发上抚了两下，爽朗地说："差不多也该吃晚饭了，你想吃什么？我请你，不然喝珍珠奶茶也行。"

"都……都可以。"吴知谦缩起脖子，头发被揉成了鸡窝。

沈森早就学不下去了，打着哈欠看着前头交流甚欢的两个人，给费遐周使了个眼色。

"帅学弟，友情提醒哈。"她别有深意地说，"遛狗的时候得把绳子系牢一点。"

费遐周眨巴眨巴眼睛，不懂似的回答："我们家不养狗，不系绳子。"

围观群众的热情大多一时兴起。

补习小班第一周还是浩浩荡荡的七个人，越往后人数越少，才第三周，人就少了大半。只有枚恩和吴知谦留在这儿。

枚恩是真学渣，他大部分时间都花在了搞音乐上，复读也是因为面试过了结果文化分不够，没办法，只好再来一年。

而吴知谦……他的成绩虽没费遐周那么拔尖，但是也每次都不离年级前十，他需要补课？

枚恩搞不明白，也懒得管。

"小费，你能不能帮我看看这题？这个辅助线应该画在哪里，谢谢了。"

"我卷子写好了，麻烦你帮我改改吧，辛苦你了。"

"最后一小题……"

聂瑜不耐烦地拽住枚恩的领口，将他扯到了一边。

"你怎么这么多问题啊？你能不能自己思考一下再来问？人家小费不累的吗？"他横着眉毛怒视兄弟，眼睛瞪得像是哈士奇。

枚恩莫名其妙："你怎么这么小气？你卷子不是没写完吗？你管那么多。"

"我——"

费遐周抢过聂瑜的话头："最后一题是吗？我帮你看看吧。聂瑜，你试卷写完了吗？没写完说什么说？"

聂瑜咳嗽一声："我……我也有题不会。"

"不会自己去想，卷子写完了一起问。"费遐周瞪他一眼，转过头去看枚恩的卷子了。

枚恩耸了耸肩，假装无辜。

"什么题目？或许我可以帮你。"

一直在旁安静做题的吴知谦突然看了过来，温和地询问聂瑜。

"呃……这一题。"

其实根本就没什么不会的题目，聂瑜不好说实话，只能随手一指，假装咨询。

而吴知谦给他讲题的时候，他根本什么都没听进去。他的一双眼睛不看着卷子，而是瞪着对面的枚恩。

枚恩用了费遐周的红笔改错题，枚恩拍了费遐周的肩膀，枚恩夸费遐周讲题透彻，枚恩……枚恩你烦不烦啊！

"聂瑜，聂瑜？"吴知谦的呼唤将他的思绪拽了回来，"这题你听懂了吗？"

"呃？啊……听懂了。"聂瑜迟钝地回过头来，自己的草稿纸上一片空白。

吴知谦问："所以这题的答案是？"

聂瑜："……"

承认吧，他一个字都没听。

吴知谦叹了口气，耐心地说："那我再给你讲一遍吧。"

如果是费遐周的话，他绝不会把同样的题目讲第二遍。

聂瑜的脑子里却蹦出这样一句话。

如果是费遐周的话……

枚恩的卷子才讲了一半，聂瑜突然杀了出来，嚷着学累了该去休息休息了，不由分说地将各位赶出了教室，破天荒地要请他们喝饮料。

小卖部门口，枚恩抱着一包话梅干走了出来，问："这个挺好吃的，小费你要不……"

"我喜欢吃话梅！"聂瑜又不知从何处钻了出来，横在两人的中间。

枚恩疑惑："你什么时候……"

话没说完，聂瑜揪着他的卫衣帽子将人给拉走了。

"你过来，我有几个音乐上的问题要问你。"

别逗了。

聂瑜天生五音不全，竟然要来交流音乐问题？

一听这理由，枚恩就知道他完全是在扯淡。

"大瑜，你已经小气到了这种程度了吗？"枚恩问，"哪怕是我，也能让你不爽成这样？"

枚恩这人看似不问世事，一门心思只搞音乐，但天生的敏感细腻是藏不住的。认识聂瑜这么多年，对方只要叹口气，他就知道在为什么发愁。

聂瑜装傻充愣："你说什么？听不懂。"

"我只是好奇，你就这么在意吗？"枚恩打量着他，"我认识你这么多年，你对什么事情都没有特别大的热情。可是这一次，你好像非常认真。"

远处，费遐周正捧着一杯热腾腾的香飘飘奶茶，奶精的香味随着空中的水汽弥散开，白雾掩映住他的半边脸颊，眼眸如水光澄亮。喝了一口奶茶，奶沫粘在了嘴角，他伸出舌头沿着唇边舔了一圈，泡沫没消，奶渍却绵延开来。

聂瑜看着费遐周无意识地犯蠢瞬间，莫名觉得好笑，嘴角快扬上了天，只能用手掩着。

"认真就认真吧。"聂瑜说，"我乐意至极。"

十二月北风凛冽，严冬已至，期末考试也如一座跨不过去的大山，缓缓逼近。

聂瑜这次下了决心要好好学习。

他不是个偷懒的人，平日里吊儿郎当是因为什么都不在乎，但自从那日和费遐周长谈后，心中休眠的野心和期待慢慢苏醒，一直模糊的人生理想第一次有了朦胧的雏形。

他开始和几十万名同省考生一样，天不亮就去上学，熬夜刷题到深夜，每天的睡眠时间在六小时以下，咖啡当水一样喝，有时两天就能用光一支水笔的笔芯。

作为场外辅助，费遐周也不想拖聂瑜的后腿。提前学习高三的知识，帮聂瑜整理错题，分析每次测验的问题所在。他抱怨很多，每个清晨痛苦地起床时都在咒骂聂瑜和寒冷的天气，但不管嘴上嚷得有多凶，劝他休息时，他也绝不扔下聂瑜一个人。

备考期的每一天都那样漫长，时间被拆分成了细碎的单词和知识点，每一秒都实打实地被踩在脚下。枯燥生活日复一日，只有黑板角落上的倒数日期在缓慢前进。

吴知谦连着三周用生病的借口翘了体育课，体育老师大发雷霆，勒令班长顾念下周必须把这个臭小子给揪过来上课。

队伍解散后，顾念挂在双杆上，询问身边的人："吴知谦最近在忙什么啊？一有时间就在他那个笔记本上"唰唰唰"写东西，好像还是高三的知识点哎。"

"是帮聂瑜记的笔记吧。"费遐周说，"聂瑜每周补课，他都在。"

顾念了然："原来是给我哥写的啊，那怪不得。"

费遐周却奇怪："这话什么意思？吴知谦为什么要为聂瑜花这么多精力？"

"为了报答聂哥呗！"蒋攀嘴巴大，说中了要害，"聂哥帮了他那么多，好不容易有用得上自己的时候，那肯定要回馈聂瑜啊。"

"这又是个什么道理？"费遐周问，"话说回来，我好像一直都不知道聂瑜是怎么认识吴知谦的。"

顾念提到这个就得意："这你就不知道了吧，我哥乐于助人、行侠仗义，帮过不少人，所以大家才这么服他！"

费遐周："说来听听。"

"吴知谦高一时不和我一个班，我也是从别人那里拼拼凑凑听了些。刚入学那会儿，政地班那位不好惹的大姐大曾经纠缠过吴知谦，但是被他拒绝了，大姐大因此一直记恨他，她身边的小弟也跟着欺负他。"

顾念皱起了眉毛，有些不忍心。

"听说最过分的一次，吴知谦被关在实验室一整个晚上，要不是我哥第二天逃课去实验室打牌，他还不知道要被关多久。"

育淮的实验室集中在实验楼，离教学楼有段距离，除了一学期偶尔一两次的实验课，平日里也没什么人去。聂瑜就是看准了这一点，什么违禁物品都敢往实验楼藏。

他那天约了枚恩和其他人一起去实验楼斗地主，却没想到在提前望风的时候意外发现实验室里竟被锁着一个人。

那时的吴知谦将近二十个小时没吃没喝，只能趴在冰冷的桌子上睡觉，一晚上就冻出了病。实验室不使用的时候不通电，他在恐惧中独自挨过了漫长的黑夜，等聂瑜找来老师打开实验室大门的时候，他几乎昏厥过去。

顾念说："我哥后来就找那位大姐大'促膝长谈'了一番，也不知道是怎么'威胁'的，大姐大第二天当众给吴知谦道了歉，其他的人也就不再敢欺负他了。"

原来还有这么一段故事呢。

见义勇为，聂瑜还真是擅长做这种事。

费遐周一时陷入了沉思。

"现在知道我哥人有多好了吧！"顾念斜眼看他，"要是因为我哥老实就欺负他，我第一个不同意！"

老实？你用这个词来形容聂瑜？

费遐周翻了个白眼，扭头走了。

晚上十点，蒋攀玩了十来把五子棋，终于熬到了晚自习结束。

费遐周撑着下巴坐在座位上昏昏欲睡。

"你还不回去吗？"顾念问他，"今天也要等我哥一起回去？"

他点点头，"嗯"了一声。

蒋攀感慨："每天都陪聂哥学到那么晚，你不累吗？"

"聂瑜比我还累。"费遐周说。

顾念似乎想说什么，话到嘴边又咽了回去。他只好拽了拽蒋攀的袖子，两个人率先走了。

今天的值日生是吴知谦，他扔完垃圾回来的时候发现费遐周仍坐在位置上，耷拉着眼皮，一副困得不行的样子。

"你还不回去吗？"吴知谦问。

难得对方主动搭话，费遐周迟钝地回答："啊……我等聂瑜一起。"

吴知谦张了张口，缓了很久后才说："那你临走时记得关灯。"

"好。"

费遐周困得双眼迷蒙，但还是清楚地捕捉到了吴知谦眼中一闪而过的犹疑。

他方才想说的，大概不是这句吧。

没有精力计较这个，打扫的人都陆陆续续回家了，费遐周侧过头趴在桌子上，闭眼歇一歇。

晚自习又被老师抢占来讲题，聂瑜走进高二（16）班教室的时候已经将近十一点了。

教室里亮着灯，其他人都离开了，费遐周一个人坐在正中央最好的位置上，脑袋侧趴在桌上，闭着眼睛，呼吸平缓而稳定。

这是睡着了啊。

聂瑜放缓了脚步，轻手轻脚地走了过去。

教室里开着空调，温度很高，热得小孩脸上红扑扑的，唇色也极饱满。长睫毛垂落，灯光在他脸颊上投射出一道阴影，跨越高挺笔直的鼻梁。

压在费遐周身下的是一堆草稿纸，大部分都密密麻麻地演算着复杂公式。其中有一张纸的边角上写了一行字，开头的两个字是"聂瑜"，后面的话则被他的手掌遮住了。

　　写我什么了？聂瑜心中意外，更多的还有些期待。

　　他小心翼翼地将这张草稿纸抽了出来，中途小孩皱眉哼唧了两声，吓得他一动不敢动，等对方再度平稳睡去了，才将目光移到了这张纸上。

　　于是他终于看见了完整的句子——

　　聂瑜这个狗东西。

　　狗东西本人："……"

　　骂人就算了，还用笔写下来，这是什么坏毛病？

　　聂瑜冷哼两声，将这一张纸对折成小方块，塞进了自己的口袋里。

　　不能被白骂一顿。桌角有支没有盖上笔盖的红色记号笔，一个恶作剧的念头蹿过聂瑜的脑海，他抿着唇握起了这支笔，鼻尖对准了费遐周的脸。

　　既然担了狗东西的名号，那就不妨做点狗东西应该做的事情。

　　聂瑜憋着笑，用很轻的力度在费遐周干净无瑕的脸颊上画了一个圆圈，圆圈内是一个富有深意的大字——拆。马克笔的墨厚重，轻轻一画就能留下一道鲜明的印记。没几秒，睡梦中的费遐周就被盖上了公章，分入了报废拆迁部。

　　"哈哈哈！"

　　聂瑜发挥出在课本上画小人的功力，三两下将美少年折腾成了大花脸，他越看越好笑，忍不住笑出声来。

　　费遐周浑然不觉，在梦里咂了咂嘴。

　　"聂瑜……"他喃喃梦呓，"你就是条狗。"

　　笔尖僵在了半空中，被叫到名字的人顿住了动作。

　　也没什么好骄傲的，与其说是被喊到了名字，倒不如说是被骂了一顿。

　　聂瑜将笔盖合上，没法再下笔了。

　　丑死了，被画成大花脸的费遐周，满脸的水墨，像只小花猫。

　　可是小花猫明明很可爱啊，像翠花一家，都很可爱的。

　　完蛋了。

聂瑜伸出手,抚摸着他柔软的发丝。

怎么都被画成这样了,我还是觉得你很可爱呢?

自然界中任何两个物体都是相互吸引的,引力的大小跟这两个物体的质量乘积成正比,跟他们的距离的二次方成反比。

聂瑜用万有引力定律为自己开脱,只不过是拙劣的物理知识意外反哺,他才会注视着费遐周这样久的时间。

原本被关好的大门漏出了一条缝隙,缝隙外天幕颤动,一个黑影风一样掠过门槛。

没待聂瑜坐回去,费遐周缓缓地睁开了眼。

聂瑜眨巴眨巴眼睛望着他,喉结上下滚动,紧张感溢于言表。

费遐周揉揉惺忪的双眼,问:“你来了啊……现在几点了?”

“十……十一点了。”

“你怎么说话磕巴了?”费遐周狐疑,“你这个表情是怎么回事?趁我睡觉时,你干什么亏心事了?”

听这话的意思应该是没被发现。

聂瑜暗自松了口气,岔开话题:“不早了,赶紧回去吧。奶奶做了夜宵等咱们呢。”

提到夜宵,费遐周立马醒了觉,三下五除二地收拾好书包,跟着聂瑜回家去。

教室里是没有镜子的,但是聂瑜忽视了一个常识,当室内明亮而室外黑暗的时候,一扇玻璃窗的反射效力也可勉强充当一面镜子。

费遐周走到教室门口的时候,顿住了。

“怎么了?”聂瑜关了空调走过来。

费遐周一言不发,迈着大步走到了窗户边,侧过脸,被涂得乱七八糟的脸颊在玻璃上清晰地反射了出来。

聂瑜忘了这茬了。

费遐周幽幽地转过身,幽幽地看着聂瑜,幽幽地说:“聂瑜,你最好能解释一下。”

“这个事情吧……”

聂瑜平静地拧开教室门——一溜烟儿地跑出门外。

“聂瑜,你这个狗东西!”

费遐周咬牙切齿,骂得响亮。

补习大业在新一轮的降温中停止了。

今年的冬天格外冷,一月刚到,气温日日零下,屡创襄津市的气温纪录的新低。高三一模考试在寒冷中开始了。

距离考试还有半个小时,考场外的走廊上站满了人,所有考生飞快地翻着笔记本,争取在考试前多记上几个知识点。

"咳咳,咳咳咳!"

聂瑜双手握拳抵在唇边,咳嗽不断。

"怎么了?感冒了?"枚恩瞥他一眼,"昨天不是还好好的吗?"

聂瑜舔了舔唇,思索了片刻:"费遐周这两天有点小感冒。"

"他感冒关你什么事?"

"被传染了呗。"

"你俩又不在一个教室上课,这都能中招?难不成你还……"枚恩说到一半,不知道想到哪个地方了,面色大变,"你对人家小朋友干什么了?"

"我是这种人吗?"聂瑜揉了揉鼻子,"就是前两天,那什么……"

"停止!不要污染我的耳朵。"

枚恩对聂瑜怎么染上的感冒不感兴趣,他翻了个白眼,扯开话题。

"你带课本没有?《蜀道难》我又忘了,有几个字怎么写来着,巉岩的'巉'下面有没有一点?"

"我带书了,你等我找找。"聂瑜从杂物堆一般的书包里抽出一本封皮破破烂烂的语文课本,连带着掉落一地讲义。

枚恩蹲下去帮他捡东西,一堆 A4 纸里夹了一张小卡片。

"这是什么?"枚恩问。

"啊?啥?"聂瑜看了一眼,"这不是你给我的吗?"

卡片平平无奇,是方方正正的硬牛皮纸,上头用水笔写了五个大字"祝考试成功",字迹俊美,刚韧有度。

"我啥时候给你写过这玩意儿?你觉得我能写出这么好看的字?"枚恩莫名其妙。

"那……是沈淼吗?"聂瑜挠头,"这是夹在讲义里头的,我还以为是你帮我整理的知识点大纲。"

枚恩摸了摸下巴:"谁这么好心啊,帮你印讲义还不留名?田螺姑娘？"

聂瑜翻了个白眼："还螺蛳先生呢。"

监考老师抱着密封试卷和金属探测仪朝教室走来，人群骚动起来。

二人同时紧绷起心弦，将螺蛳先生抛到了脑后。

三天后，考完最后一门政治，一模结束。整个上半学期的课程也告一段落。

寒假补课开始前，高三生难得放了个假。恰巧碰上奶奶要下乡参加亲戚家小孩的满月酒，聂瑜决定趁这两天，请朋友们来家里吃火锅。

那时候还没掀起川味火锅的热潮，襄津市内唯一的两家火锅店都是不正宗的北京铜锅，普通老百姓图个实惠，都是自己在家煮着吃。

冬季天寒地冻，吃上一顿热气腾腾的火锅，那滋味别提多爽了。聂瑜特地一大早去菜场买了猪骨头熬高汤做汤底，虽然没什么独家秘方，却是实打实的鲜香。

被称作朋友的那群人，平常有事需要帮忙就跑得没影，一听说聂瑜请客吃火锅，什么补习班什么钢琴课，通通不上了，带着一张嘴和空肚皮就屁颠屁颠地跑了过来。

布置碗筷的时候，聂瑜只拿了六套餐具，费退周却又摆上一只碗，说："今天一共七个人，我也邀请吴知谦了。"

聂瑜疑惑："你什么时候跟他关系这么好了？"

费退周只说："你之前补习的时候，人家也帮了你不少，请人家吃顿饭不是应该的吗？"

"那倒也是。"聂瑜没想太多，就这么被说服了。

煮火锅用不上什么太高明的手艺，熬一锅高汤，买些火锅底料和蘸酱，去菜市场买些蔬菜和牛羊肉，也不用烹饪，洗一洗切一切下锅即可。

顾念和蒋攀来得早，一进门就被安排去择菜，两个手笨的男生连什么菜的根茎能吃、什么烂掉的叶子要扔都分不清，被聂瑜拍着脑壳一通训斥。

顾念可怜巴巴地抬起头，却看见费遐周正坐在沙发上看《动物世界》，腿上盖着一条毯子，悠闲自得。

　　"他为什么不用干活？"顾念不服气地问。

　　聂瑜掏了掏耳朵，答："伙食费都是人家出的，你好意思让人家来择菜？"

　　白吃白喝的顾念陷入沉默。

　　没多久，枚恩领着吴知谦进了门。

　　枚恩笑道："你们家这巷子乱七八糟的，人家小学弟在家属区里晃了半天也没找对大门，还好我看见了，不然少不得被霸天追着咬。"

　　吴知谦被他说得不好意思，将伴手礼搁在了桌上，腼腆地说："我也不知道聂瑜哥喜欢什么，就买了点实用的。"

　　"你太客气了，还带什么礼物啊。"

　　纸袋沉甸甸的，聂瑜打开一看——《黄冈密卷33套》。

　　聂瑜抽了抽嘴角："这……是挺实用的哈。"


　　蹭饭的人太多，厨房里的小桌子肯定是不够用的，聂瑜将家里的八仙桌给搬了出来，中间摆上电磁炉烧火锅，周围一圈摆上菜，正合适。

　　但这八仙桌许久不用，桌腿都有些不平整了，塞纸巾太薄，塞书又过厚，摇晃不定，始终不成个样子。

　　聂瑜摸着下巴想了会儿，从书包里翻出一沓牛皮纸卡片。

　　这卡片是硬卡纸的，比一般的纸张厚很多，三四张摞起来就足够几毫米，垫在桌角下，高度正好。

　　费遐周问："这是什么纸啊，我看上面还有字？"

　　"啊，我也不知道哪儿来的。"聂瑜摸了摸后脑勺，"老有人塞进我书包里，写了些乱七八糟的话，也没署名，不知道啥意思。"

　　吴知谦蹲了下去，看着桌脚下的纸面，问："这上面写的，是考试加油吗？"

　　"好像是吧。我也没太认真看。"他点点头。

　　蒋攀耸肩："估计又是哪个女生送的爱心鼓励吧。"

　　吴知谦扶着膝盖站了起来，面色发灰。他苦笑了一下，说："估计是吧。"

顾念搞不懂一个桌脚有什么好研究的，他挑了个位置坐了下来，捂着肚子喊饿："哥！还吃不吃了！我饿半天了。"

费遐周嘲讽："你一个冬天胖了多少了，还吃？"

"哥，他人身攻击我！"顾念一言不合就搬救兵。

但救兵也不一定是向着他的。聂瑜呵呵笑了两声，打太极道："锅快开了，快坐下吃吧！"

众人吵吵嚷嚷，很快将刚才的小插曲忘到了一边。

聂瑜也拍了拍吴知谦的肩膀，说："坐吧。"

"好……"

吴知谦点点头，在离聂瑜最远的位置上坐了下来。


开饭开得迟了些，生长中的高中生们饿得双眼冒绿光，握紧了手里的筷子，一掀开锅就朝食物扑了过去，什么友谊啊礼仪啊，通通忘了个干净。

聂瑜朝他们吼："急什么，急什么？上辈子没吃过饭是吧？"

刚说完，他扭头捧起费遐周的碗，在夹缝中用漏勺盛了几个丸子，对小孩说："你先吃。"

费遐周从不客套，镇定地坐在兵荒马乱的饭桌旁，咬了一口牛肉丸，滋了一口汤水。

众人只顾着抢吃的，眼里容不下其他人。

吴知谦坐在角落里，不争抢也不吵闹，安静得格格不入，安静地被人们抛在脑后。


饭后，收拾掉八仙桌上的餐盘和油渍，聂瑜取出一盒消耗时间的社交神器——大富翁。

地图摊开在桌子中央，虚拟的货币、房屋、命运卡片等全套齐整，骰子一扔，开始游戏。

只有费遐周和吴知谦没有参与。

电视里在播电视剧版《家》，黄磊饰演善良又懦弱的高觉新，风度翩翩，逆来顺受的模样却着实气人。费遐周没读过原著，有一搭没一搭地看着，权当消遣。

吴知谦只在沙发上坐了片刻，费遐周一扭头，看到人不知何时已经走出了客厅，坐在了天井里，吹着冷风看着天空。

费遏周披着毯子走了出去，问道："你怎么不跟他们一起玩？觉得无聊吗？"

吴知谦瞥他一眼，摇头道："不用管我。"

"我说……"费遏周在他身边坐了下来，托着下巴看他，"那个卡片是你写的吧？"

"什么卡片？"他佯装不知情。

费遏周笃定地说："你别不承认了，那个字迹明明就是你的，跟你每天写的板书一模一样。"

"我特意用了不同的字体写，你怎么可能……"吴知谦心急地反驳，匆忙之下反而说漏了嘴，话卡在了嗓子眼里。

反观费遏周，却是一副早知如此的模样，没有半点惊讶。

吴知谦这才后知后觉地想起来，费遏周根本没去看那卡片，又怎么可能知道上头的字迹是什么样的？

这小狐狸是在故意使诈。

"我不会告诉别人，你不用这么紧张。"费遏周宽慰他，"其实聂瑜也不是故意的，他神经大条，在这方面一点觉悟都没有。"

吴知谦朝对方看过去，镜片反射出蓝色的光亮，遮蔽了他的目光。

"以你的立场对我说这些，你觉得合适吗？"他的问句里藏着绵软的钢针。

费遏周却问："我的立场是指什么？"

沉默了片刻，吴知谦说："我看见了。"

"什么？"

"那天聂瑜哥去班上找你的时候……我都看见了。"

费遏周仍旧听不明白："你说什么呢？"

吴知谦指着自己的脸："这儿。"

"这儿"又是什么意思？

费遏周正想翻白眼，电光石火间，一个朦胧的记忆画面从视野前飘过。


尽管从来没有对别人说过，但费遏周的确做过这样一个梦。

他在梦里穿着育淮那套松松垮垮的白色校服，聂瑜的校服上衣不

.195.

规矩地系在腰间。他站在自己的正前方，粗糙的手掌牵着自己的手。

费遐周在梦里开玩笑："聂瑜，你发现没，遛狗也是这个站位。"

睁开眼，聂瑜出现在了面前。

费遐周以为那是场梦。


"啊……原来你不知道。"吴知谦的表情有些遗憾，"早知道不告诉你了。"

费遐周看向客厅，聂瑜正和其他人一起玩大富翁，他手气好，买地建房忙个不停。

"不是因为我有私心才这么跟你说的。但是……放弃吧。"吴知谦说。

费遐周攥紧了手里的毯子。

这样的描述对他而言，实在算不上陌生。

吴知谦说："费遐周，你比我幸运得多。但我还是想劝你，点到为止，别陷得更深了。"

他话不多，朋友也少，旁人只知道他会学习、成绩好，但是在感情上，他也并非看起来的那样迟钝。

吴知谦说："你可能从小到大没有什么得不到的东西，但这个世上还有很多事情不是运气好就能解决的。

"你勉强不来。"

很长的时间里，费遐周一个字也没有说。

他的思绪飘得很远，他想到了很多东西。

费遐周想起，聂奶奶很爱看电视剧，她的卧室里有一台大屁股的老式电视机，白日里做完了家务活，便躺在藤椅上看剧，常常哭得一把鼻涕一把泪。

那时，2003年版的《倚天屠龙记》经常在白天档重播，聂奶奶喜欢贾静雯演的赵敏，不惜指着美人高圆圆大骂周芷若心眼忒坏。

有一次，费遐周去客厅找东西，路过聂奶奶的房间。房门没关，他正好能瞧见电视机屏幕，经典剧集正上演着众人集会的名场面。

张无忌与周芷若在濠州城拜天地时，赵敏孤身一人闯入婚宴。范遥知她存心搅局，便劝道："郡主，世上不如意之事十之八九，既已如此，也是勉强不来的。"

赵敏仰起头，却道："我偏要勉强。"

聂瑜在客厅里嬉闹，他坑了不少玩家的过路费，数着大把大把的游戏货币，仍绷着脸维持做大哥的自尊，心里却早已乐开了花。

他没能听见天井里的对话。

他没能听见，费遐周仰起头，看着飞鸟绝迹的天空，笑容张扬，世上十之一二，尽在眼底。

费遐周说："可我偏要勉强。"

第
十
一
章

寒
辞
去
冬
雪

BU TONG BAN
TONG XUE

2008 年的冬天比往常更寒冷些。

"1 月 12 日以来，受强冷空气影响，我国大部分地区出现入冬以来最大幅度的降温过程，十几个省份持续出现雨雪、凝冻等天气，部分地区出现大雪或暴雪，导致公路、民航等交通运输大范围受阻，旅客大量滞留。"

电视里新闻播报的声音和聂瑜的电话铃声同时响起，费遐周想按静音，聂瑜却抬了抬手制止了他。

电话那头是坐了一夜绿皮火车刚到北京的枚恩，一向脾气极好、见人就笑的音乐才子突然转性，开口就是一句夹杂着京味儿的抱怨："他大爷的！北京这天也忒冷了！"

聂瑜看了眼手表，问："这都几点了，你才到？"

枚恩叹气："别提了，我这都算好的了。一路上都是大雨大雪的，火车站都乱套了……哎，这位大爷，劳烦您抬抬脚，踩着我了！"

不知是不是出站人潮过于汹涌，电话那头好一阵嘈杂，过了两分钟又传来了呼呼的风声，想必已经走出了火车站。

枚恩的声音这才又响起："那什么，等我到宾馆了再给你发短信，长途话费也挺贵的。"

聂瑜点点头："行，那你自己多保重。考试加油。"

他嘱咐了两句，电话就挂了。

枚恩今年运气不好，去北京参加艺考，却正逢难得一见的大雪天气，新闻里的"交通受阻、旅客滞留"，正是在说他所经历的实况。

聂瑜抬头看电视，正好听见主持人的下一句："据中国气象局预报，此次强降温、降雪天气仍将持续一段时间，局部地区将有大到暴雪；1月25日至27日，西北地区东部、华北南部、黄淮、江淮等地还将出现较明显的雨雪天气。为进一步做好此次强降温、降雪天气应对工作，经国务院同意，现对有关事项紧急通知如下……"

听完这话，费遐周又往毯子里缩了缩，怀里的热水袋仍焐不暖天生体寒的双脚。

聂瑜皱起眉头，喃喃自语："今年这情况，不太妙啊。"

今年的寒潮来势汹汹，起初人们并未太在意，只以为是冬天来得早了些。跨入新的一年后，不断的降温和降雨屡创新高，有几家的水管都已经被冻住了，生活用水只能跟邻居家借。没有任何好转的严寒似乎在预示着一场风暴的来袭。

他话音刚落，聂平的电话又打了过来。

"小瑜啊……"父亲的声音里充满了抱歉。

嗯嗯啊啊了几句后，聂瑜挂掉了电话，将小灵通往沙发上一扔，略感疲惫地揉搓着自己的脸。

"怎么了？"费遐周问，"你爸这周又回不来了？"

聂瑜点点头："说是没赶上火车，一时半会儿也买不到票，可能得拖到月底才能回来了。唉……"

两父子表面上看着互相不对付，但到底是亲生的，离上次见到父亲也有几个月，聂瑜虽对父亲有抱怨，但还是敌不过想念。

"话说回来，"聂瑜坐到了沙发上，"你爸妈什么时候回国？"

费遐周看着电视，不停地更换频道。他说："妹妹前两天刚做了手术，还没醒，他们应该还要在美国多待一段时间，年前应该是能回来的。"

聂瑜说："我好像很少听你提起他们。跟家里人关系不好？"

"关你什么事。"

这几个字是聂瑜意料之中的答复。

他其实也无心打听别人的家庭隐私，不过随口一问。沉默了片刻，正准备起身去帮奶奶做饭时，却听见了费遐周的回答："算不上关系不好，他们有他们关心我的方式，我也有回应他们的方式。不太协调，但……彼此心里都明白。"

节目换到了《动物世界》，电视机屏幕里，母狮子叼着小狮子的后颈，行走在广袤的草原上。

聂瑜抬手揉乱了他的头发。

"臭小孩。"聂瑜说，"该撒娇的时候就撒娇，该任性的时候就任性，都是自家人好不好。你都还没成年，别整天把自己绷那么紧，累不累？"

费遐周抬头看他，眼眸亮晶晶，问："真的可以任性？"

"当然。"

费遐周举起保温杯，问："那你可以给我的杯子倒满水吗？我懒得动。"

聂瑜："……"

他一脸无辜："你不是说可以的吗？"

"懒死你算了！"

聂瑜抓起杯子就走，嘴里嘀嘀咕咕个不停。

这死小孩，现学现卖的本事还真有一手。


天气预报中的新一轮雨雪很快席卷江淮。

高一的学生快活地放了假，高二生为了给年后的学业水平测试做准备，仍旧顶着风霜艰难上课。高三生更是不用提了，每一秒的放松都是一种奢侈的浪费。

谁料一夜之间，襄津市内下起了漫天大雪，纷纷扬扬染白了整座城市。西北寒风暴怒着驶过江淮小镇，雨棚颤抖了一夜。花架上的盆栽也被风吹倒，天井里一地的花盆碎片被掩埋在大雪之下，无瑕的白色温柔包裹了所有的秘密。

第二天清早，育淮中学收到上头的指令，紧急叫停了所有补课项目，也就是说——

终于放假啦！

学生并不知小镇外的世界遭受了怎样的风暴，突然来临的假期已足够令人狂喜。

费遏周好不容易艰难地从床上爬起来，却听见聂瑜说，放假啦，不用上学了。他气得差点背过气去，鼓着腮帮子睡回笼觉去了。

没过两天，南方的小年夜来临，聂平终于赶上了春运的班车，风尘仆仆地回了故乡。他从西南一路回来，多处车站停运，他只好不断转乘，火车转大巴，大巴再换火车，最后还是搭了好心人的顺风车从建陵一路熬了过来。

父亲双手遍布红紫色的冻疮，聂瑜看在眼里，虽什么都没说，却主动帮奶奶做了几道菜，是聂平偏爱的重辣川味。

入夜后，不少人家放起了鞭炮，轰隆隆震动苍穹，红色的碎渣散落在白色的残雪上，在小年之时提前祈求来年的福运。

聂平酒足饭饱，陈年老酒熏得满脸醉色。

他拍了拍儿子成年后越发宽阔的肩膀，说："小瑜啊，咱们回乡过年吧！"

下意识地点头之前，费遏周的名字冲进了聂瑜的脑海。

他问："那小费怎么办？"

两日后。

"我爸妈今儿早上的飞机回国，现在还在太平洋上晃悠呢。"

费遏周双手插兜，平静的脸上毫无忧愁和焦虑。

"过两天他们就来襄津看我了，你赶紧走，别打扰我们一家四口团聚。"

聂瑜提着行李站在天井里，巷子口的聂平和聂奶奶早就等得不耐烦了，叉着腰催他："臭小子！拿什么东西这么慢！走了！"

聂瑜对他们的催促置之不理，老父亲一般嘱咐："取暖器上头不能挂衣服，电热毯尽量不要开一整夜，煤气灶不用一定要关好，还有……"

费遏周烦了："你还有完没完了？我是没有手脚还是没有脑子啊？你要走赶紧走。"

父亲和奶奶决定回乡下老家和爷爷一起过年，这一走直到年后都很难回来，整个家里只剩下留守儿童费遏周，长辈们还没发话，聂瑜第一个跳出来不乐意了。

"我还不是怕你……"他的话卡在喉咙，来去不得，顿了半天才吐出后半句，"怕你把我家给烧了！对，我是为了保护我家的财产。"

费遐周的白眼快翻到太平洋去了："谁稀罕你家这点破东西？"

聂平又在门外吼了，中气十足："浑小子！再不出来我就进去揪你了！"

"来了，来了！"

聂瑜一步三回头地往外走，费遐周冷着脸走到门口，"嘭"的一声摔上门，锁得死死的。

几分钟后，喧闹的人声渐行渐远，直到最后什么也听不见，只有邻居家的大摆钟撞响了三下。

费遐周叹了口气，走回了客厅。

其实，他刚刚说了谎。

受天气影响，大量回国的航班被取消，他的父母并没有订到回来的机票。加上妹妹还处在手术后的恢复阶段，很难承受长途飞行和严寒天气的折腾。父母昨天打电话告诉儿子，他们决定今年春节不回来了。

聂瑜的担忧成了事实。这个春节，费遐周将一个人留守在家里，一个人度过新年。

但是，费遐周并不打算把实情告诉聂瑜，不是因为别的，正是因为他太自信。

他有十足的把握相信，如果自己将这件事告诉了聂瑜，聂瑜一定会坚持留下来。

可是他并不打算这么做。他希望聂瑜可以在没有自己打扰的情况下专心地陪在自己家人的身边，像千家万户一样度过这个热闹的节日。

费遐周踹开聂瑜的房门，裹着对方的被子在陌生的床上打了几个滚。

如果每一个人都有属于自己的香气的话，那么聂瑜身上沾染的一定是柚子味的洗发水的香气。

费遐周深吸一口气，决定接下来的几天都要在这个房间里睡觉。

在这栋没有人的将军楼里，谁也不会发现他的秘密。

大年三十，万家灯火璀璨。

"好多外国人说中国话，孔夫子的话越来越国际化。好多外国人讲中国话，我们说的话，让世界期待 2008……"

电视刚打开，欢快的歌声伴着花哨的舞台漫出屏幕，流行了一整年的《中国话》被改编成了迎新曲，谁家在屋外点燃烟花，"2008"在喧闹中嘹亮发声。

费遐周接起电话，母亲的声音隔着遥远的太平洋传到耳边，妹妹咿咿呀呀的声音也同时响起。

"周周啊，吃年夜饭了吗？襄津冷不冷啊？要多吃点饭知道吗？你聂叔拍了你的照片发给我们看，哎哟哟，怎么又瘦了啊？"

父亲抢过电话，浑厚的声音嚷着："每次都说这些事情，孩子听了也会烦啊。周周啊，爸刚给你的卡上打了压岁钱，想吃什么随便买！衣服挑最贵的买！贵的才保暖！"

"你懂不懂怎么教育孩子啊？还想把周周教成像你一样的暴发户吗？"费遐周几乎能想象母亲在电话对面是怎么翻白眼的，"周周啊，妈妈给你买的羽绒服收到了吗？我跟你说啊，这个羽绒服含绒量超高的，加拿大人冬天都穿这个呢。"

费遐周笑着点头："收到了，现在我正穿着呢。"

费母说着说着却哽咽了："你说这大过年的，我们也不能回国陪你，你一个人在外地……都是妈妈不好，早知道就应该接你过来读书的。"

父亲揉着她的肩膀劝说："大过年的你哭什么？有老聂在襄津照顾他，不会有事的。周周啊，你让你聂叔过来说句话！"

"聂叔他……"费遐周将电视剧的声音调大，"聂叔和聂瑜出去放烟花了，回头我再让他们联系你吧。"

为防止露馅，他胡乱地搪塞了几句，借着心疼话费的理由将越洋电话给挂了。

他爹还没说够，猝不及防地就终止了通信，心里很是不快。

令他更不快的是，儿子竟然替自己担心起钱的事情来了，这是小孩子该担心的事情吗？

为了证明自己家家底还厚实得很，次贷危机也打不垮。费父一冲动，给儿子冲了笔巨额话费。

费遐周很快收到短信："尊敬的客户，您已成功充值话费1000元。"

费遐周："……"

他倒也不是这个意思。


春晚节目始终热闹，花花绿绿的舞蹈演员填满了舞台。电视机里人潮如海，电视机外，费遐周独自坐在沙发上，桌上没吃完的水饺早已经凉了。

他自认是一个喜欢独处的人，但独处并不意味着在需要人陪伴的时候也形单影只。

心无旁骛时，他坚不可摧。而一旦心有所念，仅仅是脑海中回忆起的一个画面，都能叫他蓦然委屈起来。

费遐周用聂瑜的洗发水洗头，怀里抱着聂瑜抓娃娃所获得的劣质玩偶。闭上眼，柚子清香环绕着自己时，就好像聂瑜正在身旁。

"叮叮叮——"

电话铃声将他的神思拽回。

来电显示是：聂狗。

电话接通，那头的人却迟迟没有开口。

对方不出声，费遐周便也沉默，电话两头的人谁也不先开口，仿佛是某种默契的较量。只有背景杂音似有若无地飘到耳边，提醒着他们，电话还未挂断。

最终，还是聂瑜最先憋不住了。

"喂。"聂瑜开口时一如既往的粗鲁，"你怎么不说话？"

费遐周却问："不是你打给我的吗？我说什么？"

"咱俩交情就这么淡吗？大过年的，说点吉利话不行吗？"

"要听吉利话看春晚去。"他没工夫扯皮。

聂瑜也不说了，两个人再次陷入沉默。

临近十二点，春晚的歌舞节目告一段落，主持人们纷纷走上了舞台中央。心急的人家已经开始放起了鞭炮，越接近零点鞭炮炸响的频率就越高，安静的冬夜在新旧年岁的交替之时被唤醒，恍若阵阵春雷连绵不断。

分针与时针重合，邻居家的大摆钟敲响了十二下，鞭炮的轰响达到了顶峰，在电视机里的欢呼声中，日历掀开新的一页。

农历戊子鼠年来临的那一刻，费遐周听见聂瑜的声音穿越千里，响在耳边："小费，新年快乐。还有，十六岁生日快乐。"

烟花在天际崩裂，五色光芒飞跃苍穹、点燃心火。

原来聂瑜知道，大年初一，是费遐周的生日。

他宁可沉默这么久，也要守着零点，做第一个送出祝福的人。

四个字能说清的东西能有多少呢？

费遐周听见了聂瑜的祝福，听见了他费力坚持的仪式感，听见了为了愿望的实现而在心中默默许下的承诺。

当聂瑜说到十六岁时，他想起的是十六岁无所着落的那个自己。可他不喜欢费遐周的十六岁是这样的。

当聂瑜说出新年快乐这四个字的时候，或许他真正想要说的是，如果可以，我想要变成能够让你快乐的那个理由。


大年初三，顾念头戴大红色的棒球帽，身着红白相间的羽绒服，脚上一双红色的高帮篮球鞋，如一个红红火火的年团子一样滚到了聂家家门口。

这次他来见的人，却不是自己的表哥。

"咚咚咚"敲了几下门后，穿戴整齐的费遐周开了门，一抬眼瞧见对面火红的吉祥物，表情顷刻间冻住了。

"闭嘴，什么都别说，我不想听。"顾念先发制人，将对方的毒舌掐死在摇篮里。

费遐周眨了眨眼，对面这个从头到脚一身红的人实在有些刺眼睛。

缓了会儿，他才开口："你知道今年奥运会的福娃吗？"

顾念茫然："福娃，咋了？"

"你长得特别像那五个福娃里的欢欢，就是一身红的那位。"他又补了一刀，"你这脸也挺像的，滚圆滚圆的。"

寒假在家吃胖了五斤的顾念无言以对，只好气急败坏地嚷："走了！我妈开车在外头等着了！"

费遐周耸耸肩，背着鼓鼓囊囊的书包走出家门。

他要去见聂瑜。

聂安嫁到顾家后，每年的年三十都是在夫家过，大年初三才回娘家看望家人。费退周正好搭了个顺风车，随他们一起下了乡。

襄津城区外是成片成片的田野，田野的另一头是零星散落的各个村落，大多数以某个姓氏冠名，王家庄、林家岗，总让人回忆起毕飞宇小说里的乡村。

过去下乡进城都不容易，但这些年修了水泥路，开起汽车的人也多了起来，逢年过节的亲戚走动也比过往频繁了。村庄内都是狭窄的小路，一辆辆各种品牌的汽车停在了外头的旷野上。

快进村的时候，聂安将车停靠在了路边，送孩子们下车，她自己却没有要下车的意思。

不远处，聂瑜穿着黑色的长款羽绒服，拉链未拉，大步走来时衣摆随风晃动，身姿挺拔。胸口一朵红色的玫瑰形胸针，在灰色田野间殷红而惹眼。

顾念张大了嘴，看着他："哥，你这是……"

聂瑜下意识地摸头发，蹭了一手的发油。

不知今天是什么大日子，聂瑜竟然做起了造型，平日里杂草一样的头发被梳了上去，三七分的复古发型，露出宽阔饱满的额头，像电影里专演正义警察的刘德华。

费退周打量了他一番，调笑道："你这是什么打扮，今天结婚啊？"

"今天确实有人结婚，但不是我。"聂瑜将他手里的背包接过，抬手扛在了肩上，"你们运气好，正赶上吃家宴。"

听聂瑜这么一说，费退周才发现，停在周边的汽车上有不少都贴着鲜艳的双喜剪纸，显然是来迎亲的车队。

费退周问："你们家有人结婚？"

聂瑜点点头："嗯，我妈今天结婚。"

费退周眨巴眨巴眼睛，话是听明白了，但是没懂这是什么意思。

"你是这什么表情？我爸妈离婚好几年了，今天二婚。"聂瑜说得坦荡又自然，"大喜的日子，都给我笑起来。"

费退周和顾念对视一眼，脖子僵硬地点了点头。

说不清这种情况下，到底该安慰他，还是该说声恭喜。

婚房是新盖的，一共三层外加一个小院子，外观土洋结合，有巴洛克的柱子也有中国风的屋檐，乍一看有些突兀，但和周围的其他小洋房一起看时却莫名和谐。

屋内的装潢都是现代化的，有好几个客房，不愁客人来了没地儿睡。聂瑜领着两位小朋友去了三楼最清净的一间房，一路边走边聊。行李放下时，费遐周终于对这场婚宴有了个大致了解。

聂瑜还在上小学的时候，他爸妈就因为感情不合等原因而离了婚。母亲梁玉琪离婚后曾去广州打过工，结识了同为襄津人的现任丈夫，虽然发过誓这辈子都不会回这个地方了，但做母亲的，一方面舍不得彻底离开孩子，一方面又实在觉得这个老张为人不错，一来二去两人就走到一起了。

梁玉琪是四川人，年轻时因为反对家里安排的婚事而远走他乡，之后大部分时间都待在了襄津。但她毕竟是个外省人，早早和家里人断了联系，在本地又没有太多的亲朋，邀请儿子来参加婚礼时也是忐忑万分。

聂平也收到了喜帖，但他只捎了两句好话，心里是绝不愿意过来的。聂安也不好意思亲自出面，只好把顾念作为代表送过来，塞了份厚实的红包，聊表心意。而费遐周，则是纯属被拉过来撑场子的。

费遐周问："你不介意吗？"

"什么？"

聂瑜正在给他铺被子，在忙碌中抬起头来。

费遐周指了指聂瑜胸口的小红花。

这是作为家属招待宾客所佩戴的胸花，聂瑜不仅参加了自己亲妈的二婚仪式，还乐呵呵地承担了娘家人的责任，普通人看来未免有些不可思议。

"这有什么？"聂瑜不以为意，"张叔家也有个女儿，听说在上海工作一年能赚好些钱，逢人就夸。我虽没那么厉害，但也不能给我妈丢人吧。"

你有什么丢人的，这张脸、这个头，一路走来，多少人家的长辈直勾勾地盯着，四处打听这是谁家的男娃娃，今年多大了？家住哪里？

定亲了没有？

有你这个儿子，还想多长脸？


嗒嗒嗒的高跟鞋声从屋外传来，房门被敲了三下，一个身材窈窕的女人走了进来。

她一头乌黑浓密的长鬈发，妆容浓厚，身穿枣红色的紧身旗袍，侧面开衩到大腿，勾勒出玲珑有致的身体曲线，肩上披着毛呢大衣，脚踩八厘米的细跟高跟鞋。美得张扬，气场逼人。

"阿姨好。"顾念乖巧地打了声招呼。

费遐周才意识过来，这位美人就是聂瑜的亲妈，梁玉琪。

他迟钝地鞠了一躬，礼貌地说："阿姨好，我是聂瑜的……"

"我知道，我知道！"梁玉琪扬起眉毛，嫣然一笑，"你是和小瑜住在一起的那个小朋友吧。老费家的儿子嘛，我记得的。让阿姨瞧瞧，哦哟哟，这模样真是越长大越好看，比女孩子还漂亮。"

费遐周微笑地回应，眼角弯弯，怎么看都是个讨人喜欢的乖小孩。

梁玉琪最喜欢长得好看的人，一见到他就乐个不停，咯咯笑道："小瑜这两天老提到你，竟然还跟我说你脾气大得很，怎么可能嘛！你跟你妈妈长得像极了，瞧着就知道是个懂事的孩子。"

聂瑜翻了个白眼，心里吐槽，我的亲娘哦，你可千万别被他的长相给迷惑了。

谁知他的亲妈反过来抱怨起自己儿子了，梁玉琪恨铁不成钢地说："你跟小瑜住一起不好过吧？我跟你说他那个暴脾气哦，啧啧啧，一天到晚就知道在外面打架。我的乖乖，让你受委屈了哦。"

费遐周面不改色地点头："还好还好，其实还可以忍受。"

梁玉琪感动地说："真是个老实的孩子哦，竟然还帮着臭小子说好话。"

聂瑜抽了抽嘴角，不耐烦道："还有完没完了，不是要去准备酒席的吗？"

"啧啧啧，你看你看，他脾气又上来了吧，真是的。"

梁玉琪一边看着聂瑜一边摇头，握着费遐周的手，恨不能换个儿子才好。

费遐周火上浇油："对妈妈态度好一点，别这么不礼貌。"

聂瑜："……"

我态度不好？我不礼貌？大家见过费遐周在家是怎么作威作福的吗？

聂瑜太委屈了。

费遐周第一次吃家宴。

襄津一直保留着不少旧风俗，特别是城区外的地方，逢年过节请客吃饭都是自家操办，吃百人宴，比去饭店热闹，还省下不少钱。

梁玉琪是中年二婚，婚宴办得简单，但是也足够热闹。院子支起简单的帐篷，摆上几张宽大的八仙桌，从邻里借来大量的凳子和椅子，足够两家亲朋入座。

饭菜是雇了专业的大厨来做，几位伶俐的妇女打下手帮忙，天没亮就开始处理食材。适逢过年，家里备的年货都拿了出来，腌鱼腌鸡，风干出腊味的香肠和猪头肉，家常菜的香气在大街小巷流窜。

没有礼堂，就在他们新盖的婚房里，梁玉琪和丈夫老张手握拖着长线的麦克风，招呼宾客的吉利话从轰隆隆的移动音箱里涌出。

没有什么甜言蜜语，老张挺着圆滚滚的啤酒肚，盯着妻子不停地憨笑。梁玉琪咧开嘴角，热情地说："谢谢大家来参加我跟老张的婚礼。说实在话，我俩都这么大年纪了，说不了什么肉麻话。我就不多说了，直接开席吧，大家放开肚皮尽管吃！"

酒桌上的宾客热烈地鼓掌叫好，"唰唰唰"握紧了筷子。

大伙儿吃饭的时候，请来的民间艺人接过了话筒，献唱一首首耳熟能详的歌。从《好日子》到《月亮之上》，说不上唱得有多好，但嗓门够大，音乐声够热闹。饭桌上觥筹交错，一盘盘热腾腾的菜送上桌，丝毫感觉不到冬日的寒气。

可红火的日子里也并非全是和谐的声音。

聂瑜跟婚庆公司借的西装太薄，他迎完最后一批宾客就回去换衣服了。离开的时候，费遐周听见隔壁桌的男方家属们围在一起闲扯，三句离不开梁玉琪跟前夫生的儿子。

"瞧瞧他那精神样，给亲妈送嫁就这么开心，缺心眼嘛不是。"

"可不嘛，我今儿一来就在门口看见他了，我还以为是老张家的伴郎呢，搞半天是那婆娘的儿子。你瞧他那脸，一看就不可能是老张的儿子。"

"姓梁的婆娘到底跟她前夫断了没啊？长得花里胡哨的，不像个省油的灯啊，可得叫老张多添几个心眼儿。"

男男女女一边嗑着瓜子，一边唠嗑，话里话外却净是不着边的传闻和恶意的揣测。

顾念吃得狼吞虎咽，周围的七大姑八大姨都夸这孩子圆脸有福气，旁人说了什么，他什么也没听见。

费遐周却被严重影响了食欲，放下筷子，碗里的甲鱼汤也不鲜美了。

没多会儿，聂瑜归来，他换回了自己保暖的毛衣，胸前却仍别着那朵红花。

刚坐下，就听见费遐周问他："你不介意吗？"

"什么？"聂瑜没听明白。

费遐周说："看着亲妈跟另一个男人在一起，心里多少会有些不舒服吧。"

这话过分一针见血，聂瑜眨了眨眼，转头看向不远处挨桌敬酒的母亲，顿了好一会儿才回答对方的问题。

"要说一点都不硌硬，那肯定是假的。"他吐了口气，诚实作答，"可说到底，这是我妈的人生，她要跟什么人在一起，是她的自由，不是吗？"

费遐周托着下巴望着他的眼睛。

"其实我小时候也怨过。那时候弄不明白他们为什么非要离婚，如果日子过得这么不痛快，那当初为什么要选择在一起呢？老有邻居逗我，说，聂瑜，你妈不要你了，你以后没有妈妈了。说实在的，我当时听见这话挺伤心的，记恨了我妈好长一段时间。"

聂瑜不常说起自己的叛逆过往，越是长大，他越想甩掉那个愚蠢的、任性妄为的自己。打过闹过，最终选择了与自己和解。

他说："后来有段时间，我爸成天就只知道喝酒，我跟他闹得特别不愉快，情急之下就吼了句'我终于知道我妈为什么不要你了'。这话挺对不起我爸的，但我直到那个时候才终于理解我妈了——过不下去了，一定要解释的话就是这几个字。人生是没办法重来的，但至少还有选择的余地。"

"我妈选择的，就是离婚。"

张叔捧着酒杯过来这桌敬酒了，客人们纷纷站了起来，捧起杯子，不管里头灌的是雪碧还是茅台，通通一饮而尽。顾念一口雪碧喝得太猛，连打几个响嗝。

"小聂啊，我也敬你一杯。"

张叔走到聂瑜面前，满上酒杯，单独敬他："你妈不好意思说，但是你今天能来啊，她真的特别高兴，真的。她之前就总跟我说，觉得对不住你，你还那么小她就走了。你妈嘴硬，其实心里也挺不好受的。"

张叔跟聂平不一样，他个头不高但是身宽体胖，圆脸大耳，见人都是笑脸，瞧着就是个好脾气的人。他只是个普通的生意人，没读过太多书，但心思也简单，不像聂平，动不动就要追求什么小老百姓听不明白的艺术。张叔只想踏踏实实地过平凡老百姓的日子。

聂瑜发自内心地回赠对方一个笑容，酒杯相撞，发出清脆的响声。

他说："张叔，是我该谢谢你。我妈一直很想有个安稳的家。麻烦你了，以后好好照顾她吧。"

张叔感慨："你这孩子……说的哪里话，这是我应该做的。"

有的婚礼是父亲为女儿担忧，有的婚礼却是儿子为母亲着想。费遐周注视着聂瑜的背影，忽然觉得，他的肩膀已然可以撑起更大更远的天了。

张叔是个感性的人，被聂瑜这几句话一说，泪眼汪汪地去找老婆，说："阿玉啊，你真是有个好儿子。"

聂瑜被他逗乐了，坐回去后一边摇头一边感叹："张叔可真逗。"顿了顿，又感叹，"不过他是真的对我妈好。"

费遐周打趣："你刚才那个样子，跟嫁女儿似的。"

"的确没什么太大差别。都是希望我妈能过好。"他低头看着桌子，"小时候我总抱怨，为什么她不能为了我留在这个家里呢？现在再想想，我这个想法太自私了。我妈应该有她自己的人生，我希望她有人关爱，同时还拥有自由。"

聂瑜转头看向费遐周，视线由下往上，黑色的瞳孔里笼罩着一层薄雾。他说："小孩，你也一样。"

"我？"费遐周指着自己，眼睛瞪得圆溜溜的。

"嗯。"他点点头，"我也希望你能拥有这些。"

真挚的爱意，和选择人生的自由。

宴席吃了大半，聂瑜领着两位小朋友溜出了宴席。

酒喝多了的亲朋好友们卸下腼腆，抢过话筒把这里当成了 KTV，鬼哭狼嚎地唱着歌，只图个开心，没一句在调上。

小辈们受不了这音浪折磨，瞅着没人瞧见，从后门蹿了出去。

顾念实在能吃，临走时还不忘揣一兜奶油馒头，一面走一面大声咀嚼食物，嘴里含含糊糊地问："哥，咱们出来干什么啊？我还没吃饱呢。"

费遐周恨铁不成钢地看了顾念一眼，估摸着顾念一个寒假胖十斤都不在话下。

聂瑜不知从哪里搞来了一个塑料袋，拉开袋子，满满当当都是各色的鞭炮和烟花。

他挑了挑眉，问："想不想放烟花？"

房子的后方是一条小河，河边建了一个简易的码头，旁边停着一条废弃的小船。

今年的冬天极冷，整条河面都冻上了薄薄的冰层，河水静止了，漂泊的小船也被冻在原地。河岸对面是低矮的房屋，方形的窗户透出温暖的灯光，连灯光也在冬夜结了霜，一切都是静态的，好似定格在框架里的一幅田园夜景画。

一帮小孩从巷子里蹿了出来，手里挥着烟火棒，火光刺啦刺啦地烧着。胆子大的孩子胡乱地往地上扔摔炮，噼里啪啦作响，硝烟味儿弥散在整条河面。

顾念将最后一口馒头塞进嘴里，鼓着腮帮子，瞪大了眼睛看向聂瑜，睫毛扑闪扑闪。

"都给你，拿去玩儿，也跟他们分一点。"聂瑜自己留了一些，剩余的一整袋烟花都给了他。

顾念兴奋地蹦了起来，小跑着去了河岸边。

聂瑜转头看费遐周，问："你要不要试试？"

对方摸了摸脖子："小孩子才爱玩这东西。"

"你点一个试试呗。"

"我不要。"

"你是不是不敢啊？"

"好笑，这有什么好怕的？"

"那你点一个呗。"

二人你推我搡地扯了半天皮，费遐周拉不下面子，被聂瑜塞了一手的打火机和二踢脚烟花。

二踢脚能响两次，威力大、效果强，放烟花玩这个最有意思……如果，不是站在点火人的立场上的话。

费遐周盯着那一截短短的导火线，舔了舔唇。

他计算道："一般导火线的燃烧速度是每秒 0.8 厘米至 0.9 厘米，这根导火线大概有 2 厘米，也就是说我最迟也要在点燃后 2.5 秒内跑开，不然就……"

"噗！"聂瑜的笑声打断了他，"干什么呢？放个烟花又不是扔手雷弹，你这副视死如归的表情是怎么回事？"

费遐周神色凝重："你别烦我，我在模拟 2.5 秒内跑开的行动路线。"

聂瑜被他打败了："算了算了，图个开心的事，干吗搞这么复杂？"

费遐周暗中窃喜，以为他打算这么放过自己了，下一秒却听见对方说："哥经验足，用不着算那么多乱七八糟的数字，哥教你。"

还没搞懂聂瑜口中的"教"是什么意思，聂瑜已经绕到了他的身后，右手覆上了他的手背，牵引着他握住打火机，左手贴近他的后背，他的半个身子被聂瑜环抱住。

聂瑜高费遐周大半个头，他吐息时，费遐周能看见白色的雾气飘散在脸颊右侧，如同吞吐着发烫的耳郭。

"等会儿我数一二三，你就按下打火机，我跑，你就立马跟着我跑。"

聂瑜将二踢脚放置在地上，牵引着费遐周一同蹲下去。

按费遐周往日的性子，少不得要放几句狠话，此刻却意外地安静，身后的聂瑜怎么做，他就跟着怎么做。不知道的，只以为他真的被烟花给吓着了。

"来，准备好。"

聂瑜倒数的声音就响在耳畔，费遐周的喉结翻滚，是真的紧张。

"三，二，一……跑——"

二人迅速起身后退，聂瑜扣住费遐周的手，纤细的手腕皮包骨，轻易就能被他的手掌包裹。

刺啦刺啦，导火线以每秒 0.8 厘米的速度燃烧，2.5 秒后燃烧到了尽头，火光熄灭，烟花纹丝不动，一阵风吹飞地上的尘土。

"这是个哑炮吧。"

"为什么不——"

费遐周抬起头的瞬间，聂瑜也刚好侧头看他，后背与胸膛的距离并未拉开，他一回眸，闪亮的夜星撞进了河面，"扑通"一声，砸开了薄冰，沉入了河里。

爆竹声在这一瞬戛然而止。

冬夜的风拂过发丝，费遐周眉梢微颤，睫毛抖动不安。

"嘭！"

劣质商品二踢脚迟钝了太久，一道光芒如闪电般冲向天空。

静止在原地的二人被这声音敲醒，慌乱中迅速拉开距离。

退开了两步，聂瑜却忘了自己手里还牵了个人。费遐周低着头想要甩开胳膊，还没来得及挣脱，二踢脚在半空中炸开了第二响。

二踢脚升入高空，哗啦啦，散落成一闪即逝的绚丽昙花。

漫天烟火落在了他们的头上。


顾念放烟花放得很兴奋。

"你看见那个'窜天猴'了没有，'咻'的一声就上天了！还有那个'地老鼠'，差点飞到我脚底下，可把我吓坏了。"

他手舞足蹈地炫耀自己的亲身经历，聂瑜和费遐周却没有在听的样子，两个人一左一右隔得老远，一个字也不讲。

"你俩怎么了，怎么不说话啊？刚才那么半天都没把烟花棒放完，干吗去了你们？"顾念莫名其妙地看着他们两个，想不明白。

"我……"

聂瑜刚一开口，费遐周就生理性抖了一下身子。

"我得帮忙收拾屋子，大伙儿吃完就走人了，那院子里一地的瓜子壳。"他咳了两声，扯开话题，"时间不早了，你俩赶紧回去睡吧。

缺什么跟我说。"

顾念闻声也打了个哈欠，犯困了："呀，都快十二点了啊。小费，咱回去睡吧。"

费遐周"嗯"了一声，闪身进了小洋楼，溜得飞快。

聂瑜留在原地，直到对方背影都看不见了，仍呆呆地看着前方。

晚宴散了，宾客各回各家，热闹的院落里只剩下残羹冷炙和一地果皮屑。

梁玉琪难得像今天这么开心，喝了不少酒，张叔连哄带劝地才把她送进卧室。聂瑜主动揽下了收尾的活儿，忙到半夜整个庄上的灯都熄了，他才摸着黑回了客房。

第二天，聂瑜难得起晚了。

八点其实也不算太晚，但是在这个五点就有公鸡打鸣的地方，他洗漱完走到客厅的时候，梁玉琪早已准备好了一桌丰盛的早点。

费遐周站在她的身边，手捧着碗，帮忙盛粥。

"你今天怎么起这么早？"聂瑜昨天累得不轻，醒来后哈欠连天。

他故意装得自然，用寻常的语气同对方打招呼，其实心跳得像大鼓，生怕对方一觉醒来理智上线，骂自己。

"有粥有面有烧饼，你吃什么？"

费遐周将碗端上桌，语气如常，只是没用正眼瞧他，眼睛下的黑眼圈有些深，像一晚上没睡好似的。

聂瑜想了想，说："吃面吧。"

"就知道你要吃面！"梁玉琪从厨房里端来一大碗热气腾腾的汤面，浇头有肉丝有香肠，丰富得很。

她笑道："你从小就爱吃面食，也不知道像谁。"

聂瑜笑了笑，坐下来抓起筷子就埋头吃面。

"也不知道说句谢谢！"梁玉琪敲了敲他的脑袋，"这可是我手把手教小费煮的，这面筋道吧？"

"啊？"聂瑜从雾气中抬起头。

费遐周咬了口甜烧饼，面不改色地说："随手学了学，谁知道顾念起晚了。"

言下之意，便宜你了。

话虽是这么说，但是聂瑜早就顿悟了，对于费遐周这种人的话，必须从字面意思的反面去理解。他说没关系的时候不一定是真的没关系，他说不在意的时候也不一定是真的不在意。

他说的随手，很可能就是特意。

聂瑜乐呵呵地傻笑了两声。

梁玉琪嫌弃地看他："这孩子吃着面，笑什么？"

"我说呢，原来是小费做的面。"他摸了摸鼻子，"怪不得咸得发齁。"

费遐周抓起烧饼往他脸上砸。


在乡间的第三天，聂平亲自来接三个小孩回去。

梁玉琪提着一大包食物送他们出了村子。

"香肠带了吧？吃之前热一下，香得很呢。盒子里是春卷，回去放进冰箱，在路上稳一点，别给撒了。"当妈的没什么能嘱托的，只能在吃食上尽心尽力。

"就送到这儿吧。"

聂瑜看见姑姑的车停在了村口，倚着车门抽着烟的人却是爸爸。

梁玉琪也见到前夫了，他比过去更瘦更黑了，大过年的也没买新衣服，身上那件皮夹克不知道穿了多少年了。抱怨的话下意识地涌上心头，想开口却意识到早就没这个必要了。于是干脆笑笑，隔着十来米，一条水泥路的距离。

见孩子们来了，聂平迅速掐了烟。他的前妻比过去漂亮多了，年纪虽长了但心态年轻，瞧她这一身细心搭配的穿着，想必过得不错。

足够了。

这对过去的夫妻给了彼此一个眼神，一句多余的话也没说，却已心领神会。

"上车吧。"聂平招呼一声，帮孩子们开了车门。

顾念喜提一大包烟火棒，径直往副驾驶的位置走去。

脚还没跨进去，费遐周一把拽着他的卫衣帽子给人拖了出来，莫名其妙地说了句："跟我一起坐后面。"不顾对方挣扎，把这团红球塞进了后座。

聂瑜跟妈妈道别完，回来的时候后座已经坐了两位，他朝费遐周的方向望了一眼，上了副驾驶的位置。

回去的路上，顾念不停地转动脖子，一会儿看看表哥，一会儿看看同桌，肉嘟嘟的脸上浮现几丝疑惑的神情。

他终于忍不住开口问："你俩吵架了？"

费遐周倚着座椅闭目养神，没睁眼："没啊。"

"那你们俩怎么不讲话了？"

"没啊。"

"你看你看，你平常讲话根本不是这个样子的。"顾念模仿他的语气，"没啊，没啊。哇，你还能再敷衍一点吗？"

"我平常是什么样子？"

"不叫的狗咬人最疼——你就是这种样子。"

费遐周终于睁开眼了。

他突然抛出新话题："明天开学了。"

"啊？"顾念一时间没反应过来，"别开玩笑了，过几天才开学呢。"

费遐周笃定地说："明天开学，昨天夜里刚给家长发的短信。你妈妈应该还没来得及告诉你。"

顾念慌了："我寒假作业还没写完。"

"我也没写完。"

"那怎么办？"

"不写了呗，反正都是会的题目。"

"你敢就这么跟老师交代吗？"

"为什么不敢？"费遐周挑眉，嚣张地说，"我是年级第一啊。"

昔日的年级第一顾念咬牙："你故意的吧！"

后座的两个人吵吵嚷嚷，完全忘记了副驾驶座上的那位。

聂瑜看着后视镜里一动一静的两个小朋友，十指交叉，指节用力。


假期结束的同时，聂平也要离开襄津了。

这一次，聂瑜没有再像上次那样躲着不见他，而是亲自送父亲去了汽车站。

他们没聊起梁玉琪和那场婚礼，江淮的男人都很少吐露感情，父子间的关系像紧绷的弦，彼此紧密相连但又不敢轻易触碰。

临走时，聂平留给儿子一袋胶卷，里头是他拍摄的川渝的风景照，他嘱咐儿子有空去照相馆洗出来。聂平很喜欢川渝，还要在那边再待几个月，下次再见面时可能已经是夏天了。

聂瑜点了点头，对他说再见。

再度回到学校，铺天盖地的考试和作业填满了聂瑜的每一分钟，他将游戏里的装备都卖了，附近漫画店的借书卡也退了，一心一意埋进学习里。

费遐周也在准备一个多月后的学业水平测试，也很忙。二人间的相处时间理所当然地减少，大部分时候都是各自关在房间里学习，吃饭时也急匆匆，腾出时间好去打个盹儿。

这样的日子里，费遐周几乎日日倒头就睡，梦游症没再发作过。

但他还是会时不时地梦到一场绚烂的烟花，梦见在烟花下，有一对爱人在忘情地接吻。

直到二月底的某一天，费遐周放学路过家属区门口那家老旧的照相馆时，一个戴着玳瑁眼镜的老爷爷冲他挥了挥手。

"你是住聂瑜家的小孩吧？这是聂瑜上次让我洗的照片，估计是学习太忙给忘了，一直没来取。"老爷爷将一沓照片整理好，塞进了牛皮纸信封里，"正好，你给他吧。"

费遐周点了点头，说了声谢谢。

信封很厚，照片很多。回去的路上，费遐周取出照片随意翻看。前一半是川渝的大江大河，山川风物。后一半大概是聂瑜在乡下时拍的，残雪覆盖的田野、参差错落的村庄，有的没对上焦，有的构图诡异。

其中有一张人物照，照片上的人，是费遐周。

那是离开村庄的前一个晚上，据说是财神日，家家户户爆竹声不停。费遐周和聂瑜陪着顾念在河边放烟火，因为前一天的尴尬两人站得很远，怕走近了就不知道该说些什么，也怕自己说错了什么。

彼时，顾念站在码头上，费遐周靠在河岸边望着他，烟火一次比一次壮观，天幕中交织着滚烫的赤红和燃烧的银辉。

观望着烟火的费遐周并不知道，站在他身后的聂瑜悄然举起了相机，将这一幕刻写在胶卷上。

相机镜头对准了地上的影子，花火升空的那一瞬间，聂瑜距离费遐周两三米，在他们的脚下，被拉长的影子紧挨着彼此，并肩而立。

第十二章 乍暖还寒时

春寒料峭，乍暖还寒。

一个冬天都挨过来了，费遐周却在春天生了病。

不是什么大病，普通的咳嗽外加低烧，但这小孩总是不肯吃药。这回没有别的原因，就是单纯怕苦，板蓝根也不愿意喝、止咳糖浆也嫌弃，"老妈子"聂瑜只好一趟一趟地跑药店，把所有冲剂换成胶囊和药片。

曾经的龃龉心照不宣地遗忘掉，这场病给了好面子的二人一个最好的台阶，他们重新恢复你闹我怼的相处模式，一切都发生得自然而然。

饶是聂瑜百般上心，费遐周的感冒拖拖拉拉两个星期，仍不见好。聂瑜心中发急，做梦都惦记着每日的用药。

语文课上，李媛讲到《林黛玉进贾府》，王熙凤问林黛玉："妹妹几岁了？可也上过学？现在吃什么药？"

聂瑜趴在桌上正睡得半醒半梦，听见最后一个问句，突然就站了起来，条件反射地喊了一句："太极急支糖浆，一次 20 毫升，一日 3 到 4 次，一定要喝！千万不能忘！"

全班鸦雀无声。

黄子健："哥，你睡醒了？"

同学突然爆发的笑声将睡梦中的聂瑜惊醒。

聂瑜看着李媛，窒息了："呃，我……"

李媛举着戒尺，微笑："给我站到教室外面清醒清醒，把药吃完了再进来。"

聂瑜抱起课本，滚出了教室。


"咳咳咳！咳咳咳！"

高二（16）班内，费遐周捏着发痒的喉咙，剧烈咳嗽到脸色发绀。

蒋攀将课桌朝后拉了两厘米，皱着眉问："朋友，你还好吗？你现在咳得像 QQ 的消息提示音。"

顾念给费遐周倒了杯热水，拍了拍他的后背："你喝点水吧。"

蒋攀扯了扯顾念的衣服，劝道："你离他远点，万一传染给你，影响你月考怎么办？"

"你觉得你现在说这个合适吗？"顾念翻了个白眼，甩开他的手。

"我这不是关心你嘛……"蒋攀嘟囔。

"嗡——"

费遐周口袋里的手机振动了一下。

是一条短信："降温了，加衣服。"

又是这个陌生号码。

费遐周隐隐皱眉。

蒋攀好奇地看过来，问："谁的短信？"

"不认识，应该是发错了。"费遐周迅速地收起手机，没让他看见内容。

顾念揪住蒋攀的领子，严肃地说："你怎么还偷看别人隐私？"

"不就一条短信？"蒋攀"喊"了一声，掏出自己的手机搁在桌上，"我这是最新款的诺基亚，你们想看什么，随便翻，小爷我没有见不得人的隐私。"

顾念突然咳嗽起来，拼命地朝他使眼色。

蒋攀关切地问："你怎么也咳嗽了？是不是被费遐周传染了？我送你去医务室吧，你……哎哎哎！疼！"

.221.

他话没说完，耳朵突然被提溜起来，巍巍威严的声音在身后响起："我警告多少次了，不准把手机带到学校，把我的话当耳旁风了是不是？最新款诺基亚是吧？没收了！让你父母亲自来拿。"

蒋攀欲哭无泪。

为什么被抓包的只有我？

初春的襄津笼罩着一层看不见的灰色，倒春寒久久不散，冷风无孔不入地钻入毛孔，路人刚换上薄大衣，又不得不重新翻出棉袄。天仍黑得很早，晚间休息一个小时吃晚饭，下课铃响起时，灰色帷幕早已悄然登场。

这个时间是育淮最忙碌的时候，出门吃饭的学生和送饭的家长将不算宽阔的校门堵得水泄不通，人群移动得十分缓慢。

刚刚走出闹哄哄的校门，费遐周的手机又响了起来。

他接起电话："喂，您好？"

电话那头没有声响。

他以为是自己手机的问题，再三确认手机屏幕，又重复问："您好？在吗？"

依旧无声。

奇怪了。

前两天被聂瑜拉着看了个恐怖电影，这奇怪的电话让费遐周回忆起电影里的恐怖桥段，他有些发慌地挂掉电话，心有余悸。

晚饭是在学校附近一家面馆里吃的。

聂瑜点了一碗肥肠面，外加一块大排、两个荷包蛋。费遐周点了一碗雪菜肉丝面，慢吞吞地只吃了半碗，剩下的面团坨在了汤里。

"好歹把蛋给吃了。"聂瑜态度强硬地分给他一个荷包蛋。

费遐周没说话，低头细嚼慢咽。

吃完面，聂瑜去结账的时候，费遐周又收到了一条短信。

"面不好吃吗？"

费遐周慌乱地环顾四周。

面馆人多眼杂，一团闹哄哄，大多是学生和附近的居民，看不出有什么异样。

这是第几次了?

费遐周低头看着手机,简短的五个字像尖锐的诅咒。脱落的伤疤仿佛又在肩头隐隐作痛,他攥紧手机,面色惨白。

聂瑜一回来就感受到了不对劲。

"你怎么了?脸色怎么这么难看?"他伸出掌心贴在费遐周的额头上,喃喃道,"没发烧啊。"

费遐周拍开他的手,信口胡诌:"面太难吃了而已。"


不平静的心境直接影响了费遐周的解题状态。

晚自习来了一场突击检测,魏巍拿到了隔壁市的月考卷子,挑了最难的几道题,要求限时完成。

顾念和吴知谦率先得出正确答案,蒋攀和其他一些同学在最后一分钟解出了其中一个正确数值。而被魏巍给予厚望的费遐周却失了手,演算了三四张草稿纸,仍然一无所获。

已知双曲线的中心在原点,右顶点为 A(1,0),点 P、Q 在双曲线的右支上,点 M(m,0) 到直线 AP 的距离为 1……

双曲线,右顶点,画图的话应该是这样,直线 AP 的斜率为 k,△ APQ 的内心,内心是什么……

得出……

下课铃像耳边的一道惊雷。

费遐周的笔掉落在地,黑色油墨在白毛衣上划出一道长线。

"行了,算不出来回去再算。"魏巍失望地看着他,"知识不扎实,心浮气躁,到了高考考场看你们怎么办!"

费遐周蹲下去捡笔,头埋在课桌下,迟迟没有站起来。


夜风很凉。

冬天的夜晚是浓稠的黑色,路边摊早早收工回家,费遐周一个人行走在路上,周围鲜有路人。

顾念一出校门就被聂安开车接走了,蒋攀拐个弯进了隔壁小区。同行的人倏然离去,费遐周表面上仍平静地挥手再见,手里却攥紧了书包肩带。

他有一些不好的预感。

费遐周几乎都挑大道走，靠着有灯光的地方，每走十米就回一次头，张望四周是否有形迹可疑的人。

刚离开学校时，路边总有三三两两同行的学生，但越往家属区走行人越少，路灯也越发暗淡。在夏天时本不觉得有什么，而到了冬天家家户户大门紧闭，早早睡了觉，连霸天也缩回了自家天井，不再叫嚷。

深夜的家属区，偶尔传出一两声猫叫，越发衬得寂静幽暗。

有人跟过来了。

费遐周在拐进里巷后意识到了这一点。

那个人脚步很轻，与自己行走的节奏同步，自始至终隔着不远不近的距离。费遐周数次回过头，却看不见人形，只有影影绰绰的影子。

是他吗？

徘徊间，停在身后的影子突然晃动，急促的脚步声靠得越来越近。

在打架这件事上，费遐周毫无天赋、更无胜算，硬碰硬他只有死路一条。

费遐周来不及细想，拔腿就跑。

寒风嫌弃刘海，风衣衣摆在身后飘荡，他踩着硬底帆布鞋在凹凸不平的石板路上奔跑，多次脚下打滑，险些扭伤膝盖。身后人的步伐紧跟着他加快，有许多次他甚至能看见对方扭曲变形的影子追上了自己。

不能在这个时候出事。

至少不能在这里、在聂瑜的面前。

"嘭！"

费遐周在扭头看向身后的同时直直撞上了前方的路人，来不及收回的加速度裹挟着他全部的体重飞了过去，胸膛与胸痛碰撞出沉闷的声响。

天旋地转之中，费遐周的身体被有力的手臂及时拉住。

"你跑这么快干什么？有人在后面追你吗？"聂瑜吃痛地嚷了一声，将快跪在地上的费遐周一把捞了起来，数落道，"我的肋骨都快被你撞断了。"

"聂……"

费遐周迷糊了好一阵儿才缓过神来，迷茫地望着面前熟悉的脸，又猛地看向身后。

那个追他的影子消失了。

"喂。"聂瑜抬手在他面前晃了晃，"你撞傻了吗？看什么呢？"

费遐周舔了舔干涩的唇，摇摇头："没……没事。"

顿了顿，他又抬头问聂瑜："你怎么在这里？高三不是还没下课吗？"

聂瑜提起手上的塑料袋，说："你的药吃得差不多了，我怕药店关门早，提前溜出来买了点。这次都是胶囊，省得你每次吃药都跟杀猪似的。"

"是……是吗……"

即使被开了玩笑，费遐周却一反常态没有反驳，眼神空洞地看着巷子尽头的黑暗。

聂瑜揽过他的肩膀，强制他的视线转了个方向。

"走了走了，外面这么冷，我都冻死了。回家！"

费遐周沉默地点头，撑起发软的双腿，步伐缓慢地走回了家。

而费遐周所不知道的是，在他与恐惧奋力斗争的同时，聂瑜不动声色地回过了头，看向身后。

黑暗里，一双灰色的眼睛正注视着他们。


当晚，费遐周直到深夜也未能入眠。

气温骤降后，聂瑜到底受不了地板的凉意，卷起铺盖回了自己的房间。不过费遐周的情况也还算稳定，睡眠质量有明显的好转。

而今天，他频繁起夜，倒水时还不小心打翻了杯子。那个在夜市上赢来的马克杯还算结实，摔在地板上撞出响亮的一声，没留下一条裂痕。

尽管之间隔了一层天花板，聂瑜还是被这一撞给惊醒了。

聂瑜原本是刮风打雷都吵不醒的人，可现在但凡听见楼上有什么动静，就算在梦里也能被拽回来。

他抹了把脸，抱起枕头上了楼。

房门被敲响。

"咚咚、咚咚咚、咚咚！"

费遐周惊讶地看着一脸困倦的聂瑜，来不及问怎么了，对方已强硬地钻进了房内，踢上房门、关掉夜灯，拉着他的手腕裹进了被窝里。

费遐周天生体寒，被窝里也是冷的，聂瑜钻进去时打了个哆嗦，皱着眉问："怎么这么冷？"

"你大晚上发什么神经，跑上来跟我抢被子？"费遐周公开投诉，顿了顿，又补上一句，"刚刚下去倒水了。"

聂瑜叹口气："那早点睡觉吧，要是还冷记得跟我说。"随即闭上眼，转了个身，背对着费遐周，自顾自睡去了。

费遐周张了张嘴，反驳的话堵在嗓子眼，终究没说出来。

和费遐周不一样，聂瑜气血旺盛，没过几分钟就把被窝给焐热了，冬夜的寒冷都被阻挡在外。

其实他表面上鲁莽，做事却很周全。他完整地穿着睡衣，长袖长裤，与费遐周也隔了不近的空间，只占领了被子的一角，保持与枕边人的距离，绝不过界。

聂瑜没说晚安，不问他失眠的理由，也不解释自己的行为。但他什么都不用说，一切都已经溢于言表。

小孩，聂哥在呢，安心睡吧。

他总是喜欢用这样熟稔的语气称呼费遐周是小孩，不顾对方蹿高的个头和惊人的智商。不讲理的霸道，和毫无保留的宠溺。

费遐周没有闭眼。

他静静地凝望着枕边人，聂瑜的脖颈线条像连绵的山脉，脖子的后方有一颗小黑痣。

第一次，他任由自己的目光像流水一样倾泻，不设提防，翻涌滚烫。

他伸出手想要触碰对方，只差几毫米的距离，修长的五指僵在空中，良久，又悄无声息地收了回来。

费遐周紧咬下唇，只觉得鼻尖泛酸。

对于曾经的他而言，黑夜可怕而又漫长，落下的日光是折磨与耻辱到来的预警。

他在无数个寂静的夜里被拖至角落遭受酷刑，他挣扎却无法挣脱，呼救却无人回应。他知道别人是能听见的，无能的痛哭、歇斯底里的呐喊，他们都听得到，却装聋作哑，躲在被窝里瑟瑟发抖，为他的遭遇献上无用的怜悯。

最可怕的从不是身体上的痛苦，而是被众人选择性抛弃。

没有人愿意为他的黑夜点亮一盏灯。他曾经这样以为。

可聂瑜是不同的。

聂瑜是天生的发光体，是航行在无垠苍穹的发光卫星，每一次的闪烁都是给予他的回应。

第二天的气温有了些许回升。

清早出门前，费遐周有些惆怅。在聂瑜的勒令下，他全副武装，耳罩、手套和雪地靴，从头到脚包裹严密，厚重的毛衣撑起鼓胀的羽绒服。他一身蓝色系的衣服，远远看上去像一颗蓝色的圆球。

然而出门前，聂瑜仍然不满意，扯着费遐周的书包带子将他拽了回来，又绕着他的脖子裹纱布似的缠上了一条围巾。

"今天回暖了，戴什么围巾？"费遐周要将这条绿色针织物撤下来，被聂瑜阻拦了。

"你感冒没好，要保暖。"

"绿围巾太丑了。"

"哦，我奶奶织的。我等会儿将你的评价转告她。"

"……"

费遐周将围巾取下来，平分对叠，再从中间位置重新围住脖颈，两边穿插，服服帖帖地裹在胸前。

临走前，聂瑜扫了一眼家里，盯着茶几上的手机问："你的手机是不是忘拿了？"

"老师不准带手机，专心上学，少发短信。"费遐周答。

最寒冷的日子过去了，育淮的广播操时间改成了晨跑，全校几千人分成几批，乌泱泱地绕着操场和篮球场跑圈。学生们累得直喘气，中途仍不忘交头接耳。

聂瑜站在队伍的最后排，将黄子健拉到了身旁。

他问："最近有什么人在育淮说得上话的吗？"

黄子健不假思索地答："当然是聂哥您啊！您称第二，谁敢称第一？"

聂瑜抬手往黄子健后脑勺拍了一巴掌："我问正经事呢，拍什么马屁！"

"我错了，我错了。"黄子健揉着脑袋说，"聂哥，你关心这个干什么？"

绕场三圈跑到了终点，队伍前方的人依次慢下了脚步，往操场外步行。

"只是有件小事——"聂瑜勾了勾手，黄子健凑过耳朵，"帮我找一个人，越快越好。"

下午最后一节是体育课，黄子健和张晓龙站在附近人潮密集的十字路口盯梢。

张晓龙眯着眼，问东问西："你看前面的高个子是不是？对街那个男的呢？"

黄子健啐他："聂哥要找的是陌生面孔，对街王老三在这儿卖了多少年油墩子了？你敷衍谁呢？"

"这也不能全怨我啊，聂哥连那人长什么样都没说清楚，咱上哪儿找去啊？"张晓龙不服。

"那你也好歹动动脑子。"

正巧身后路过一个高个男生，人行道狭窄，他让也不让直直撞上身旁人的肩膀。张晓龙一个没站稳，摔了个屁股朝地。

"你给我站住！你没长眼睛啊！"张晓龙揉着屁股骂道。

对面亮起红灯，高个男生被往来车辆拦在斑马线之后，站在路边，纹丝不动。

张晓龙恼了，上去就拽人家衣服，嘴里嚷着："跟你说话没听见啊？给我道……歉，啊啊啊！"

他刚摸到那高个男生的外套，手腕就被人拽住往前一扯，肩膀被扭转在身后，膝盖猛地受痛，"扑通"一声跪在了地上，痛得嗷嗷大喊。

黄子健迟钝地反应过来，赶忙跑上前。

"喂，前面的！你怎么撞了人还打人啊！你知不知道这是谁的地盘？"黄子健叉着腰瞪那高个男生。

高个男生的灰色风衣长至膝盖，戴着一顶鸭舌帽。他抬起头，余晖下露出一张灰白枯槁的脸，眼窝深陷，黑眼圈极深。

他昂起下巴，目光冷峻，如凛冽朔风。

"你倒是说说看，这是谁的地盘？"

太阳一下山，气温骤降。

晚间休息，费遐周怕冷，脑袋缩在绿色围巾里，一路小跑着回了家。

聂瑜在厨房里加热中午没吃完的菜，茶几上的手机振动了一下，发出"嗡"的一声。

犹豫再三，费遐周还是打开手机看了一眼。

"换条围巾，丑。"

平静的心又立马沉了下去。

他发怒似的将手机往沙发上扔。

诺基亚耐摔，砸在厚绒布上，发出一声闷响。

"这是怎么了？"聂瑜端着汤进屋，刚巧目睹这一幕。

"没……没什么。"费遐周摇了摇头，"骚扰短信，看着烦人。"

聂瑜拉上门，冷风被挡在了外头。他说："被骚扰就拉黑，拿手机撒气干什么？"

费遐周坐上饭桌，点点头。

盛汤的时候，聂瑜说："对了，你晚自习结束再等我半个小时，等我跟你一起回家，别乱跑。"

"为什么？"费遐周咬着筷子看他。

"没为什么，想请你喝桂花酒酿汤，成吗？"

"成！"


桂花虽早已谢了，但桂花酒酿汤一年四季都能喝到。每到放学的时候，会有五六十岁的老奶奶推着小车出来卖，一块钱一杯汤，捧在手里热乎乎的，冷天喝正驱寒。

费遐周对襄津的这些小零嘴馋得很，惦记了一个晚上，终于下了课。

"你不走吗？"

顾念和蒋攀都收拾好了书包，将没写完的作业带回去接着开夜工。顾念将椅子搁在课桌上，转头，看到费遐周正纹丝不动地坐着。

"不了。"费遐周摇了摇头，"我等高三下课，跟聂瑜一块儿回去。"

蒋攀疑惑："聂哥不是早走了吗？"

"走了？"费遐周瞪大眼睛。

"是啊。高一放学的时候，我去上厕所，正好看见聂哥从楼梯下来。"蒋攀说，"他估计是逃课上网吧，还不让我告诉你们。这有什么不能说的，又不是……"

顾念在蒋攀的大腿上掐了一把，蒋攀疼得一个激灵，惶恐地问："你掐我干什么？我真看见了，他还带了两个小弟一起……唔唔唔……"

"时间不早了，我们就先撤了。"顾念捂住这傻子的嘴，推着他往教室外走，"小费再见哈，明天……"

"顾念。"

费遐周放下了笔，琥珀色的眼睛看着他。

"你们有事瞒着我。"

不是问句，是肯定。

"我……"顾念移开目光，看向别处。

费遐周又看向蒋攀："你说。"

蒋攀看看顾念，又看看费遐周，一个逼着他说，一个死活要保密，两个人的目光快把他烧出两个窟窿了。

"哎呀呀，你们别逼我了！"他把心一横，索性全说了，"聂哥这两天在找什么人，拜托了学校里不少混得开的人。今天晚上估计是要去收拾那人一顿吧。"

费遐周问："找人？什么人？"

蒋攀摊手："我哪知道啊。听说是下午见着的，看起来特凶，戴顶鸭舌帽在学校附近晃荡，也不知道是什……"

他话还没说完，费遐周不知道受了什么刺激，一把扯过了他的领口，吼得眼眶发红："聂瑜现在在哪儿？"

蒋攀慌了，老实交代："这……这我哪知道啊……估计就在学校附近，跑不远，想找的话……你跑什么啊！"

费遐周甚至来不及拐弯，踢开脚边的桌椅往教室外冲去。

"费遐周你别去！你不能去！"顾念追着费遐周的背影跟了上去。

蒋攀傻眼了："不就收拾个地痞流氓吗？这演的是哪一出？"

黄子健和张晓龙蹲在巷子口，冷得缩成一团。

　　"咱俩真不用去看看？"张晓龙不确定地问，"那孙子下手忒黑，聂哥搞不好要吃大亏的。"

　　黄子健摇摇头："拉倒吧。我俩拖油瓶，万一帮不上忙还给聂哥拖后腿怎么办？再说了，聂哥讲了，这是男人的对决，要一对一，不管听见什么都不能过去。"

　　"万……万一他被揍很惨怎么办？"

　　"开玩笑！他是聂瑜好不好！你以为是你呢，一身肥膘，只有被揍的份儿。"

　　张晓龙安静了几秒，竖起耳朵仔细听巷子深处的动静，不确定地问："你……你刚刚听见没有？刚刚是不是……是不是聂瑜被揍了啊？"

　　黄子健啐他："你瞎说什么呢？我们聂哥怎么可能……"

　　"聂瑜，你给我滚出来！"

　　本该在琴房的枚恩不知怎么跑到了这儿来，刘海被风掀起，露出浓密的眉毛，身后背着的巨大琴盒像一把锋利的武器。

　　黄子健愣了："枚恩，你怎么来了？"

　　枚恩一路小跑过来，扶着腰喘了两口粗气儿，平日里波澜不惊跟个菩萨似的，此刻动了怒气，在黑夜里变成了阎罗。

　　他看见蹲在巷口的这两位，气得发抖，吼道："还在这儿坐着！是不是想看聂瑜死在里头！"

　　黄子健呆了几秒，腾地站了起来，举着手电筒往巷子深处奔去。


　　费遐周走到楼下，对面的教学楼已人去楼空，熄了灯，漆黑一片，犹如空城。

　　一阵冷风吹得他打了个冷战，骤然爆发的冲动从顶峰坠落，他站在黑色的教学楼下，停住了脚步。

　　顾念紧跟着赶了过来，拽住他的胳膊死不放手："小费，你千万别去，我哥再三说了，你不能去！"

　　"好。"费遐周点点头，从容得很，"我不去了。"他转过身，往回走，风衣被风吹得飘扬。

　　"啊？你答应了？可是你刚才？"顾念没想到他这么轻易就答应

了，嗯嗯呀呀，话都说不明白了。

费遐周抬头看天，说："聂瑜让我在教室等他，我等着。"我不去找他，我要他自己来找我。


枚恩和黄子健赶过去的时候，听见了聂瑜的声音。

"我知道用拳头解决问题挺幼稚的，没新意。但是对付你这样的人，不用拳头结结实实揍你一顿，我实在不解气。我要用你的方式，把你欠的债，一拳一拳地讨回来。"

枚恩拦住黄子健，在几米外停下了脚步。

"别过去。"

黄子健急了："你拦我干吗？你看聂哥都成啥样了！"

"这是他自作自受。只要不伤着要害，就随他去吧。"枚恩叹气，"这小子，还真是栽在他身上了。"

"'他'是谁？"黄子健茫然地问。

枚恩只是摇头，没有回答。


两败俱伤，是意料之中的事。

将聂瑜从巷子里拖出来的时候，他几乎连路都走不稳了。

"你给我闭嘴，我带你去诊所。"枚恩劈头否决聂瑜要说的所有话，和黄子健一人搭着一条胳膊，几乎是扛着聂瑜走。

"我……我不去。"聂瑜甩开黄子健，搜寻着什么东西，"书包呢？我的书包呢？"

黄子健从角落里捡回一个黑色书包，递给他："在这儿呢！"

"这个时候你还有心思关心书包？"

枚恩莫名其妙地瞅着聂瑜，眼见着对方拉开拉链，宝贝似的捧出一个塑料杯子。

聂瑜松了口气："还好，没洒。"

他将杯子塞回书包，瘸着腿往诊所的反方向走。

枚恩吼道："你要去哪儿！"

"回学校。"聂瑜说，"我答应了和小费一起回家。"

"都几点了！人家早走了吧！"

聂瑜摇摇头，笃定地说："他答应了会等我，一定不会走的。"

十点半，高三晚自习结束，哄闹的人群如潮水般涌出，哄闹的说笑声充斥着教学楼上下。

　　过了半个小时，大半个校园都陷入了黑暗。

　　十一点，聂瑜拖着疲惫的身躯走进了高二（16）班的教室，手里提着一杯打包好的桂花酒酿汤。

　　"有点凉了……带回去热一热再喝吧。"

　　聂瑜将杯子搁在桌子上，不等对方抬头就撇过脸去，夹克衫披在肩上，满身尘土。

　　值日的同学也都离开了，教室里只剩下费遐周一个人，单薄的身躯独自坐在空旷里。

　　"你把脸转过来。"

　　费遐周合上笔记，抬起头看向对方。

　　聂瑜背对着费遐周，不出声。

　　"你看着我。"

　　聂瑜仍没有回应。

　　"不愿意是吧？好。"

　　费遐周点头，脸上看不出情绪。他迅速收拾好书包，提着桂花酒酿汤往教室外走。

　　聂瑜留下将教室的灯关了，门窗锁好，费遐周已经先一步跑下了楼。

　　好在聂瑜个高腿长，走路快，没多会儿就跟上了对方。但他并不往前走，只隔着不近不远三四米的距离，跟在费遐周的身后。费遐周走得快，他也加快步伐；费遐周慢下来，他就紧急刹车，生怕靠太近。

　　两人不说话、不交流，一前一后的像陌生人。只有一双影子在路灯下变换交叠。

　　他不愿让费遐周看见自己的模样，费遐周就干脆头也不回，一个眼神也不给他。


　　聂瑜把自己关在房间里上药。

　　费遐周倚在门口，故意寒碜他："都是大老爷们儿，你害什么臊啊。"

聂瑜不是害臊，是怕吓着小孩。那孙子下手忒黑，说好一对一赤手上阵，结果对方不知从哪儿捡了块棱角坚硬的石子，不带犹豫地往他脸上砸。好在他反应迅速，只眉毛边被割开一道细长的口子，但毕竟伤在脸上，他不想让费遐周看见自己这张脸。

他没去医院，路过诊所进去买了点绷带和碘酒。

诊所的医生是个五十多岁的奶奶，一见聂瑜这狼狈的模样就知道又是去打架了，噼里啪啦骂了他一顿，跟关照自家孙子似的。

聂瑜初中的时候经常在外头鬼混，弄了一身伤不敢回家，只好去诊所买点药，待到天黑奶奶睡着了再溜回去。

记得有那么一次，聂瑜伤了腿，大半夜一瘸一拐地走回家属区，在巷子口看见了蹲在地上的邻居家小孩。

费遐周那时候就瘦瘦小小的，蹲在地上，宽大的衣服盖住了膝盖，像个小皮球。聂瑜没留神，差点撞上他。

"你蹲这儿干吗呢？"聂瑜敲了敲他的小脑袋。

小孩抬起脸，揉着困倦的眼睛，说："我没带钥匙，回不了家。"

"你爸妈呢？"

"爸爸出差了，妈妈去跳舞了，还没回来。"

襄津的舞厅还没被严打整改的时候，费遐周的妈妈是那儿的常客，年轻貌美、风姿过人，只是在带孩子这件事上，实在没什么经验。

聂瑜翻翻白眼，把小孩拽起来，不大情愿地说："别搁这儿蹲着了，不冷啊你？起来，跟我走。"

小孩老老实实地站起来，跟着他进了家门。

聂奶奶已经睡下了，饭桌上给聂瑜留了晚饭，还有一根鸡毛掸子，暗示明天再收拾你这臭小子。

聂瑜也没热饭，就着凉的就胡乱地往嘴里塞，吃到一半想起了边上还坐着一个人，问他："你吃不吃？"

小孩摇摇头，说吃过晚饭了。

"哦。"聂瑜点点头，从兜里掏出一块碎成两半的巧克力棒，塞进小孩手里，"这个给你。"

"妈妈说睡觉前吃糖会长蛀牙。"小孩老实巴交地婉拒。

聂瑜把筷子一摔，恼了："爱吃不吃。"

吃完了饭，他用热水擦了擦身子，回房间清理伤口。

看来以后打架也得挑个干净点的地方，泥垢都进了皮肉里，不用棉签使劲往里戳都清理不干净，想要清理干净就得疼出一脑门儿的汗。聂瑜咬着牙往腿上倒药水，疼得颈部青筋暴出。

折腾了老半天，他抬头一看，坐在边上的小孩不知道什么时候已经泪眼汪汪，哭得无声无息。

聂瑜纳闷了："你哭什么？不知道的还以为我把你怎么了呢。"

小孩抽噎："疼。"

"疼什么疼，又没人揍你。"

"哥哥，你疼。"

三年级的小孩，语文成绩差，复杂的句子都说不利索，磕磕巴巴地吐出四个字。聂瑜愣了半天才明白过来。

"我……我疼，你哭什么？哭丧呢？"他有点不好意思，觉得自尊心受到打击。

小孩擦了擦眼泪，问："为什么要打架？妈妈说，打架不好。"

聂瑜翻白眼："你有妈了不起啊？张口闭口'妈妈说'。我这不叫打架，叫行侠仗义。我跟你不一样，我长大了，我不怕疼。"

"长大了就不怕疼了吗？"小孩呆呆地问。

"嗯！"聂瑜笃定地点头，"大人什么都不怕的。"

小孩年纪小，但也不是傻，他半信半疑地走近两步，对着聂瑜的伤口吹了两口气。

"干吗呢！"聂瑜浑身冒起鸡皮疙瘩。

"吹一吹就不疼了。"这话还是妈妈说的，但小孩没敢讲。

聂瑜眨巴眨巴眼睛，不知怎么就臊了起来，扭过头去，吞吞吐吐地说："谁……谁要你帮我吹，我才不怕疼，我比你大三岁呢。"

他始终记得的，他比费退周大三岁，他是哥哥。

哥哥照顾弟弟，天经地义。


小时候的聂瑜相信，长大了就什么都好了。

十九岁算长大了吗？

大概不算吧。

所以他才会把自己锁在房间里，痛得紧咬下唇，也不敢让门外的人听见动静。

聂瑜可以假装自己不怕疼痛，却不能假装不在意费遐周的眼泪。

好不容易清理完伤口，盖上碘酒时他的手一抖，"啪嚓"一声，药瓶落地而碎。

"怎么了？"费遐周听见动静，不停地拍打房门。

"没事！"聂瑜套上毛衣，遮盖缠住半个身子的绷带。

玻璃瓶碎了一地，他抹掉头上的汗，出门去拿扫帚。开门时，看见费遐周正挡在门口。

"刚才我不小心手滑了。"聂瑜故作不经意地解释，"都几点了？快睡觉吧你。"

费遐周不走，问："你就没有什么要跟我说的？"

"说什么？"聂瑜假装思考了会儿，"啊，你记得吃药，感冒还没好。"

聂瑜往边上走了两步要绕开对方，费遐周不肯让。

"为什么要做这么蠢的事情？"费遐周的声音听起来有点生气，"以暴制暴，是世界上最低级的方法。我不觉得你会相信拳头硬就能解决所有的事情。"

看来今天这事是彻底绕不开了。

"拳头解决不了所有问题，我知道。或许会有其他更好的方法，但是我想不到，也来不及。"聂瑜想了想，这样回答。

费遐周问："为了什么？"

"能为了什么？那孙子在我的地盘撒野，我收拾他，理所应当。"他的回答也理所当然。

"可我还是想不明白。"费遐周看着他的眼睛，"你什么时候知道常漾来了襄津的？你知道了为什么从来不说？为什么要瞒着我一个人解决？为什么要我在学校等你，故意拖延时间？"

一连串的提问，像让人招架不住的机关枪。

"是你想太多了。"

聂瑜从夹缝中绕过费遐周，走到客厅口又被拦住，费遐周挡在玻璃门前做人形栅栏。

"我的性格你了解吧，今天你不告诉我，我明天还会接着问，明天不告诉我，还有后天。"

是了，费遐周想得到的答案，从来没有得不到的。

聂瑜叹了口气，缓缓开口："我只是想让你睡个好觉。"

费遐周仰起头看他："你说什么？"

聂瑜说："我希望你能天天睡个安稳觉，不失眠、不梦游，也不会半夜被噩梦惊醒，不用因为怕黑所以点灯，也不会再有什么仇人找上门。"

他说："拳头解决不了所有的事情，我知道。但在力所能及的范围内，这是我所能做到的最好的了。"

聂瑜看着五大三粗，其实心里谁都感性。

即使对方什么都没说，他也敏锐地发觉了费遐周这些天的异样，也一下猜中小孩心中最深、最无法躲避的恐惧是什么。

但没有什么恐惧是打不垮的，只要你先一步将它踹倒在地。

他长大了一些后才明白，原来大人并不是无所不能的，挥拳头的人并不一定都在行侠仗义，承认疼痛也没有想象中那么丢人。

聂瑜从前为了保护自己而战胜别人，现在却更懂得，也更难得的是为了保护别人而战胜自己。

他想要保护费遐周，不是因为觉得费遐周弱小，而是因为感受到了对方的强大。

是费遐周的坚忍刺激着他，要超越曾被自我放弃的那个自己。

"你知道答案了，现在可以回去睡觉了吧？"

聂瑜揉揉费遐周的脑袋，转身回卧室，关紧了房门。

窗外，星沉故乡。

第二天早上，二人双双迟到。

费遐周和聂瑜的待遇是不一样的。

一个是重点班的拔尖人才，奥赛拿了特等奖、婉拒了省队，一心高考；另一个则是出了名的混世魔王，复读生还敢动辄迟到，瞧他脸上这伤，昨儿又跟人打架了吧！

王主任叉着腰痛骂聂瑜。

聂瑜表面上认真听取教训，背后则不停地给费遐周使手势，让他趁机溜进学校。

聂瑜今儿心情好，不管王主任说什么他都笑嘻嘻地全盘接受。

"是是是，您说得对，是我太懒惰了，我忏悔，我以后一定悬梁刺股、凿壁偷光、好好学习、天天向上。"

"对对对,我觉得您特别了解我。我就是仗着自己有点小聪明才偏科的。我以后一定改,数学成绩不提高我就不姓聂,'五三'不刷个三遍怎么对得起老师的谆谆教诲呢?"

"说反话?没有没有,我干吗要说反话,我是很真诚地觉得您说得对。我没有在讽刺您啊,真的没有。我这个人不拐弯抹角,要骂人直接骂的,觉得您丑我都是直说您丑,从来不掩饰。"

"啊?要把我送给我们班主任。那挺好的,我都一个晚上没看见罗老师了,怪想他的!不用您送,我自己过去!"

……

聂瑜嬉皮笑脸地走了,离开前还不忘鞠个躬,给王主任吓得不轻。

"这小子……今天吃错药了吧。"

王主任和门卫大爷面面相觑,以为大清早活见鬼了。

第十三章

春风沉醉夜

BU TONG BAN
TONG XUE

打架的事，最终还是被李媛发现了。

她没把这事捅到班主任罗老面前，而是把聂瑜叫到了办公室，私下解决。

聂瑜那场轰轰烈烈的见义勇为刚落幕，又一场全市模拟考来临了。他脑子里塞满了太多乱七八糟的东西，背的知识忘了个彻底，辛辛苦苦爬上去的名次，哗地又摔了回去。

李媛气得要死。

"为什么又打架？你以为衣服穿厚点把绷带藏着，我就看不出来了？聂瑜啊聂瑜，我一直觉得你头脑很清醒，可是看看你现在。还有多少天就高考了，我不明白到底有什么事比你复习还重要！"

聂瑜却说："比考试重要的东西多了去了。"

"你！"李媛恨不得拿笔摔他，"你就非得打架不可？就算有人被欺负了，你不会找学校吗？非得自己逞英雄，弄得一身伤才行是吧？"

若是别的人，聂瑜大概会回一句，因为我不信任你们，我不相信你们能处理好这件事。

但是，李媛不一样。

"因为挥拳头比看书容易。"于是聂瑜这样回答她,"我知道我做得不对,但是我也想知道,除了你所说的暴力,我还可以用什么来解决问题?"

这个问题,是他一直以来都想问的。

小学的时候,爸妈离了婚,聂平有段时间只知道酗酒,喝醉了摔家伙砸板凳,家里常常一片狼藉。那个时候的聂瑜只崇拜暴力,因为他见识过它的威力。

昨晚之前,他也问过自己无数遍,有没有其他方法可以解决常漾这样的人?

答案是没有。

又或者,有,但是以聂瑜的能力,他暂时还做不到。

李媛清楚地看见了聂瑜黑色的眼睛中,那藏不住的愤怒和不甘心,还有,被不确信所包裹着的一颗野心。

"聂瑜,还有很多解决问题的方法。"她叹了口气,回答道,"正义、尊重、包容,还有爱——如果你相信这些,你会拥有更大的世界。"

除了暴力,这个世界上,还有正义、尊重、包容。

还有爱。


学业水平测试在即,整个高二年级学生的情绪也紧张得很。

本省高考政策一枝独秀,学业水平测试一共考四门副科,成绩划分等级,考到一个 A 高考就加一分,四门全 A 加五分。

向来轻视副科的育淮都铆足了劲儿督促学生学习,五分!五分啊!你知道高考加五分能超过多少人吗!

最近的高二(16)班像一潭死水,人人不是学习就是补觉,下课比上课更安静。

但蒋攀显然不是这一类努力的学霸。

他买了一大包干脆面来分给同学吃,兴致勃勃地凑到前桌,说:"我刚才在小卖部,听见聂哥的大八卦了!"

顾念回过头,问:"我哥?他能有什么八卦?"

蒋攀神秘兮兮地说:"上个星期聂哥不是领着弟兄们去揍人了吗?听在场的两个学长说,聂哥非要亲自动手,别人拦都拦不住。你猜,这是为什么?"

顾念困惑："为什么？"

蒋攀高喝："冲冠一怒为红颜啊！"

费遐周一口水喷了出来。

"你也不敢相信对不对？我也不敢啊。不过你说说，咱聂哥都多久没正经跟人动过手了？什么样的人能把他惹毛到这个程度？什么事值得他这么愤怒？"蒋攀声情并茂，说得极有感染力，"那只能是为了感情的事呗！情敌非得自己亲手揍才痛快！"

费遐周一阵剧烈咳嗽，脸都呛红了。

蒋攀捶捶费遐周的背，劝道："瞧你激动的。我一开始也不信的，但是思来想去只有这个理由最说得通。而且而且，那学长还听见聂哥说的话了。"

顾念睁大了眼睛，问："什么话？"

"有多远给我滚多远！别打'她'的主意！'她'是我的人！"蒋攀粗着喉咙，模仿聂瑜的嗓音。

顾念："我怎么觉得是你瞎编的呢？"

费遐周："……"

"我都是听人家说的，我可没编！"蒋攀摸了摸下巴，十分好奇，"不过话又说回来，能让聂哥看上的女生，得美成什么样啊？"

顾念皱眉："我没听说我哥有喜欢的女孩子啊。"

"他们班那个林丹青学姐，长得可好看了，聂哥会不会一直暗恋她？"蒋攀猜测。

"这话你别乱说。"

"那还能有谁啊？"

顾念成功地被他带偏了焦点，努力回忆全校有哪些漂亮女孩子。


高二的学业水平测试很快结束了。

"再见吧！政史地生！"

四门课一考完，蒋攀就奔回家把所有的课本和试卷扔了，从阳台丢下去，哗啦啦，落了满地的知识。

蒋攀他老妈操着鸡毛掸子踹开卧室房门，叉着腰怒骂："败家玩意儿！扔什么扔！不知道留给你妈卖废品啊！"

蒋攀灰溜溜地跑到楼下，又全给捡了回来。

大考结束，费遐周的学习生活回归了正常。

妹妹术后恢复得很不错，爹妈心里高兴，对国内的儿子也更加愧疚。适逢换季，成箱成箱地寄来了新衣服，都是全英文的名牌，聂瑜不大认得。

"这几件太大了，你拿去穿吧。"费遐周将一摞衣服扔在了聂瑜的房里，满脸苦恼，"我妈真是年纪大了，怎么衣服尺寸也能买错啊？"

藏蓝色的运动服和黑色的卫衣，虽仍是聂瑜平日里穿衣的风格，但吊牌的价格天差地别。聂瑜翻了翻，也挺困惑："同一批衣服怎么还能有买错的啊？"

费遐周眼神飘忽，眼神无辜。

"就是啊，搞不懂。你替我解决了吧，可别浪费钱。"

说完，他转身就跑了。


当费遐周琢磨着阿迪的运动鞋和匡威的帆布鞋哪一双更好看的时候，聂瑜进入了最后的冲刺阶段。

高考的日子一日日逼近，聂瑜担心自己熬夜学习会影响到费遐周的作息，又从二楼的书房搬了下来，不是在学校自习到深夜，就是在自己房间刷题到深夜。费遐周偶尔起夜，不管多晚，都能看见他卧室的灯亮着，门缝里漏出米白色的灯光。

这样的日子持续了一段时间，却在偶然的一个晚上，发生了一个小插曲。


晚上十一点多，聂瑜打着哈欠从学校回来了，开了门，聂奶奶却抱着手机急得团团转。

"小瑜啊，怎么办啊！"聂奶奶握着手机，神色慌乱，"小费怎么还没回来啊！我给他打电话他也不接。都这么晚了，平常他早就回来了。"

聂瑜的倦意一扫而空。

安抚了奶奶回客厅坐着，聂瑜给顾念打了个电话。

顾念接到电话的时候也有些蒙。

"啊？小费还没回家？"顾念惊讶，"放学的时候他说有作业没写完，我就和蒋攀先走了。"

聂瑜问："那你知道他什么时候离校的吗？"

顾念摇头："不知道啊……最近也没什么作业啊，不至于写这么久吧？"

"这样，"聂瑜想了想，"你问问你们班其他人，最后一次看见小费是什么时候，一有消息就给我打电话。"

顾念答应："好，你别担心，我马上去问。"

手机通讯录里的联系人毕竟有限，顾念思来想去打开了电脑，进入班级的 QQ 群。

同学们原本正在群里讨论题目，顾念的消息突然涌入，视觉上极具冲击力。

"谁看见费遐周了！！！他放学回家了吗！！！我哥哥喊他回家吃饭！！！"


一刻钟后，聂瑜赶回了育淮中学。

已经是深夜了，门卫大爷都准备歇息了，盯着他的校园卡看了半天，警惕地看着这位声称"东西落学校了"的学生。

好在聂瑜因为上学迟到被拎在学校门口训斥过好多次，门卫对他面熟，确定是本校人。他虽心中疑惑，最终还是放聂瑜进校门了。

聂瑜以百米冲刺的速度奔向了高二（16）班的教室。

顾念在班级群里一阵吵嚷后，果然引起了大伙儿的注意，得到了不少回复。但大家基本一放学就各找各妈了，没留意费遐周放学后去哪里了，问了一圈，都没什么有用的价值。

直到吴知谦私下给顾念发了一则消息。

"放学后我发现自己的笔记本没带，折回教室取了一趟。那时候教室里已经没人了，我看见费遐周趴在桌上一动不动，好像是睡着了。我当时没有吵醒他。有可能，他现在还在教室。"

最好是这样。

聂瑜脑子里模拟了一百个费遐周走出校门被车撞倒、在巷子口被仇家围堵的糟糕可能，嘴上对奶奶说着"不会有事的"，心里却吓了个半死。

他气喘吁吁地爬上四楼，高二（16）班只有一排灯是亮着的，半明半暗，窗帘在夜风中鼓动。

费遐周闭着眼，长长的睫毛垂下来，胸口随着平稳的呼吸一起一伏。

万幸。


不知过了多久，费遐周再醒来时，面前是一张放大了的聂瑜的脸。

大概是刚睡醒，脑袋发蒙，费遐周盯着这张脸端详了许久，目光从他浓密的眉毛流转到锋利的下颌线。他这段时间瘦了些，脸上的棱角越发突出，眉眼也越发深邃。

聂瑜今天穿的是自己送给他的新衣服，衣服款式虽简单但特别考验身材，聂瑜个高肩又宽，深色衣服衬出干净脸庞，工装风硬朗又新潮，配他正好。

只要不乱穿衣服的话，明明是个帅哥啊。

"醒了没？"聂瑜伸手在费遐周面前挥了两下，"你怎么眼睛都不眨一下，睡傻了吗？"

费遐周这才抬起发酸的脖子，半边脸颊因为趴在桌上太久而泛红，不平整的木桌在皮肤上印刻了一条曲折的纹路。

聂瑜抬手揉了揉他发红的脸，吐槽："你不知道垫本书再睡吗？"

"太困了。"

费遐周揉了揉眼睛，挤出几滴眼泪。

费遐周自己不知道，其实他一犯困的时候气势就会弱下去，麦毛小狐狸也变成了耷拉着耳朵的小猫咪，垂落睫毛，狭长的眼尾泛着淡红色，生出几分说不清的委屈和可怜。

"今天怎么这么累？放学都不知道回家，我还以为你又……"聂瑜说到一半顿住，不吉利的话说不出口。

费遐周从抽屉里取出一本专门为聂瑜准备的精选例题笔记，翻到最新的一页给他看。

"你上次周测没做出来的那个大题，我找了些同类型的题目，你这两天练一练。不过这一块知识点我也没系统学，不明白的还是得靠你们老师教，我帮不了太多。"

聂瑜专注地看着费遐周，瞧也没瞧笔记本。

"多用几种方法解，把这个题型练熟了，以后就不会……"费遐周说到一半觉得不对劲，抬头看了他一眼，生气地问："你看哪儿呢？我刚才讲了那么多，你到底有没有听进去？"

聂瑜摇头："没听。"

"没听你还这么理直气壮！"

聂瑜笑了笑，将笔记捧在怀里，转移话题道："走吧，我们赶紧回家。"

出了校门，他们并没有直接回家。

费遐周在学校睡了一觉后精神十足，聂瑜的困意早被方才的虚惊一场给吓跑了。给奶奶打了个电话报平安后，聂瑜牵着小孩的手，越走离家越远。

在路上，费遐周茫然地问："我们这是去哪儿？"

聂瑜卖关子："等会儿你就知道了。"

襄津虽是个经济不大发达的小县城，但是在文化这一块做得还算不错。据说哪座古宅是明代小说家的故居，哪个博物馆又是为清代某位诗人建造的，连育淮都吹嘘自己有百年校史，青砖绿瓦在这儿并不少见。

而除此之外，在这片社区的最北边，白枫山的山顶上，还建了一道仿古城墙，是为纪念哪朝哪代已无人记得清了，只记得城墙后栽了一整排的合欢树，每逢六月花期，遍地都落满了红粉色的合欢花，飘在空中，如絮如樱。

白枫山虽被称作山，但充其量也就是个小土堆，比其他地方略高了那么一些，在平原地区便显得与众不同了。正值四月，合欢树虽未开花，但枝叶繁茂，一棵棵整齐排列，斜倚城墙，恣意生长。

城墙有大半个人高，聂瑜一蹬腿就翻了上去，坐稳后又伸出手，拉着费遐周坐在了自己的身旁。

暮春夜风温和，他们肩并肩坐在山顶、坐在墙头，越过流淌的白枫河，这个小城没有高楼大厦遮蔽视野，沉睡中的襄津尽收眼底。

"这夜景可真是……"费遐周说，"不怎么样啊。"

是不怎么样。也不看看几点了，又不是周末，除了熬夜苦读的备考生们，谁会在这个点亮着灯？

大半个襄津都是暗色的，弦月皎皎，繁星漫天。

费遐周双手撑着墙头，仰着头看着天空，两只腿晃来晃去，脚下夜色悬空。

聂瑜突然问："小孩，你想过以后考什么大学吗？"顿了顿，又改口，"问这个没有意义，不是清华就是北大。换个说法吧——你以后想干什么？做什么职业？"

"谈人生？这么突然？"费遐周莫名其妙地看向他。

"嗯，谈人生。"聂瑜点头。

费遐周翻了个白眼，想了想，答："我妈妈和妹妹身体一直都不好，所以初中的时候，我还挺想做医生的。"

"那现在呢？"

"后来我才知道医生除了手术做得好，还要和病人好好相处。我是不会照顾别人情绪的人，要是真做了医生，那我的病人估计挺不好受的。"

聂瑜轻笑："你还挺有自知之明的。"

"所以……我也不太确定。"费遐周转了转大眼睛，"去做科学研究也不错？待在实验室里的工作，好像也挺适合我。"

偏科大王聂瑜揉了揉太阳穴："你可能不知道，我这辈子的最低分都给了物理。"

"你呢？"费遐周问他，"你想过这些吗？"

"前段时间李媛已经为这个找我谈过话了。"话题绕回了聂瑜身上，"她问我对以后有什么规划，想考什么大学，想做什么职业。说实话，我不太知道。"

"你以前就没想过这些吗？"

"也不能说没想过，去年高考完填志愿的时候，我确实也思考了一下，但也没得出什么有用的答案。当时的志愿也是随便填的，以为做什么都可以，有学上都行，直到被录取了，我才感觉到抗拒。"聂瑜说，"可能是，虽然也不知道自己喜欢做什么，但至少还能知道不喜欢的是什么。"

总是信誓旦旦地说对自己踏出的每一步都不后悔，但是仔细思量，又希望能拥有后退一步的机会。都说一考定终身，但聂瑜没被这一次的考试完全定义，他任性，他不懂事，还是想要重来一次。

"那现在呢？也快一年过去了，你知道自己喜欢什么了吗？"

"嗯，知道了。"

聂瑜主动敲响了教师办公室的大门。

"警校？你想考警校？"

李媛的眼睛瞪大了一圈，手里的红笔都掉了。她冷静后仔细思量了一下，眉头渐渐舒展。

"也不是不行。你这家伙文化课虽然一般，但是脑子还可以，身板这么结实，做警察还真挺合适。"她顿了顿，又补充，"不过警校可比普通大学苦多了，你可别吃不了苦又跑回来读高五。"

聂瑜笑了："我这次是认真的，绝不读高五，不会回来给育淮丢人的。"

李媛翻了翻手机通讯录，说道："警校这方面我也不太懂，等我找几个朋友问问看，有什么要准备的到时候告诉你。别的不用担心，先把你功课做好了，警校的分数也不低呢。"

聂瑜用力地点头："您放心吧。"

事说完了，聂瑜转身要走，李媛却又突然叫住了他。

"不是，你等会儿。"

做老师的对学生的转变格外敏感，她眯着眼睛问："你怎么突然就确定要考警校了？之前问你，你还是一副干啥都行的样子。"

"这不是……您对我的感化起效果了嘛。"聂瑜装老实，"我就是块木头，被您这么天天关怀着，也该长出朵花来了。"

"你就扯吧。"李媛翻眼皮，"你跟我说实话，是不是交女朋友了？"

聂瑜连连摇头："女朋友？怎么可能？我肯定不会干种祸害小姑娘的事情。"

李媛见多识广，一猜一个准："那就是有喜欢的姑娘了？"

"真没有。"聂瑜这也不算撒谎，拍着胸脯发誓，"我要是骗您，我就考不上大学。"

"不准说这种晦气话。"她比聂瑜还紧张，"你必须给我考上，我下半年不想在这个学校看见你。"

"得嘞。"聂瑜鞠了个躬，"希望暑假有机会请您吃谢师宴。"

李媛说："我等着呢。"

走出办公室时，聂瑜才看见费遐周正等在门口。费遐周手里抱着一摞作业，应该是来隔壁办公室，听见了他和李媛的对话。

费遐周问："你真的决定了？虽然考警校的想法也是我提出来的，但我说了不算，你还是得自己……"

"我已经深思熟虑过了，我觉得警校挺适合我的。"聂瑜抢白，"我甚至还给我爸发了短信问他的意见，回去后要不要我给你看信息记录？"

"你爸说了什么？"

"他说——警察好！就是威风！"

"……"

挺像聂平的风格的。

昨天半夜回家时，费遐周一路都在琢磨聂瑜的事，正好路过社区的派出所，一个念头突然就蹦进了脑子里。

"聂瑜，要不你去考警校吧。"他说，"你这么爱多管闲事——不，我是说打抱不平。而且你拳脚功夫也有两下子，用来打架不如干点有意义的事。而且……"

当时，聂瑜问："而且什么？"

费遐周说："你有脑子，但不用小聪明为自己牟利；你拳头硬，但从来不揍比你弱小的人——你会成为一个好警察的。"

聂瑜舔了舔唇："你这样夸我，好像还是第一次。"

"因为你确实就是这样。"费遐周低头看着地上，路灯将他的影子拉长，"你知道吗？不是每个人都像你这样勇敢，也不是每个人都能保护好自己。所以，这个世界上一定会有很多人需要你，就像……像我一样。"

那是聂瑜第一次从别人的口中听说，原来自己是被需要的。

喜欢一个人的心情是感性的涌动，而需要一个人的认知则是理性的博弈。

聂瑜的思绪飘得太远，被费遐周摇着胳膊喊醒。

"你还没回答我呢。"费遐周问，"你怎么就觉得警校适合你了？"

"可能是因为……"

聂瑜摸着下巴，认真地思考。

"我觉得我穿制服的样子肯定特别帅。"

费遐周有些无语。

夏季的来临总是让人毫无防备。

记不清气温是怎么突然提升的，劳动节当天阳光明媚，聂瑜早晨穿着卫衣出门买油条，回来时流了一脑门儿的汗，这才意识到原来春天早已经结束了。他匆匆忙忙地回到卧室，将卫衣换成了短袖。

日期的变化在高三生心里只有一个意义——高考逼近。黑板角落里贴着"距离高考还剩（　）天"的字条，括号里的数字从三位数变成两位数，从前以为的"还早呢"，变成了如今的"哎哟，学不完了"。

在距离高考已经不到一个月的时候，我们脚下的这片土地，却发生了一场剧烈的震荡。

费遐周是第二天在学校里听说的这件事。

一大清早，早读课还没开始，平日里困得打蔫儿的蒋攀不知哪儿来的精神，站在顾念课桌边叽叽喳喳地说话。

"你昨天晚上看新闻了没？地震了，八级呢！"

"我哪有时间看新闻啊，一开电视我妈就念我。"顾念问，"八级是什么概念？特别严重吗？"

"我爸说可严重了，他晚上给汶川附近的朋友打电话，一个都打不通。"

"汶川？"顾念没听说过这个地方，"汶川在哪个省？"

蒋攀想了想："好像是……四川？"

一直没有参与对话的费遐周突然抬起了头，他瞪住蒋攀，问："四川地震了？有多严重？"

"我也不清楚，新闻里也没说明白。"蒋攀奇了，"你怎么突然这么激动？有认识的人在四川吗？"

费遐周眉头紧锁："聂叔叔就在四川。"

自从聂瑜专心备考后，几乎就没打开过电视。过去也会订些报纸，现在没空看也就停了。离高考越近，他心情越焦虑，表面上虽看不出什么，架上的小人书却都落了一层灰，许久没被翻阅。

住在襄津这样的小县城，吃穿用度不优越却也齐全，与外头的城市没什么联系，不看新闻不问时事，日子也照常过。超市的促销活动都比国外新上任的领导人来得重要。

只是这世上的人谁也不是如一座孤岛般活着，时代抖落一粒尘埃，就成了人生的一场震颤。

费遏周趁着下午最后一节体育课，提早回了家。

"中国地震局消息，昨日下午 14 时 28 分，四川省阿坝藏族自治州汶川县发生里氏 7.8 级地震，重庆、湖北、湖南等多省都有明显震感，国家地震应急救援预案已经紧急启动，救援人员已赶往现场，人员财产损失正在进一步统计中……"

报纸的头版头条，电视上滚动播放的新闻，大爷们儿聊天的内容，全都被"地震"这个只在地理书上出现最多的字眼给覆盖了。只是事发突然，新闻报道时效有限，当地的具体情况到底如何，影响范围有多大，仍不得而知。

聂奶奶坐在藤椅上，手里的蒲扇也不摇了，看一眼新闻叹一口气。

四川地区的手机信号部分中断，或是因为断电而影响了信号，费遏周在客厅来来回回地走，不断地给聂平打电话，一连几十通电话，却全都打不通。

"小费啊。"聂奶奶看着墙上的时钟，"小瑜快回来了，咱把电视给关了吧，他下个月就考试了，这个时候看到这些……唉……"

聂奶奶的意思是，还是暂时不要告诉聂瑜为好。

但是，这么大的事情，怎么可能瞒得住？

费遏周摇头："他总要知道的。"

聂瑜在放学路上顺手捎了两份香酥鸡，回来时，周身环绕油炸的香气。

"小费，你上次不是想吃这个的吗，我今天……"

进了客厅，一老一小如失了魂似的坐在沙发上，也不说话，只有电视里的特别新闻报道滚动播放。

"怎么了？出什么事了？"聂瑜觉察到了不对劲儿。

费遏周没说话，只抬手指向电视机。

聂瑜不明所以，盯着屏幕看了几分钟，表情渐渐凝固。香酥鸡被"啪"的一声扔下，他慌忙地冲进房间寻找手机。

"电话打不通的。"费遐周说，"我试过了。"

聂瑜的小灵通关机待业很久了，他执拗地开了机，快速拨号的第一个联系人就是聂平。

"对不起，您所拨打的电话暂时无法接通……"

打不通。

费遐周宽慰他："我听说太多人打电话过去，可能线路堵塞、一时半会儿信号跟不上，你先别太紧张。"

聂奶奶扶着膝盖站了起来，朝着条台上的观音烧香拜佛："阿弥陀佛，保佑我们平子安全吧……"

越是在无能为力的时候，人越是需要有个寄托。

她唉声叹气，又忍不住抱怨："这么大岁数了就是不知道安定下来，四川有什么好的，非要背井离乡跑这么远。"

"那是我妈的家乡。"

聂奶奶诧异地抬眼，听见聂瑜一字一句地说："正月走的时候，爸对我说，他很喜欢四川，因为那是生养我妈妈的地方。"

聂奶奶大概从来没关心过，她的前儿媳妇是四川人这件事。


四川前儿媳妇在三天后进了城。

周日半天假，费遐周刚从学校回来，推开家门，就看见穿着碎花长裙的窈窕女人迎面走来，一边撩动她乌黑的长发，一边招呼道："小费回来啦？快来快来，我买了肯德基全家桶，趁热吃。"

费遐周眨眨眼，这位竟然是聂瑜的亲妈，梁玉琪。

聂奶奶坐在藤椅上，白眼一翻，对洋快餐不屑一顾："这种垃圾食品不卫生，吃了要拉肚子的呀。"

梁玉琪的笑容岿然不动，不软不硬地回："反正也是给孩子们吃的，吃不坏您的肚子。"

聂奶奶气得直摇蒲扇，拧着眉回卧室去了。

费遐周佯装没瞧见这对婆媳交恶，微笑着问："梁阿姨，您怎么有空来了？"

"大瑜这不快高考了嘛，我这个当妈的也没管过他，怪难受的，想着来看看他。还有就是……"她斟酌着开口,"大瑜他爸昨天给我打电话了。"

"聂叔叔没事?"费遐周瞪大了眼,"这三天我们谁都联系不上他,差点以为他在四川……"

梁玉琪叹了口气:"等大瑜回来,我一起告诉你们。"

大概过了五分钟,聂瑜回来了,他耷拉着眼帘,一脸疲态。

看见亲妈的时候,他比费遐周还要震惊,瞪圆了眼睛一眨不眨,几秒后沉重地问:"我爸怎么了?"

梁玉琪白眼一翻:"你爸怎么了?你爸好得很呢。昨儿晚上大半夜打电话扰我清梦,瞧你这小崽子,都不知道跟我打声招呼,上来就只关心你爸。"

父母在儿子面前争宠是常有的事,这样反而有几分熟络和轻松,聂瑜霎时松了口气,悬了好几天的心终于放了下来。

他走到餐桌边,给自己倒了杯水,这才问:"你怎么过来了?我爸怎么不联系我啊?"

"你奶奶年纪大了,经不住刺激。你性子又躁,打个电话本来就不容易,到时候事没说清楚,你父子俩先吵起来。"

梁玉琪给他添了点水。

"12号那天你爸也在四川,不过不在地震中心,影响不大,就是附近电力设施和信号站受损,先是手机打不了电话,后来又找不到充电的地方。直到昨儿晚上才借了人家的手机,跟我联系上了。"

聂瑜问:"我爸说什么了?他什么时候回来?"

"他……暂时不回来了。"

"什么意思?为什么不回来?待在那儿有多危险,他发什么神经不回来!"

聂平果然了解自己儿子,梁玉琪的话才说了一半,聂瑜就腾地站了起来。费遐周在桌子下拉他的手,劝他别冲动。

"你给我坐下,先听我把话说完。"当妈的语气强势,儿子在外面再怎么拽翻天,还是得听她的话。

梁玉琪看着聂瑜的眼睛,严肃地说:"你爸当时的位置离灾区不远,虽然他幸运,没有受伤,但是附近很多房屋和设施都受损严重。

地区偏远，路不好走，救援人员也只赶来了一小批，人手远远不够。你爸他四肢健全还有点力气，多少能帮上点忙。所以他决定留在那里，就当做志愿者了。"

一直躲在卧室里的聂奶奶也打开了房门，从缝隙里听着外面的话。

"我这么说，你能听明白吗？"梁玉琪说，"是，那边时不时可能还有余震，生活条件也是一团糟。但就是因为这样，你爸才需要留在那里。"

聂瑜十指交扣，指甲掐进了皮肉里。

"你爸从来就是这个作风，先斩后奏，家人的想法永远是第二位。我以前不能理解他的记者梦，所以离婚。但是聂瑜，你不能不理解他。"她说，"你是他的儿子，是他坚持这么多年的理由，他当然也可以一走了之，只顾自己。但他是为了你，才留在了那里。

"你爸爸他不希望自己成为一个懦弱的父亲。他要证明给你看，他聂平这么多年，究竟在坚持什么。"

梁玉琪也很难相信，这些话竟然是从自己口中说出来的。

这世上最厌恶聂平和他的远大梦想的人，大概就是她了。

她至今还记得，聂瑜三岁的时候，她在婆婆的再三劝说下放弃了自己的职业，专心在家带孩子。聂瑜六岁的时候，半夜高烧，她冒着漫天暴雨送孩子去几千米外的医院，一整晚精疲力竭，第二天却被婆婆劈头盖脸地责骂不会照顾孩子。

她太厌恶这一切了。

昨晚接到聂平的电话时，梁玉琪差点在他开口的一刹那就挂掉，可是她却听见这个男人哽咽着说："昨天，昨天有一个孩子，比小瑜年纪还小，瘦瘦弱弱的，就压在一面墙下面。我能听见他喊我叔叔，听见他哭着说自己好饿。可是我们挪不开他身上的石头，我们竟然救不了他。结果我就眼睁睁地看着他在我面前闭上了眼。他还在读书呢，他还那么小……他跟我说，叔叔，我明天还要考试呢……"

梁玉琪从来没见过那个男人泣不成声的样子，她只记得彼此争吵时赤红了眼睛、歇斯底里的模样，却从来不知道聂平也会有这么悲伤、这么痛苦的一面。

她忽然就想念起了儿子，她想来见聂瑜一面。

彼此沉默了很久后，梁玉琪听见聂瑜开口："你说他这样做是为了我，可能是吧。但如果有我一份的话，那一定也有你的一份。"

聂瑜说完，抬头看着天花板，满眼血丝。他说："我爸他也想证明给你看吧。他这人没什么担当，当不了一个好丈夫，但……但他也不是个彻头彻尾的浑蛋。"

在最无助最无力的时刻，他最信赖的人，仍然是你。


那个下午，聂瑜没留在家里刷题。

他跑去了游戏厅。

离高考只有不到一个月了，有的人陷入极度的焦虑，如聂瑜；有的人则彻底放飞自我，死到临头就干脆听天由命了，如翘了好几天的课来帮忙看店的黄子健。

"哥，跳舞机要不要试试？刚更新了曲库，更带劲了。这个打枪的也刺激，丧尸题材呢！这个摩托车它……"

聂瑜头也不回地奔向了一排靠墙的机器，黄子健在他身后嚷嚷："喂！你不是吧！又抓娃娃！是不是个大老爷们儿啊！"

嗯，聂瑜心情郁闷时的发泄方式，就是抓娃娃。

他对这些娃娃没什么兴趣，只享受娃娃被抓起来的瞬间。仗着黄子健成筐成筐地给他送不要钱的游戏币，抓得越发猖狂。他只盯着一台机器，把里头歪头歪脑、针线粗糙的盗版玩偶全都抓出来，然后再用钥匙打开游戏机，重新塞回去。

抓出来、塞回去，再抓出来、再塞回去。

黄子健觉得聂瑜脑子有病。


不知道过了多久，聂瑜玩到天昏地暗、头脑发晕的时候，一对年轻男女搂着肩膀走了进来。

黄子健懒得把时间浪费在观摩聂瑜发神经上，他笑嘻嘻地走过去，招呼道："要换游戏币不？一块钱一个币，充一百可以额外送十个币。"

女人摇着男人的手臂，撒娇道："亲爱的，给我抓一个娃娃吧。"

男人大方地掏出一张红钞票："充一百块，你想抓多少就抓多少。

想玩什么都随便玩。"

黄子健最喜欢这种爱花钱的情侣了,乐呵呵地去机器取币了。

一百一十个游戏币还没全出来,不知哪儿来的女声,暴怒如狮吼:"李达强,你这个浑蛋!"

黄子健手一抖,游戏币险些撒一地。

为什么这个声音听起来这样熟悉?

只见一个穿着黑色短袖的女人向那对情侣冲了过去,"啪"一巴掌打在了那男人的脸上,男人臂弯里身材娇小的女人尖叫一声,整个游戏厅的人都向他们看了过去。

除了聂瑜,聂瑜的心里只有夹娃娃,两耳不闻窗外事。

"别抓娃娃了!出事了大哥!"黄子健连生意也不做了,奔过去直拍他的后背。

聂瑜漫不经心地说:"不就是三角狗血恋吗?这有什么稀奇的,别打扰我娱乐。"

"三角恋不稀奇,可……可是那女的……"黄子健急得都结巴了。

那黑衣女面朝男人,模样被遮住了,看不清是谁。聂瑜不爱听人墙脚,没有留意她的嗓门。偏偏黄子健使劲晃他的胳膊,机器爪"哗"一下跑偏,一下子扑了个空。

聂瑜这才烦躁地转过身,正瞧见那男人恼羞成怒地推了黑衣女一把。

女人踉跄后退,凌乱的头发下露出一张因悲愤而扭曲的面孔。

"这……不是李媛吗?"

聂瑜惊了。

黄子健的表情比揉皱了的纸还难看,他说:"我就知道她男朋友不是什么好东西,上次来学校接她下班的时候,还跟隔壁班漂亮女生要 QQ 号呢。恶心,连高中生都不放过。"

聂瑜看他:"你早知道为什么不告诉李媛?"

"这事怎么说啊,人家的家务事,我要是多管闲事,李媛说不定还觉得我故意挑拨呢。"黄子健眉头紧皱,"不过这大庭广众的,吵什么呢,别把我这么多客人给吓跑……哎哟!怎么还动手了!"

男人吼道:"你发什么神经!我在短信里说得很清楚了,咱俩掰了!你凶什么凶,你凶莉莉干什么?死婆娘滚开!"

他猛地发力，一把推在女人的肩膀上，只听见"轰隆"一声巨响，李媛的后背撞上游戏桌时，发出尖叫，吃痛地喊出声来。

"这男人真是个畜生，怎么能……喂，你干什么去？你拿游戏币干什么，聂瑜！"

不要多管闲事的言论并没有被聂瑜听进去，几秒前眼里还只有娃娃机的他突然操起了手边的半筐游戏币，大步迈向了狗血剧情发生现场。

李媛扶着腰蹲坐在地上，吃惊地看见自己的学生走了过来。

"聂瑜，你怎么……"

话没说完，聂瑜一把揪住了男人的衣领，巨大的身高差几乎使对方双脚腾空。

男人惊恐地喊道："你是谁啊？你想干吗？"

"其实吧，前段时间我刚答应了我的老师，绝对不随便使用暴力。"聂瑜的语气有一种诡异的苦恼。

"你……你放开我！你知不知道我爸是谁，你小心……"

"哗啦啦！"

半筐游戏币朝男人脸上砸了过去，冰冷的圆形金属在迅速的加速度作用下如无数扁平的子弹，男人痛苦的叫喊回荡在整个游戏厅内。

聂瑜说："不过我这个人吧，一向不爱听老师的话。"


当天晚上，梁玉琪在家里做了一大桌子菜，聂奶奶坐在饭桌边一声不吭地扒饭，但好歹没有冷言相对。

只是已经过了七点，聂瑜却迟迟没有回来。

这不是一个常见的情况，聂家六点按时吃饭，聂瑜如果赶不上，一定会打个电话或发个短信通知一声。

费遐周内心焦躁却不敢让梁阿姨看见，心不在焉地吃了几口菜后，收到了枚恩的短信："过来一趟，把聂瑜领走。"


枚恩的艺考面试一路破五关斩六将，顺利通过了多个学校的复试，但最后是否能录取还要看文化课的成绩。他去年掉以轻心以为自己绝对能考上，结果以一分之差和心仪学校失之交臂，不得不再来一年。

今年，枚恩白天学习、晚上写歌、艺术、学业两手抓，和聂瑜私下小聚的时间也变少了。故而，今天聂瑜没打声招呼就跑了过来，他还颇有点惊讶。

更令人惊讶的是，这小子话也不说，来了就往河边一坐，不是往河里扔石子就是发呆，从红霞漫天一直坐到弦月高悬。

枚恩吃完晚饭出门倒垃圾，发现聂瑜竟然还没走，这才给费遐周发了条短信。

"你俩吵架了？"费遐周来了后，枚恩这样猜测。

"没有。"对方摇头。

枚恩伸了个懒腰，回屋了："那我就把他交给你了，辛苦。"

费遐周点点头："不辛苦，为人民除害。"


初夏已至，天黑的速度一下子慢了下来。晚上七点多，天边仍浮着一层灰白色，河边无云无风，对面码头的妇女洗完了衣服，提着鲜艳的塑料桶回家去了。

聂瑜坐在一块大石头上，手里一堆细碎的石子，时不时地往湖面扔一个，泛起一片片涟漪。

费遐周走到他面前，双手抱肩。

"这么晚了你不回家，待在这儿干吗？"

聂瑜抬头看费遐周，将手里的石子扔到了地上，拍了拍满是尘土的手。他的颧骨处平添了一道细长的划痕，隐隐透着血红色。

"你这脸……"费遐周抬手想触碰，聂瑜撇过头，握住他的手指。

"被我们语文老师的前男友给挠的。"

费遐周狐疑地盯着聂瑜。

"不是打架，那人细胳膊细腿的，我能动手欺负他吗？就扔了点游戏币，他就发了疯似的挠我。"

聂瑜拉着对方坐到自己身边。

"对了，这个给你。"聂瑜从口袋里扯出两个巴掌大的娃娃挂件，"我今儿抓娃娃抓来的。"

"又是去的那个免费抓娃娃的游戏厅？"费遐周问。

聂瑜纠正："我付了钱的好吧。"

虽然不够付成筐游戏币的钱，但是买下这两只盗版蒙奇奇也足够了。

费遐周用两根手指捏住这表情僵硬的娃娃，好奇地问："话说你为什么这么喜欢去游戏厅抓娃娃？不符合你猛男的形象啊。"

"不是有这么个道理嘛，小时候缺什么长大了就拼命地想得到什么。"聂瑜说，"小时候我妈不准我去游戏厅，连抓娃娃都不准。她越是不允许我就越是想玩，到现在也想。"

费遐周捏了捏蒙奇奇的手，软绵绵的。

"不过，我妈从家里搬出去的前一天，破天荒地同意我去游戏厅了，甚至还主动给了我好多钱。"故事往后发展，急转直下，"我那天在游戏厅待了一整个下午。走之前，我特意去娃娃机那里尝试了很久，最后抓出来一个不知道是熊还是狗的娃娃。我想送给我妈挂在包上，我知道她很喜欢这种小装饰。可是，等到我回去的时候，她却已经走了。她的裙子和高跟鞋都带走了，什么也没留下。"

从那以后，抓娃娃成了聂瑜戒不掉的毛病，明明知道这是宰人坑钱的机器，但就是控制不住自己想要试一试的手。

就好像，如果机械爪抓住了什么的话，那么操纵机器的人，是不是也能握住什么？

费遐周揉了揉娃娃的绒毛，柔声说："那以后你抓的娃娃都送给我好了。虽然把这玩意儿挂在包上真的很丢人，但是……勉强接受。"

"嗯。"

聂瑜点头。

"我过去一直以为，我爸从没把我妈放在心上，所以才那么不在乎她，让她吃苦、逼她牺牲，连离婚都那么干脆。直到今天……"他的喉结上下起伏，说得哽咽，"我现在才知道，他心里有多记挂我妈。可是我偏偏也知道，什么都没办法改变了。"

费遐周低头看着地上。他和聂瑜的脚差了两三个尺码，一大一小，对比强烈。

他想了想，这样说："你之前跟我说，希望你的妈妈能被爱，还能拥有自由。可是或许，所谓的被爱，某种程度上也包含了自由。你爸就是因为在乎，所以才愿意给她这个自由。"

可要做到这种程度谈何容易。

聂瑜帮李媛赶走前男友后，陪着她在路边的大排档喝了几杯。

被自己学生见证了自己男朋友的劈腿现场，还差点当众打了起来，李媛心里郁闷得要死，但一想到浑蛋前男友那副被聂瑜吓得屁滚尿流的样子……

还是挺爽的。

聂瑜从商店里买了一包湿巾和一盒三色冰激凌。李媛以为这冰激凌是用来吃的，撕开木勺的包装纸就说："心情不好就吃点甜的，你还挺聪明的。"

"这不是给您吃的，是给您敷眼睛的。"聂瑜指了指她的脸，"用湿巾擦擦脸吧。您好歹也是个人民教师，就把自己折腾成这样子？"

不用照镜子，李媛也知道自己现在一定挺难看的。

满脸泪痕，眼睛肿得像桃子，还披头散发，有够丑的。

她吸了吸鼻子，抬眼看着聂瑜，惊讶地说："你这小子，还挺有一手的，怪不得那么多小姑娘追着你跑。"

聂瑜撇清关系："我还是个高中生，这种事不要乱讲。"

李媛将冰激凌盒子敷在眼睛上，不屑地笑了："还装，真当我不知道啊？你平日里走到哪里都有一堆女生停下来偷看你。远的不说，就咱们班，赵萌萌不就这样？"

"您怎么知道的？"聂瑜警惕起来。

她扬了扬眉毛，得意道："我好歹比你多吃了十年的饭，这一声老师可不是白喊的。开玩笑，班上那点八卦我全都知道，懒得说而已。"

"咳咳——"聂瑜清喉咙，"但我早就跟赵萌萌说清楚了。"

"也是，赵萌萌虽然是挺好一小姑娘，但是太内向了点，扛不住你这暴脾气。"李媛托着下巴给他算起姻缘，"不过沈森这种太外向的也不适合你，你俩站一起就是好兄弟既视感，你应该不会喜欢她。"

聂瑜乐了："您还知道我喜欢什么样的人？"

"你听听看，我说得准不准。"李媛哼了哼，"你这小子虽然看起来凶，但是人不坏，就是有时候太冲动、感情用事，你应该比较需要一个理性一点、柔一点的人跟你保持平衡。但是吧，太柔了也不行，还得有个性，太弱的人你肯定看不上。"

本来以为她在瞎扯，结果越往下听，聂瑜的笑容越僵硬。

"最好是能……势均力敌，对，精神上肯定不能比你弱。不过你又这么爱多管闲事,阿猫阿狗都要照顾,说不定长得娇娇弱弱的话还挺讨你喜欢的?"李媛越说越激动,"你觉得我分析得对不对?"

聂瑜傻了。

何止是对,每一句话都把他的理想型解析得明明白白,他一直觉得,喜欢了便喜欢了,哪有什么理由。

可听了今天这番话才明白,一个人会被什么样的另一半吸引,都是潜藏着原因的。

一见聂瑜这呆滞的表情,李媛大喜:"我是不是说对了?知徒莫若师啊。"

聂瑜咬了咬牙:"您当老师真是屈才了,您应该去天桥下面算命,五十块钱一卦,明天资产就赶超阿里巴巴。"

李媛给自己开了一瓶啤酒,满脸胜利笑容。

"不过,"聂瑜又问,"我说您看人这么准,怎么交男朋友就……"

刚刚抛开的愁绪又捡了回来,李媛的笑一下子苦涩起来。

"他以前也不是这样的人。"她说,"我们以前……也没有变成这样。"

你问她为什么事情会走到这个地步,她也不知道。

她也不是一个会当街撒泼的女人,她教学生要理智、要克己。可连她自己都做不到。

"都会变成这样吗?"聂瑜想起自己的父母,"是不是每一段恩爱的关系到了最后都会变成不体面的相互折磨?明明曾经相爱的人,为什么最后就成了敌人?"

明年就三十岁的李媛却没办法回答他的问题。

聂瑜问:"真的有人能一辈子在一起吗?一辈子不改变自己的感情。"

"不会一直不变的。"李媛仰头灌酒,抹了抹嘴,"热情会消散,爱情会变成亲情,然后,再变成比亲情更重要的东西。变成需要,变成依赖,变成……信仰。"

半轮月亮在河面倒映出波荡的影子,温暖的夜风吹动宽大的白色短袖。芦苇丛沙沙作响,回忆也被吹散,聂瑜抽回思绪,望向身边人。

"小孩。"

他轻声呼唤，月亮和费遐周的面庞，同时映入眼眸。

"我没法信誓旦旦地跟你说'一定''绝不'这样的字眼，但是，我也有想要承诺给你的东西。"

他注视着费遐周，琥珀色的眼眸里倒映着枫糖的颜色。

"尊重、理解、包容——这是我所理解的真正意义上的——自由。"聂瑜说，"更多的自由，和更远的未来。"

尾声

往前跑吧

BU TONG BAN
TONG XUE

高考在六月的燥热中逼近。

高考前三天，育淮给全体高三生放了假。平日里的点滴积累决定了能否做战场上的赢家。而兵临城下，与其再抱着书本苦读，不如先调整好心态，打磨好刀枪才不会影响发挥。

聂平紧赶慢赶，终于在高考前回了襄津。

只不过，他是拄着拐杖回来的。

"让你瞎逞能，瘸了吧？活该！也不看看自己多大岁数了，安稳日子不过非要给自己找罪受。"

儿子要高考了，梁玉琪这两天一直陪在聂瑜身边，没承想遇见了前夫，她白眼一翻，嘴下毫不留情。

她这话聂奶奶就不爱听了，分明前两天也抱怨聂平一年到头不着家，这会儿却临阵倒戈，双手叉腰护崽道："平子那干的都是艺术工作，你一个妇道人家懂什么？"

梁玉琪冷笑："哟，我不懂您就懂了？原来您不是女人啊？"

"你！你怎么跟长辈说话呢！"

"可拉倒吧，我都离婚多少年了，您算我哪门子的长辈？"

两个女人一见面就互呛，整个将军楼内弥漫着硝烟味儿。

一旁的聂平嘴角抽搐，抹了把脸，抱怨儿子："你妈什么时候来的，你也不提前告诉我。"

聂瑜手上削着苹果，头都不抬："你也没告诉我要回来啊。不是喜欢搞惊喜吗？怎么样，惊不惊？"

"你就看我笑话吧，等你以后成家，也有你受的。"聂平作为一个过来人，话里话外皆是沧桑感。

聂瑜小声地哼了哼："我跟你可不一样。"

"啊？你说啥？"过来人没听清。

"没……没啥。"

聂瑜将果皮扔进垃圾桶，又将苹果切成了小块。

聂平伸手就拿："给我吃两口。"

聂瑜端起盘子就走，他爹一把抓了个空。

"嘿，这臭小子。"他爹磨牙，"什么时候这么讲究了，吃苹果还要切块，矫情。"

下一秒，就看见儿子抱着果盘上了楼——得，这是给费遐周吃的。

聂平拍了拍脑袋，纳闷了，儿子什么时候这么体贴懂事还会给人削苹果了？我怎么记得他俩一直看对方不太顺眼来着？

一分钟后，聂平得出一个结论：

这可能就是传说中的兄友弟恭吧！

这两天，几乎每一个见到聂瑜的人都要问他一句：快高考了吧，紧张吗？

聂瑜每次都回答：不紧张，你什么时候见过我聂瑜紧张？

雄赳赳气昂昂，自信得不行。

但是，这都是装的。

高考前一个晚上，聂瑜十点就睡下，愣是闭着眼睛躺了四个小时，困意全无。

深夜两点了，隔壁的大摆钟敲了两下。

聂瑜叹了口气，起床倒水喝。

进了客厅，正往杯子里倒凉白开，楼梯上却走下来一个人。

费遐周一身睡衣松松垮垮，拖鞋上还有两个猫耳朵做装饰。他揉着眼睛走进客厅里，一声不吭，径直朝聂瑜走过去。

"你怎么还不睡？"聂瑜压低了声音问。

"做噩梦了。"费遐周的声音听起来闷闷的。

聂瑜立马绷直了身子："噩梦？"

"啊，不是那种……"小孩解释，"我梦见你高考考砸了，志愿滑档，补录也没录上。"

"那还真挺可怕的。"

"聂瑜，考不上也没关系。"费遐周说，"我爸很有钱，我也很厉害，你可以给我打工。"

"噗——"聂瑜一口水差点呛住，乐了，"你口气不小啊，想当我老板？"

费遐周认真地说："你放轻松考，不管本科专科，都不会没饭吃。"

"比起我，不如多想想你自己。"

聂瑜转过身，捏了捏他的脸。

"等我去上学了，你怎么办啊？"聂瑜问，"要是梦游症再复发怎么办？要是有人欺负你怎么办？要是有小姑娘纠缠你怎么办？"

费遐周问："你不觉得这一年我有变强吗？"

聂瑜挑眉："有吗？打两拳给我看看。"

"我是指精神上，精神上。"

"有吗？是谁每次看鬼片都要掐青我的胳膊。"

"咳咳，不说这个了。"费遐周转移话题，"我有东西要给你。"

他从口袋里取出一个红色的小布袋，红底祥云纹，中间用金线绣着四个字"武运昌隆"——是一个祈运开福的御守。

"考试加油。"费遐周将御守塞进聂瑜的手心，"这是祝福，你一定会有好运气。"

聂瑜蜷起手掌，红色的御守被攥入手心。

这一天，是 2008 年 6 月 7 日，深夜两点。

高中时代的日历，终于翻到了最后一页。

"往前跑吧，聂瑜。"费遐周说，"要一路往前。"

一路往前。


（正文完）

"你再这样下去，我就送你出国！"

又来了。

游戏手柄被扔了出去，电视机插头被拔掉，常漾打了个哈欠，黑色屏幕倒映出自己枯槁的模样。

"我们老常家的脸都被你丢尽了！"

还是这句。

他无趣地想，老常家的脸面可真经得起丢，丢了这么些年了，还没到尽头呢？

母亲看着儿子无动于衷的模样，抽泣着说："漾漾，你说句话好不好？你别这样吓妈妈。你爸爸也是为了你好啊。"

啊，原来又是为了我好啊。常漾勾着嘴角笑了，全世界可能只有我一个人不知道，什么才是真的对我好。

父亲被激怒了，大吼："你笑什么笑！你这是什么态度！"

常漾转过头，空洞的眼睛看着这位跟自己有三分相像的男人，他说："送我出国吧。"

父亲愣了："什么？"

常漾重复："你骂我多少次我都会再犯的，别折腾我，也别折腾我妈了。送我出国吧，我不给老常家丢人，我去世界友人面前丢人。"

母亲惊讶地问："你怎么突然想出国了？你以前不是不肯出去的吗？想通了？国外其实挺好的。"

原因是什么？常漾心想，说了你们也不会懂。

他只开出了唯一的条件："出国之前，我想再去一个地方。你们谁也不准跟着我。"

从建陵到襄津没有直达的火车，听说铁路还在建造，不知道猴年马月能建好。

常漾坐了三个小时的火车，再转大巴车一个半小时，清早出发，到达襄津时已经是中午了。

刚走出客运车站，开黑车的人纷纷拥了过来，操着当地的奇怪口音说着乱七八糟的话，隐约能听懂一些，无外乎"去哪里？要不要拼车"这样的话。

常漾沉着脸看着这群围过来的中年男人，冷冷地说了两个字："滚开。"

他最后打了一辆出租车。

出租车司机问他去哪里，他沉默了半天，想了一个极聪明的答案："去……你们这儿最好的高中。"

襄津压根儿没几所高中，孰优孰劣高下分明，司机当下就明白了："去育准是吧？你坐稳喽。"

原来费遐周选择读的高中叫育准。

尽管这个司机绕了不少路，坑了常漾好几十块，但是他不在乎，带着他找到这个学校，够了。

正是中午放学的时候，人海茫茫，学生们大多穿着简单、发型相似，想要找人，难得很。

常漾也不着急，买了瓶运动饮料，坐在路边慢慢找。

他是来找费遐周的。

不像电视剧里演的那样，主角轻易就能从人海里瞧见他想见的人。常漾运气没那么好，来襄津的第一天，他连费遐周的影子都没见到。

虽然没有凭据，但是常漾笃定费遐周一定在这个学校，他成绩好，不会去其他地方，也没必要。只要守着这里，总有见着的时候。

育淮中学附近衣食住行设施齐全，常漾出门时，母亲给他塞了不少钱，而来了这个三线小县城，他才发现这里的物价水平比建陵低太多了。他压根儿用不了这么多。

像是为了刻意炫耀自己是大城市来的人一样，常漾压根儿不看地图，打到一辆出租车就跟司机说，带我去全市最贵的饭店、最贵的酒店、最贵的商城。大部分的司机听见这话都会从后视镜里多看这个年轻小伙子两眼，有的在心里盘算着怎么绕路坑他的钱，有的不动声色地翻白眼，什么都表现在脸上了。

不过，也遇到过一个不一样的。

"哟，小伙子，你是不是离家出走了啊？今儿也不是周末，你怎么不上学啊？"

说这话的是一个五十多岁的胖司机，大腹便便，车前摆着招财猫、小盆栽，还有一张一家三代的全家福。

常漾懒得废话，只说："你管那么多干吗，开你的车就行了。"

"脾气挺大啊，是不是被我说中了。"司机乐呵呵地笑了笑，也不恼，"得嘞，那我载你去贵宾楼，咱们这儿的饭店就数这家最贵了。不过我可把话说在前头，最贵可不代表最好吃啊。"

"就往这个什么贵宾楼开。"常漾拍板定音。

到了贵宾楼，常漾才相信，那个老司机说的不是假话。

太难吃了。

这家饭店名字取得贵气，菜却做得令人一言难尽。中西餐混合，每个套餐都不离帝王蟹、燕窝和鲍鱼。

不是常漾想炫富，但他的确从小吃着这些长大的，第一次尝到低配版本，吐得满桌子食物残渣。

恼火地付了账，痛骂了一顿服务员，常漾出门前，听见厨房门口一个特别的声音。

"老板，打包一份羊肉汤，一定要是刚做好的哈。"

说来别人可能不相信，其实常漾的记忆力极好，就算是只见过一次的人，他也能记住。

更不用说，这个人还曾经搂过自己。

那个人好像是姓聂，个头突出，相貌也不俗，虽然是在人堆里也很好辨认。对方穿了一身黑漆漆的衣服，看起来就像地摊货，正倚在厨房入口处，站没站相。

一个穿着围裙的胖大妈从厨房里走了出来，笑眯眯地说："哟，又是你啊聂瑜。还跟以前一样，不放葱不放胡椒？"

"嗯。"聂瑜点头，"对了，你们这儿还有南瓜粥没有？家里小朋友消化不好，想给他买点甜粥。"

"南瓜粥有的是。要不要来点甜酒酿？"

"得嘞，那就都来点。"

胖大妈笑道："你对你家弟弟可真好，前两天买菜遇着你奶奶，她还跟我说呢。说你弟生个病，你比她还着急。"

"不是弟弟。"

"啥？"

聂瑜咳嗽一声，纠正道："家里那位，不是弟弟，是……好朋友。"

好、朋、友。

常漾站在不远处，仔细掂量着这三个字的分量。

他原来也以为，费遐周会是自己的好朋友，一辈子的那种。


常漾从没见过家属区这种地方。

奇怪的户型，陈旧斑驳的墙面，连地上铺的都不是水泥，而是不知道几十年前的石板，坑坑洼洼的，走起路来都硌脚。

常漾一直跟在聂瑜不远不近的地方，跟着他拐进巷子里。

"你怎么都起来了？不是说了在床上歇着吗？药吃了没？我就知道你又忘了。祖宗哦，你快上楼躺着，我给你倒热水去。"

巷子里不隔音，聂瑜嗓门大，机关枪似的一通话全给常漾听了去。

常漾就站在他卧室后的窗户下，双手插兜没什么表情。他对聂瑜的话没什么兴趣，他想听的是费遐周的声音。

"我都躺一天了，明天周一了，我作业还没写完呢。"

费遐周大概是生病了，嗓子发哑还带着鼻音，听起来无精打采的，很没有活力。

跟上一次见到他的样子太不一样了。

上一次，在建陵的时候，费遐周血红的眼睛瞪着自己，咬牙切齿地对自己说："常漾，你这个畜生，你去死好了。"

明明是这么恶毒的话，这么迫切的诅咒，可是常漾并不觉得生气。

他一直期待着费遐周剥开伪善的面孔，露出愤怒而又恶劣的表情，他早就厌恶了对方白璧无瑕的好学生面孔，厌烦了千篇一律的心灵鸡汤。

可他却听见费遐周对聂瑜这样说："你就让我写会儿作业行不行？给本书看看也行啊……楼上连个收音机都没有，我无不无聊啊！"

前两句是娇嗔的，捏着嗓子装乖巧装可怜，尾音向上飘，像个目的不纯的撒娇。后一句气急败坏，你几乎可以想象他一边说一边跺脚的样子，可偏偏嚷得毫无气势，像布偶猫挥起爪子就以为自己是头狮子一样。

常漾从没听过费遐周这样说话。

也不能完全说没有。仔细想一想的话，在过去曾经有那么一次。常漾故意往费遐周的饮料里兑了酒，对方的酒量差到不行，没喝两口就两颊泛红，开始说胡话了。

常漾一直相信醉酒的人不会伪装自己，他想看看这个十全十美的好学生的另一面究竟是什么样子的。

但令他没想到的是，他听见了费遐周可怜巴巴的话。

"哥哥，他们……他们又抢我的糖，还说我爸爸是暴发户……哥哥，你帮我揍他们好不好？就揍两下。"

费遐周说这话的时候，整个身子都倒在了桌子上，小拇指钩着常漾的衣服，醉眼惺忪，面若桃色。

你什么时候有一个哥哥？

彼时的常漾只以为费遐周在说胡话，一方面失望于他竟然没有耍酒疯，并没有看见自己期待的画面；另一方面却诧异，这只骄傲得不得了的孔雀，原来也有低下头求人的时候。

甚至，这根本不算是求人，这分明是撒娇。

常漾倚着土色的墙，昂贵的衣服蹭了一身的灰。

你那时候想着的人，原来是这一位。

会跟聂瑜再干上一架不是什么意料之外的事情。

从聂瑜发现他最近一直跟踪费遐周的时候，他就知道这是迟早会发生的。聂瑜是匹家养的狼，但再怎么被驯化，狼也始终是狼，面对敌人的时候，照样咬他个血肉模糊。

常漾一直以为自己是赢家。

费遐周不惜滚钉板也要做证人，在无数成人面前暴露自己最深处的屈辱，他把自己仅剩的尊严都可以扔掉不要了，可最后常漾也不过是赔了些钱，象征性地在少管所里待了几天就出来了。而离开建陵、逃之夭夭的，却是他费遐周。

这次也一样。

当聂瑜提出"谁先倒下谁就先滚蛋"，用这种极其粗暴原始的方法来解决问题的时候，常漾也坚信自己一定能胜利。

直到倒下去的前一秒，他仍旧如此以为。

"费遐周和你不一样。"最后，聂瑜对他说，"不要把你肮脏的、自我放弃的人生转移到他的身上。无论发生什么，他永远、永远也不会成为第二个你。"

常漾猜测，或许这一次自己不得不认输了。

不是因为这一架输给了聂瑜，而是因为聂瑜已经彻底看穿了他——他投射在费遐周身上的，独断而又卑微的共鸣。

直到最后，常漾还是选择去见费遐周最后一次。

这个体面又理智的人没有变得如他所期待的那样歇斯底里、冲昏头脑。费遐周只是一言不发，眼中冰冻三尺，尽是冷漠和鄙夷。

可这却是为了另一个人，甚至不是为了他自己所遭受过的痛苦。

其实这本应该是个道别的。常漾在心里说，可是即使他说出一句再见，大概也会被误以为是威胁。

算了。

费遐周，你什么也不是了。

常漾平静地走了。转过身的那一刻，肩头仿佛有千斤重担卸了下来，背负在身后的那面镜子终究还是破碎了。他告诉自己，是他亲手将费遐周逐出了自己的领地，而不是这个人否定了自己。

走到半路，母亲的电话打了过来。

"宝贝生日快乐！妈妈忙了一整天差点忘记给你打电话了。你在外面玩得开心吗？乡间景色好不好啊？"

原来这漫长的一天也快走到尽头了。

他的生日，十八岁的成人日，就这样在一个小县城里浪费掉了。

路过一家工艺品小店，常漾停下了脚步。

橱窗里摆着各式各样的工艺品，稻草编织物、羊毛毡、手工瓷器，还有摆在顶端的一个飘着雪花的水晶球。

常漾望着水晶球，对电话那头的人说："我再也不会来这个破烂地方了。"


签证很快就办下来了。

母亲很舍不得儿子，一边收拾行李一边抹眼泪。父亲倒没什么感觉，上班、应酬一切照常，回到家的时候还哼着小曲儿，就差说一句"可算把你这个扫把星送走了"。

"宝贝啊，你看看还有什么缺的东西没有？有什么不够的一定要跟妈说，澳洲买不到的妈就给你寄过去。"

要不是为了看住他的父亲不在外面拈花惹草，母亲恨不得也跟去澳洲才好。

她将儿子小时候的相册塞进包里，又扫视了一遍书架，问："这些小摆件要不要带过去啊？我看你挺喜欢的，特别是这个水晶球——"

"你不要碰我的东西！"

常漾不知哪根筋搭错了，突然大吼一声。

母亲被他的音量吓到，手里的玻璃工艺品没抓稳，"砰"的一声，碎了一地。

压在水晶球下的明信片也随之飘落，晃晃悠悠，无声地覆盖在玻璃碎碴上。

母亲慌张地解释："对不起，我……我不是故意的，妈妈再买一个给你好不好？"

"不用了……"

常漾甚至连愤怒都感受不到了，脑袋像麻木了一样，所有的情绪都退了潮，只剩下干枯的河床，遍地残叶。

脚底踩上了玻璃碎碴，他却像毫无痛感一样，蹲下去，捡起了那张明信片。

　　明信片的正面是江南的雪，反面是几行稚嫩却工整的字：

　　"祝你生日快乐！不好意思之前生病了，没有赶上生日当天，送这个水晶球给你补上。希望你每年生日都能开开心心的。我们一直做好朋友吧！"

　　常漾突然笑了起来，笑声打着战。

　　最后，他"哗啦"一声撕了明信片，一次又一次，直到纸片碎到没有办法再被撕扯的地步，他才最终罢了手。

　　他松开拳头，从高处坠落的白色纸片像一场纷纷扬扬的小雪。

　　可他想，澳洲的三月是不下雪的。

费遐周醒来的时候，舍友已经打包好了行李箱，正准备出门。

"今天就回家了吗？"费遐周打着哈欠从上铺下来，穿上毛绒拖鞋，未脱稚气。

"是啊，今天的飞机。"舍友问，"你呢，什么时候回去？"

期末考试已经结束两天了，大一的学生们第一次离家这么久，几乎都走了个干净，返乡之情急切。

上了半年大学，在高中养成的早起习惯烟消云散，费遐周昨晚熬了夜，九点起来仍哈欠连天。

他说："明天走，等朋友一起。"

舍友调侃："朋友？我看是女朋友吧。"

"没有的事。"费遐周摇头。

"得啦，期末忙成那样还天天打电话打到半夜，我早看出来了。"舍友眨了眨眼，提起行李箱与他告别，"那我走了，你明天也快回家吧。"

费遐周点了点头，对被误解的事也不再多解释。

期末考试结束后假期最是清闲，费遐周不紧不慢地去食堂吃了点东西，估摸着离聂瑜考完试还有段时间，闲着也是闲着，便又去了趟实验室。

到了期末，药学院的化学实验室终于空了出来，除了几个忙着学期报告的学长学姐，没有其他人。费遐周换上白大褂，戴上护目镜，记录下今天的实验数据，简单收了尾。

"学弟，帮忙洗一下试管吧！我来不及交报告了！"在实验室熬了一整晚的学长连衣服都来不及换，说完就抓起报告冲了出去。

短发学姐揉了揉眼睛，好心似的说："呀，你这个人怎么这样，就知道使唤学弟。"顿了顿，自己也拎上了包，"那什么，我也得走了。这个烧杯它……"

"我来收拾吧。"费遐周主动说。

"哎呀，学弟你真的人帅心又善，下学期做项目一定要来我们组哦！"学姐丢下一句许诺，眨眼跑得没影儿了。

费遐周倒不觉得受累，待在实验室是很让人安心的事。他天生爱整洁，清理完自己的试验台后又将整个实验室里外外清扫了一遍。

出门时正撞上开完会经过实验楼的教授，费遐周这学期的生物化学实验就是跟着这位教授学的。费遐周平日里话虽不多，不爱课后缠着老师问问题，期中期末考试却都是满绩，对这个学生，教授不可能不记得。

"老师好。"费遐周礼貌地跟教授打了声招呼。

教授面带惊讶地看着他："不是考完了吗，你来实验室有什么事？"

"期末考试最后的那道实验题，我有几个地方不是很确定，想亲手实验，验证一下我的答案。"他回答。

教授问："那结果呢？"

费遐周扬起嘴角："我的答案是对的。"

教授又看向他手上的东西："你拿着扫把是干什么？"

"打扫了一下实验室。"

"早上不是还有几个研究生在补录数据吗？"

"他们填完报告就走了，听说是下午的车回家，有点着急。"

"啧，你这孩子，"教授眉头一皱，"刚进校就白给人使唤？"

费遐周弯了弯嘴角，却道："不吃亏，我这几天一直跟他们待在一起，观摩了不少东西。"

"这么说，你这两天也一直待在实验室？"

他平淡地说："反正考完试，也没什么别的事情做。"

教授望着这学生，欣慰地笑道："难得你刚进校就能有这个心。"

下午四点多，聂瑜打来电话，他的期末考也终于结束了。

费遐周回宿舍换了身衣服，出门前对着镜子照了半天，用梳子把头发分成三七分，露出浓密的眉毛。犹豫了会儿后，他又重新揉乱，还是把刘海放了下来，左右鬓角打理整齐。

聂瑜进不来 B 大，就在校门口等着。

太阳半悬在地平线上，橙白色的光斜照着冬日的校园。聂瑜一身深蓝色的羽绒服长至膝盖，身姿笔直挺拔，五官深邃，棱角分明。他脖子上围着棕色格纹的围巾，是费遐周今年送的生日礼物。

聂瑜本就个高惹眼，硬朗冷俊的模样更是出众。快到晚饭时间，进出校门的学生不少，女孩们从他面前经过，总要捂着嘴羞涩地看他几眼，悄声和同伴讨论这是哪个学校的学生。有胆子大的姑娘主动想同他搭讪两句，他抬眼看去，深黑的眸子冷冷地扫过，一言不发，却早已将人吓跑。

费遐周走出校门时，正瞧见聂瑜一个眼神朝女孩瞪过去，不知道的还以为在看什么犯罪分子。

"你能不能友善一点？"费遐周走到他身边，无奈地说，"你们警校的人都这么有威慑力吗？"

见到来人，聂瑜的表情瞬间柔和了下来。他看着对方裸露的脖子，皱着眉说："又不戴围巾？你是小孩子吗？"嘴上虽抱怨，手上却毫不犹豫地解下自己的围巾，一圈圈地裹在了对面人的脖子上。

柔软的毛线上还留着聂瑜的体温，费遐周将脑袋埋进去，恃宠而骄似的说："嗯，我就是小孩子，我就要戴你的围巾。"

聂瑜捏住他的脸，使劲儿地揉了两下就算教训了一顿。

"去吃饭吧，别在这儿吹冷风了。"

费遐周的脑袋被使劲儿地揉了两下，刚打理好的刘海一下子变得乱糟糟的。聂瑜牵住他的衣服袖口，朝地铁口走去。

没坐几站就到了附近的商业区，回到地面时天已迅速地黑了下去，广场上的圣诞树仍未撤下去，红绿相间的灯管一闪一闪地发着光，摩天大楼灯火明亮。

他俩都是江南人，吃不惯外地的菜，刚来北京那会儿也对炸酱面和铜锅有着极大的热情，没两天就吃腻了。北方人口味重些，费遐周不太喜欢，二人常去的还是江浙菜馆。

刚坐下，费遐周就问："期末考得怎么样了？"

聂瑜面色一僵："吃饭的时候聊点开心的话题。"

"不会挂科了吧？"

"那不可能。"聂瑜为自己正名，"不过高中的时候想得太美了，还以为念了警校就不用学文化课了。"他脱下羽绒服挂在了一旁的椅子上，里头只穿了一件薄卫衣。

服务员送来菜单，聂瑜看都没看就递给了费遐周，伸出手臂时露出一截胳膊——一条黑色的伤疤像蜈蚣一样贴在皮肤上。

"你的右手怎么回事？"费遐周扔下菜单，抬手就要扯他的袖口。

"大庭广众的，你干吗呢？"聂瑜支开服务员，"先给我们上一盘松鼠鳜鱼和一碗焖肉面吧，其他的等会儿再点。"

服务员一走，费遐周的脸色蓦地沉了下来，冷声问："聂瑜，你跟我说实话。"

"就……"一向气势压人的聂瑜摸着自己的脖子，眼神飘忽，反被身边人钳制得死死的，"上个月户外训练时，不小心摔了一跤而已。"

他口中的"而已"却是从两米坠落、被尖锐的碎石划开一道十厘米的伤口，当场皮开肉绽的程度。

费遐周沉默地瞪着他，才不相信这故作轻松的鬼话。

"看起来有点吓人，但皮肉伤而已，没动到筋骨。你学医的肯定懂。"聂瑜故意这么说。

原来一个月没见面，明面上说是期末考试复习没时间，其实是悄悄养伤去了。

费遐周牙关紧咬，鼓着腮帮子，骂也骂不出口，笑却也笑不出声。

没多久，点的两个菜都上了。聂瑜又照着对方的喜好点了几样清淡暖胃的，但费遐周不买他的账，一言不发地舀着碗里的汤。两个人沉闷地吃着饭，气氛低到了极点。

聂瑜也不知道该怎么劝费遐周，一筹莫展的时候，费遐周突然放下筷子，说去趟洗手间。

商城的洗手间里没什么人，费遐周洗了个手，低头看着水池发呆。

自从他考上 B 大，再次和聂瑜生活在同一个城市后，为了鸡毛蒜皮的小事就起冲突好像是常有的事。

最开始是军训的时候，聂瑜从他爹那里听说，费遐周拒绝了家人送他去国外念书的建议，执意选择了 B 大，两个人为了国内外教育哪个更好的问题莫名其妙地吵了一架。后来，费遐周送聂瑜一支昂贵的定制钢笔做生日礼物，聂瑜却坚决不愿意收下，一通扯皮后，他只好将礼物换成几百块的羊绒围巾。

此外还有很多大大小小的争执和别扭，走得很近的漂亮女同学、打游戏忘了接听的电话、不愉快的京津冀周边游……他们在日常中冲突，也在琐碎中磨合。

两块不平整的硬石头，雨打风吹，每一日都比前一日更契合彼此的形状。

费遐周叹了口气，后悔起来。

明明上一次还下定了决心，以后再也不要乱发脾气，多从聂瑜的角度想想。今天这么好的气氛，怎么又被自己随随便便地破坏掉了。


回到餐馆的时候，一桌子的菜都凉了。费遐周正犹豫着该怎么向聂瑜道歉，还没开口，对方却先他一步。

"对不起。"聂瑜说，"你别生气了，起码把饭吃了。"

费遐周莫名其妙："你错哪儿了？"

"不知道啊。反正我错了。"

"你……"费遐周哭笑不得，"你没错你道什么歉？这么容易向人低头，不觉得没面子吗？"

聂瑜反问："我在你面前还有面子可言吗？"

"嗯……的确没有。"

聂瑜喊来服务员："把菜再热一下吧，你都没吃什么呢。"

汤被端走了，杯子里换上了热水。片刻的龃龉像一阵烟一样，轻轻一吹就散了。

费遐周忽然意识到，暂时放下自己的骄傲，好像也并非是那样难的事情。

聂瑜正在剥虾，对面的人突然开口："对不起。"

"什么？"

费遐周深吸一口气，诚恳地道歉："对不起，我刚才有点无理取闹了，你受了伤我还反过来怪你。其实我只是希望你能对自己多上点心，不是故意想发脾气。我以后……我以后尽量改。"

长大的标志之一，是学会反省自己。在这一点上，他虽走得缓慢，但至少在正轨。

聂瑜拍了拍他的脑袋，温和地笑道："我明白。"

越是默契的人，越不需要用言语说明一切。

顿了几秒，费遐周突然说："你这手……刚剥了虾吧？"

"嗯？"聂瑜不明所以，"是啊。"

"你刚剥完虾就摸我头！我刚洗的头发！"费遐周的洁癖发作。

聂瑜："……"

一分钟前刚说会改脾气，这么快就不算数了？


次日赶车回襄津，旅途漫长，一路颠簸。

妹妹在建陵上幼儿园，父母在身边照顾她，过两日在公司开完年会，就一起回襄津安稳过个年。费遐周先行一步到了襄津，名义上说是收拾新房子，人却整日整日待在聂瑜家。

去年夏天费遐周高中毕业后，奶奶就回乡下养老了，说是这辈子都不想照顾这群小兔崽子了。将军楼二楼的房间被聂平改成了办公室，他待在家里的日子明显比过去多了不少，房子也就没再租出去。

寒假回来时，聂平正好外出采风了，聂瑜一个人在家称霸王。

回来的第三天，费遐周睡到日上三竿，睡眼惺忪中接到顾念的电话，这才想起来今天有同学聚会这回事。

他火急火燎地换好衣服，下楼洗漱。


聚会的饭店离育淮中学不远，步行去就足够，可聂瑜偏要送费遐周过去。两个人一路说说笑笑，走到饭店门口的时候，正遇见顾念和蒋攀。

他们放假早，一起坐了飞机去建陵玩了两天才回的襄津。

顾念和费遐周一样考的是 B 大，蒋攀虽不如他，却也是重点的理工科大学，在学校混得不错。只是蒋攀没事就去 B 大找顾念玩，聂瑜总疑心他心怀不轨，看他很不顺眼。

"结束了给我打电话，我来接你。"将人送到后，聂瑜最后不忘叮嘱。

顾念调侃："哥，我们这是同学聚会，不是鸿门宴，你至于吗？"

聂瑜盯着蒋攀，目光警惕："至于。"转头对他弟说，"你也不小了，交朋友谨慎一点，知道吧？"

蒋攀小声说："我怎么觉得是在骂我呢……"

兜里的手机振动了两声，聂瑜转过身走了："行了，你们进去吧，我也是有约的人。"

接起电话，沈淼的吼声震耳欲聋："聂哥，你来管管黄子健这臭小子，癞蛤蟆想吃天鹅肉，竟然敢跟我们丹青说肉麻话了！"

这群疯子也聚在一起了，正在 KTV 里胡闹呢。

枚恩也在身后喊："你快来！我都唱了半个小时的凤凰传奇了，嗓子都冒烟了，我难道是人肉点歌机吗？"

聂瑜点头，笑着拆台："嗯，你就是。"


到了饭店三楼，费遢周在包厢门口见到了吴知谦。

会见到他并不是什么意料之外的事情，只是每次想起这个人，费遢周的心情都会有些复杂。

吴知谦没去 B 大，而是去了 F 大。虽然对外的解释是他的高考分数够不上 B 大的王牌专业，去 F 大反而更吃香，但是费遢周总觉得，还有另一个理由隐藏在其中。

中央空调运作迅猛，费遢周脖子冒汗，摘下了围巾。

吴知谦走过来，主动同他打了声招呼："好久不见。"

费遢周点点头："好久不见。"

吴知谦变了挺多的，高考后去做了近视手术，虽没完全摘掉眼镜，但镜片没那么厚重了，瞅着眼睛都比过去亮堂多了。吴知谦进了大学后被不少女生主动追求，他从慌张无措到后来能平静应对，洗去浮尘的璞玉，开始被更多的人发现。

"为什么这么看我？"

费遢周打量了对方太久，直到吴知谦开了口，他才蓦地抽回神思。

"没……没什么，就是觉得，你应该过得还挺好的。"他笑了笑，转身往包厢内走。

原本只说吃顿饭，但吃完了饭又被拉去唱歌，唱完歌又玩游戏，一整个下午眨眼就过去了，终于散伙了的时候，天色早已昏黑。

室内的空调吹得人头昏脑涨，费遐周走到户外，一阵风吹过，昏沉的脑子瞬间清醒了不少。额头处落下了什么冰冰凉凉的东西，他抬头看向天空，白色的碎屑从天空悄然降落。

蒋攀玩游戏一直输，喝了不少酒，张口就唱："2008 年的第一场雪！来得比从前晚一些！"

顾念翻白眼："今年都 2010 了好不好？"

或许是做班长做习惯了，他扭头就开始安排各位回家："下雪了，你们早点回去，一会儿路滑了不方便。顺路的一起拼个车吧，女生不要一个人回去。"

他又看向费遐周，问："小费，你呢？"

"我……"

费遐周刚开口，吴知谦就看着不远处的路灯，提示道："接他的人早来了。"

聂瑜裹着格纹围巾，橙色的灯光将他的瞳孔染成了琥珀般的棕色。

"我先走啦！"

费遐周朝众人告别，迎着飞雪奔向前方。

"冷不冷？"

聂瑜从口袋里取出一副被体温焐暖了的毛线手套，为费遐周套在了手上。

"不冷。"费遐周摇摇头，说话时嘴边呼出白色的雾气，"不是让你别等了吗，我等会儿回自己家。"

"因为下雪了。"他说。

"啊？"

"两年前有个人跟我说，以后每次下雪的时候我都会想起他——他说对了。"聂瑜注视着眼前人，"所以我就来见他了。"

朦胧的画面从费遐周脑海中闪过，似乎是他意外遗忘的记忆，又或许只是未曾发生的无数梦境之一。

　　"记得吗？两年前襄津的初雪。"

　　朔风霜雪复刻回忆，费遐周骞地睁大眼睛，时光偷而复还他遗忘的过去。

　　那一年那一天，他对聂瑜说："你是我最重要的朋友。"

　　像期许，又像承诺。

　　两年倏忽而逝，江南的雪潮湿而细密，落在地上，无影无声。

　　此刻，聂瑜对他说："我们回家吧。"